이별
까지
7일

이별까지 7일

김선영 옮김
하야미 가즈마사 지음

시공사

차례

1장

어머니의 포효

1

7분.

와카나 레이코는 손목시계를 바라보며 필사적으로 머리를 굴렸다. '장어'라는 단어를 생각해내기까지 7분이 걸렸다.

"그래, 장어야, 장어."

"웅? 갑자기 무슨 소리야?"

프랑스에서 먹은 부야베스의 맛이 얼마나 최악이었는지, 레이코에게는 SF소설 같은 여름의 추억을 역설하고 있던 밋코가 눈을 휘둥그레 떴다.

"그러니까, 내가 저번에 큰아들 가족하고 먹으러 갔던, 야마나시의……. 왜, 그거, 거기, 어디더라? 여름에도 시원한 곳 있잖아."

"고부치자와라면서. 레이코, 방금 전에도 네 입으로……."

"아아, 맞다 맞아. 고부치자와에서 먹은 음식. 그게 장어였어. 아아, 후련하다. 계속 답답했는데."

150센티미터도 못 되는 키와 함께 콤플렉스였던 새된 목소리가 푸르른 가을 하늘에 메아리쳤다.

수요일 낮, 이다바시의 해자 옆에 있는 야외 카페에는 젊은 커플들만 득실거렸다. 주부들도 있기는 했지만 아이들을 데리고 온 경우가 대다수라, 레이코 일행처럼 예순을 넘은 모임은 아무래도 찾아보기 어려웠다.

혼자 납득하고 신이 난 레이코를 흘겨보며 초등학교 동창들은 이상하다는 듯이 얼굴을 마주보았다.

"아직도 그 얘기야?"

기분이 상한 투는 아니었지만 밋코가 큰소리로 따졌다.

"하지만 답답하잖아. 아니, 밋코 얘기도 제대로 듣고 있었어. 몽생 미셸이라니 너무 멋지다. 난 여전히 남편 따라 기소코마에나 다니는데. 계류낚시가 대체 뭐가 재미있다는 건지. 하와이도 벌써 몇 년째 못 가봤어. 아키코는 또 라니카이 비치에 다녀왔다면서? 부러워라. 거기 분명 도도로키 선생님 별장이……."

가슴에 피어오른 불안을 지우기 위해 레이코는 일부러 고유명사를 잔뜩 꺼냈다. 가본 적 없는 외국의 관광지도, 몇십 년이나 만나보지 못한 초등학교 시절 은사의 이름도 술술 나온다. 일단 안심이다.

하지만 두 친구는 아연실색하고 있다. 수많은 친구들 중에서도 가장 오래 알고 지낸 아키코가 거리낌 없이 기분 나쁘다는 눈빛으로 쳐다본다.

"얘, 레이코. 너 정말 괜찮은 거니?"

"괜찮냐니 뭐가?"

"아무리 그래도 건망증이 너무 심하잖아. 얘기하는 내용도 뒤죽박죽이고. 전문병원에 가보는 게 낫겠다."

"그만해. 전문병원이라니 어떤 델 말하는 거야? 무서운 소리 마."

"나라고 좋아서 하는 말인 줄 아니? 하지만 너도 이상하다고 생각하지? 그러니까 계속 조잘조잘. 장어라는 단어, 멀쩡한 사람이라면 금방 튀어나와."

"멀쩡하다니? 그럼 뭐야, 내가 멀쩡하지 않다는 말이야?"

그 질문에는 대답하지 않고 아키코는 아이라인을 짙게 그린 눈을 레이코에게서 돌렸다. 하고 싶은 말은 다 했다는 듯이, 무심한 표정을 숨기려는 기색도 없다.

본인은 그런 자신을 털털한 성격이라고 믿고 있는 눈치고, 확실히 뒤탈이 없어 친구로 지내기에 편했다. 그러니 처음 만난 여섯 살 때부터 반세기 이상 교류가 이어지는 것이지만, 요즘은 말끝마다 가시가 느껴진다.

다만 이번만큼은 확실히 조금 무서웠다. 최근, 결코 생활에 지장을 주는 수준은 아니지만 여차할 때 단어가 떠오르지 않는다.

가요 프로그램을 보고 있어도 가수 이름이 떠오르지 않을 때가 종종 있다.

"여보, 지금 노래하는 게 누구죠?"

분명 아는 사람이다. 부르고 있는 노래도 잘 아는 곡이고, 연말이면 꼭 방송에 나오는 얼굴이다.

"응? 아아, 누구더라?"

남편 가쓰아키는 읽고 있던 신문에서 눈길을 떼지 않고 시큰둥한 대답만 할 뿐이었다.

가슴에 스멀스멀 물이 스미듯, 불안이 파고들었다. 노래가 끝나자 가수는 함박웃음을 지으며 사회자 앞으로 갔다. 아나운서가 "히이라기 사부로 씨였습니다. 다시 한 번 큰 박수를!"이라고 말했다.

그렇구나, 히이라기 사부로라는 이름이구나……. 머릿속으로 되뇌었다. 하지만 그때도 위화감이 있었다. 몸서리치게 두려웠던 것은 이튿날 아침, 눈을 떴을 때였다. 기억해내지 못했던 게 일본을 대표하는 엔카 가수였다는 사실을 깨달은 것이다.

그해 처음 서리를 관측했다는, 싸늘한 아침이었다. 그런데 잠옷 대신 입는 운동복이 땀에 흠뻑 젖어 있었다. 내가 왜? 어째서 사부로를……?

그날 아침이 최고로 두려웠다. 이름을 기억해내지 못했다는 사실보다, 전날 밤에 위화감을 느꼈다는 사실이 두려웠다. 괜찮아, 생활에 지장이 있는 건 아니니까. 요즘 그렇게 스스로를 타이를 때가 종종 있다.

그나저나 오늘은 조금 심한 것 같다. 아키코가 말한 '멀쩡한 사람이라면'이라는 한 마디가 가시처럼 마음에 걸렸다. 나는 정말 '멀쩡'하지 않은 걸까? 차가운 바람이 뺨을 스쳤다.

장어, 고부치자와, 장어, 고부치자와……. 두 번 다시 잊지 않겠노라, 레이코는 머릿속으로 되풀이했다.

2

시로카네, 고코쿠지, 저마다 도내 부촌에 사는 친구들과 헤어져 레이코는 전철에 올라탔다. 정시 퇴근하는 회사원들 틈바구니에 꼈지만, 출입문 근처의 손잡이에 매달릴 수 있어 한숨 놓았다. 이제부터 한 시간 반이나 되는 기나긴 여행이 시작된다.

도쿄와 가나가와, 야마나시가 복잡하게 얽혀 있는 뉴타운 '코스모 타운 미요시'에 신축 단독주택을 구입한 게 벌써 17년 전. 이른바 거품경제 말기였다.

신문을 펼치면 신축 주택 광고지가 산더미처럼 끼어 있고, 수많은 종합건설기업이 불티나게 '꿈'을 선전했다.

전매했더니 1천만 엔의 이익이 생겼다더라, 구매한 집을 월세로 돌리면 대출은 금방 갚을 수 있다더라. 집에 얽힌 짭짤한 이야기가 여기저기에 넘쳐나던 가운데, 투자 목적으로 집을 산다는 것은 현실미가 없었지만 단독 주택을 갖는 것은 가정을 꾸린 사람들이 품는 당연한 꿈이었다.

당시 살고 있던 가와사키 시내의 단독 주택에는 월세로 한 달에 12만 엔을 내고 있었다. 당초에는 훗날 단독 주택을 구입할 요량으로 열심히 절약도 했다. 하지만 다달이 나가는 집세에 아이들 교육에도 해마다 돈이 들기 시작했고, 또 혼자 사는 레이코의 어머니에게 생활비도 보내야 하다 보니 저축은 좀처럼 늘지 않았다.

사치를 부리지 않으니 조급한 마음도 어느새 사라졌다. 생채기가 끊이지 않는 두 아들을 필사적으로 키우면서, 이른 아침에 나가 밤늦게 돌아오는 가쓰아키를 하루도 거르지 않고 배웅하고 마중하며, 스스로도 파트타임으로 일하는 사이 눈 깜짝할 사이에 4년이 지났다.

내 집 마련의 꿈은 갈수록 멀어졌지만 '행복이란 분명 이런 거겠지.' 하고 마음속 어딘가에서 타협을 보기 시작했다. 남편 가쓰아키가 최연소로 영업부장에 발탁된 것은, 바로 그런 시기였다.

자그마한 비상장 광고회사지만 완만하게 오르던 연봉이 훌쩍 뛰어 800만 엔이라는 깜짝 놀랄 만한 금액이 되었다. 가쓰아키에게 역대 사장이 모두 영업부장 출신이라는 이야기를 듣고 눈물이 날 정도로 기뻤다.

"슬슬 집 문제도 진지하게 고민해봐야겠어."

생각해보면 가쓰아키가 가장 든든해 보였던 시기였다. 한번 멀어졌던 '내 집 마련'의 꿈이 대번에 현실미를 띠었다. 마흔이 넘도록 집을 살 목돈은 거의 없었지만, 당시에는 그게 당연하다고 생각했다.

레이코에게는 신축에 대한 동경이 강했다. 처음에는 아이들을 염려해 같은 동네에서 이사할 생각이었지만, 금전적인 문제로 어느새 학구 밖으로 눈을 돌렸다. 가와사키에서 사가미하라, 가나가와에서 사이타마로, 한 주가 지날 때마다 주택 견학의 범위는 점점 넓어졌다.

그래도 결단을 내릴 수는 없었다. 슬금슬금 끈질기게 상승하는 시세에 초조해하면서도 평생의 보금자리를 결정하기란 쉽지 않았다.

그날은 차가운 비가 내리고 있었다. 예정했던 모델하우스 견학을 취소하고 가족 넷이서 느긋하게 보내던 일요일 오후. 쇼 프로의 한 코너를 보고 산을 개척한 신흥주택지 '코스모 타운 미요시'의 존재를 알게 되었다.

20인치 브라운관에 비친 뉴타운은 희망의 상징이었다. 스페인 광장을 모티브로 삼은 로터리에는 수천 그루의 은행나무를 심어, 크리스마스가 다가오면 일루미네이션이 일렁인다고 했다.

깎아낸 산속에는 슈퍼마켓도, 학교도, 진료소도, 그럴싸한 레스토랑까지 갖춰져 있고, 역에서 20분에 한 대씩 출발하는 셔틀버스는 구획이 정비되고 세대 수가 늘면 5분에 한 대까지 늘려갈 예정이라고 했다.

저런 집이 세타가야에도 있으면 좋을 텐데. 그것이 레이코에게 가장 먼저 든 생각이었다.

하지만 도시에서 자란 레이코와는 달리 기후 시골에서 태어난 가쓰아키는 의견이 달랐다.

"호오, 저기라면 산에도 금방 놀러 갈 수 있겠네. 회사도 몇 번이나 갈아타야 하는 지금보다 편할지 모르겠군. 어때, 여기 비쌀까?"

가쓰아키의 말에 두 아이들도 활짝 웃었다. 특히 초등학교 입학 전이었던 둘째 아들 슌페이의 흥분은 과할 정도라 "투구벌레는 있을까? 사슴벌레는? 기린(중국에서 성인이 태어나기 전에 나타난다는 상상의 동물–옮긴이)은? 아빠, 덴구(얼굴이 붉고 코가 높으며 날개가 달린, 깊은 산속에 산다는 상상 속의 괴물–옮긴이)는?" 하고 갓 배운 단어들을 쏟아냈다.

신이 난 가쓰아키가 "있고말고! 나마하게(일본 아키타 지역의 풍습 속에 등장하는 도깨비로 나태나 불화 등 나쁜 일을 막고 재액을 물리쳐준다고 한다–옮긴이)도 있지!"라고 말하자 슌페이는 "만세! 나마하게 아저씨! 나마하게 아저씨!" 하고 뜻 모를 소리를 외쳐댔고, 이미 4학년이었던 장남 고스케만이 "그건 아키타야."라고 어이없다는 눈으로 말했다.

그다음 주, 레이코는 아무래도 시골은 별로라며 끝까지 망설였지만 결국 넷이서 함께 현지에 견학을 가게 되었다.

맑은 아침이었다. 구경한 집은 유명한 다이마쓰 건설이 시공을 담당한 만큼 역시나 상당히 세련되었다.

하지만 상상했던 것보다 조금 비좁은 느낌이었다. 시골에서 사는 이상 하다못해 아이들의 성장에 스트레스를 받지 않을 만큼 넓었으면 했다. 설명을 듣다 보니 가격도 예상보다 훨씬 비싸다는 사실을 알게 되었다.

왠지 아쉬운 마음도 있었지만 포기하고 밥이나 먹고 돌아갈 생각이었다. 하지만 그때, 주택 회사의 영업사원이 "실은……." 하고 말을 꺼내더니 갑자기 다른 집을 보여주는 것이었다. 이미 분양이 끝난 구역에 최근 한 건, 취소된 집이 나왔다고 했다.

영업사원이 제시한 낮은 가격에 일말의 불안을 느꼈지만 그 집은 방금 전에 본 주택보다 훨씬 넓고 구조도 마음에 들었다.

아이들은 일찌감치 어느 방을 차지할 건지 싸우기 시작했고, 가쓰아키의 눈도 반짝반짝 빛났다. 레이코는 시골이라는 점이 마지막까지 마음에 걸렸지만 안내받은 다다미방에 전망창이 있어, 여기에 친구를 부르면 즐겁겠다는 상상을 했다.

정원이 딸린 42평 5LDK(거실 겸 식당, 주방 공간이 있고 방이 다섯 개인 구조—옮긴이). 가격은 정가에서 3할 이상 할인된 4,780만 엔. 확실히 비교적 저렴하기는 했지만 대출 이자까지 포함하면 지출 총액은 7천만 엔 가까이 뛰어오른다.

마흔넷에 35년 상환 대출을 하면 일흔아홉에나 빚을 청산할 수 있다. 어떻게 그런 대출이 가능한지, 이제 와서야 뒤늦게 그 구조가 이상하게 생각되었다. 아무리 퇴직금으로 전액 상환할 수 있다고는 해도, 불안하지 않다고 하면 거짓말이다.

그래도 레이코 가족은 그날 안에 가계약을 마쳤다. 결정타가 된 것은 영업사원이 소개해준 '여유 하나'라는 대출 상품이었다.

주택금융 공공금고를 비롯해 당시에는 수많은 금융기관에서 비슷한 주택 대출 상품을 취급하고 있었다. 구입 당초에는 부담이 되지 않는 월 상환액을 정하고, **수입이 증가한** 6년 차와 11년 차에 상환액이 올라가는 시스템이다.

지금 생각하면 웃기지도 않는 소리지만 당시에는 이거라면 상환에 시달릴 염려도 없다며 안도했다.

적어도 가쓰아키의 수입이 줄어들 일은 없을 테고, 레이코 자신도 다시 파트타임을 시작하면 된다. 그리고 가쓰아키가 정년을 맞이하면 퇴직금으로 잔금을 갚고, 남은 돈과 연금으로 느긋하게 노후를 보내자.

집을 살 때는 패기가 필요하다. 여러 사람들이 그런 말을 했다. 그건 분명 이걸 두고 하는 말이다. 마지막은 확신에 가까웠다.

새 지붕이 빛을 받아 반짝이고 있었다. 그 너머의 시커먼 우주까지 훤히 보일 듯한, 정말 푸른 하늘이었다. 우울한 비라도 내렸다면 차라리 나았을 텐데. 그러면 거리의 인상이 확 바뀌어 그 집을 구입하지 않았을지도 모른다.

그 후에 일어난 모든 일이 '거품경제 붕괴'라는 한 마디로 정리되는 것을 도저히 참을 수 없었다.

불운은 가쓰아키가 스스로 제안한 동업사의 매수공작에 실패하면서 시작되었다. 책임을 지는 형태로 자회사로 쫓겨나니 연봉이 단숨에 600만 엔까지 떨어졌다. 상상했던 것보다 훨씬 적은 퇴직금을 손에 쥐고 조기 퇴직. 그리고 독립.

조기 상환은커녕, 새로 연 회사 운용자금으로 퇴직금이 사라졌다. 그렇지만 사업이 그리 쉽게 궤도에 오를 리가 없었다. 레이코도 서둘러 다시 일을 해야 했지만 코스모 타운 주변에서 마흔다섯이 넘은 여자를 위한 일자리는 찾을 수 없었다.

그럴 때, 고스케가 중학교에서 왕따를 당해 자기 방에 틀어박히는 사건이 일어났다.

등교 거부 자체는 그리 오래가지 않았지만 결국 지역 고등학교 진학은 포기하고, 어쩔 수 없이 도쿄 다마 지구의 사립 고등학교에 들어가게 되었다.

둘째 아들 슌페이는 가까운 공립 고등학교에 갔지만 대학 입시에 실패해, 학원을 2년이나 다니게 되었다. 간신히 붙은 이치가야의 대학에는 가능하면 집에서 다녀주길 바랐지만 본인은 "여기서 어떻게 다녀!" 하며 들은 체도 하지 않았다.

가쓰아키의 사업은 여전히 일진일퇴를 되풀이하고 있어 생활비를 보낼 여유는 없었지만 슌페이는 아직 3학년, 학비 지옥은 2년이나 더 남았다.

집도 넓고 겨울 추위도 가혹한 코스모 타운의 생활은 지금도 깜짝 놀랄 정도로 난방비가 많이 든다. 월급쟁이 생활을 그만둔 순간부터 세금이나 세무사 비용에도 머리를 싸매게 되었고, 연금이나 보험료는 당연히 뒷전이 되었다.

6년 차와 11년 차로 설정한 '여유 하나' 대출은 당초 15만 엔이었던 상환 금액이 19만 엔으로, 그리고 25만 엔으로 뛰어올랐다. 그렇지 않아도 수입이 줄고 있는 판에 상환은 점점 더 힘에 부쳤다. 반복되는 연체와 끝없는 독촉. '여유'의 맹점을 깨달았을 때는 이미 때가 늦어, 뒤늦게 감정 평가를 받아보았을 때 주택 가격은 2,500 만 엔에도 못 미쳤다.

가쓰아키에게 생활비를 받지 못하는 달도 잦았다. 그렇게나 혐 오했던 대부업체의 카드가 지갑 속에 쌓여갔다. 슈퍼마켓 파트타 임으로 시작했던 일은 하치오지의 콜센터를 거쳐 어느새 묘비 판 매 영업으로 바뀌었다. 그래도 목전의 대출을 갚는 게 고작이라 생 활비로 쓸 여유는 없었다.

"여보, 이제 한계예요. 여보."

몇 번이나 가쓰아키에게 울며 매달렸다. 그때마다 가쓰아키는 "나도 힘들어."라고 화난 목소리로 대꾸했다.

"우리 파산 신청해요."

그렇게 딱 한 번 말한 적이 있다. 그때의 남편 얼굴을 잊을 수가 없다.

"당신은 나한테서 일을 빼앗으려는 거야? 나더러 죽으란 소리 야!"

넓고 춥기만 한 집에 혼자 있을 때면 왠지 그날의 말이 되살아난 다.

늘 지옥에 있었다. 아니, 지금도 지옥에 있다. 전철 유리창에 우 울한 자신의 얼굴이 비쳤다. 60년 세월의 주름을 뚜렷하게 아로새 긴 얼굴이 원망스러운 표정으로 자신을 바라보고 있다.

미요시에서는 사람을 만나기도 힘들다. 친한 친구들도 좀처럼 만날 수가 없고, 사랑하는 아들들은 둘 다 도쿄에 있다. 그런데 레이코 혼자만 아무도 기다리지 않는 집으로 돌아간다.

난 뭘 이렇게 필사적으로 지키고 있는 걸까?

레이코는 자그맣게 고개를 저었다. 이런 생활, 도대체 언제까지 계속해야만 하는 걸까?

3

해질녘에 이다바시를 출발한 전철은 다마가와 강을 건널 때쯤 완전히 어둠에 묻혔다. 겨우 도착한 미요시 역은 이다바시보다 훨씬 싸늘했다.

거품경제 붕괴 후의 코스모 타운은 새로운 시공도, 분양도 뚝 끊겼고, 여전히 20분에 한 대밖에 없는 셔틀버스는 눈 깜짝할 사이에 콩나물시루처럼 꽉 들어찬다.

어쩔 수 없이 언덕을 15분이나 걸어 올라가 도착한 집에서 우선 석유스토브에 불을 지피고, 늘 그렇듯 쌀을 한 홉만 씻었다. 그리고 나서야 겨우 겉옷을 벗고 식탁 앞에 걸터앉고 나니 그대로 꼼짝도 할 수가 없었다.

도착한 우편물 뭉치를 무심하게 살펴본다. 은행에서 세 통, 대부업체에서 네 통. 그밖에도 보험이나 전기, 가스 난방비에, 시청에서는 세금 독촉장. '친전(親展)', '중요', '긴급', 봉투에는 저마다 붉은 도장이 찍혀 있다. 문득 그렇게 좋아했던 새빨간 다운코트를 입지 못하게 된 것은 이 색 탓인가 생각해본다. 그러고 보니 그 코트도 할부로 샀지.

고스케가 준 낡은 컴퓨터를 켰다. 윙윙거리는 소리가 잦아들기를 기다려 '즐겨찾기'에서 조리법 페이지를 골랐다. 저녁 메뉴를 인터넷에서 찾는 게 최근의 습관이다.

하지만 만들려고 했던 화이트스튜도, 가쓰아키가 좋아하는 백숙도, 오늘은 왠지 맛있어 보이지 않았다. 애초에 낮부터 아무것도 먹지 않았는데 배가 하나도 고프지 않았다. 멀쩡한 사람이라면……. 아키코의 한 마디가 아직도 마음에 남아 있다.

레이코는 무의식적으로 검색 페이지를 열었다. 목요일마다 들은 컴퓨터 강좌 덕분에 검색 정도는 혼자서도 할 수 있다.

검색창에 '건망증'이라는 키워드를 입력하고 보니 퍼뜩 정신이 들었다. 무수히 많은 검색 결과가 화면에 표시되어 있다. 싫어도 눈에 들어오는 '알츠하이머'나 '노인성 인지증', '치매'라는 단어를 피해 가급적 온건한 페이지를 클릭했다.

내용은 비슷했다. 눈앞에 펼쳐진 '인지증을 의심하기 전에'라는 코너에 가슴이 술렁거렸다.

페이지에 나온 스무 항목의 'Q&A'에 마음을 굳게 먹고 체크를 했다.

- 최근 몇몇 단어가 기억나지 않는다······ 'YES'
- 가족 중에 알츠하이머 진단을 받은 사람이 있다······ 'NO'
- 사물의 일부가 아니라 전체를 잊어버린다······ 'NO'
- 오늘의 날짜와 요일을 모른다······ 'NO'
- 최근 유난히 피곤하다······ 'YES'
- 냄비를 불 위에 올려놓고 자주 잊어버린다······ 'NO'
- 유명인의 이름이 기억나지 않는다······ 'YES'
- 지인의 이름이 기억나지 않는다······ 'NO'

NO, YES, NO, YES, YES······.

마지막에 나이와 성별, 그리고 이유는 모르겠지만 주소, 성명, 전화번호 같은 개인정보까지 채워 넣은 후에야 겨우 '진단결과를 살펴봅시다'라는 항목이 나왔다.

여섯 개의 'YES'에 해당하는 당신은 인지증 가능성이 적은 것으로 판단됩니다. 하지만 방심은 금물. 섣부른 판단은 피하고 우선 가까운 치매 전문병원을 찾아가봅시다. 와카나 레이코 씨가 사는 미요시 시에 있는 유명한 병원은······.

레이코는 갑자기 마음이 놓였다. 봐, 역시. 그럴 줄 알았어. 그렇게 괜히 호기를 부린 것이 실수였다.
자신 있게 하나하나 열어본 페이지에는 레이코를 우울하게 만드는 정보가 가득했다. 레이코는 그 하나하나에 일희일비했다. 역시 나는 이상한 게 아닐까……. 아니, 단순한 노화 현상이야……. 그런 응수를 머릿속에서 자꾸 반복했다.

"뭐야, 당신 집에 있었어?"

갑작스런 목소리에 뒤를 돌아보니 가쓰아키가 서 있었다. 양복 차림 그대로 돋보기를 쓰고 카운터 스탠드 밑에서 아까 그 봉투들을 뜯고 있다. 귀가 후의 일과다.

가쓰아키의 얼굴은 척 보기에도 불만스러워 보였다. 가슴이 철렁해 휴대전화를 보았다. 아니나 다를까 수신을 알리는 램프가 보채듯 깜빡거리고 있었다. '19시 4분, 미요시'라는 한 줄짜리 문자가 한 통, 19시 5분부터 부재중 전화가 네 통 들어와 있었다.

"미안해요, 저도 오늘 나갔다 와서."

레이코의 변명을 가로막듯 가쓰아키는 보란 듯이 한숨을 쉬었다.

"또 놀러 갔었어?"

"또라니, 왜 그런 식으로……."

환갑을 맞이한 반년 전, 체력적으로 너무 힘들어 레이코는 묘비 판매 일을 그만두었다.

가쓰아키도 입으로는 찬성했지만 그날 이후로 레이코가 차로 배웅하고 마중 나오는 것을 당연한 의무라고 생각하게 되었다. "피곤해."라고 말하는 횟수가 비약적으로 늘었고, 짜증을 드러내는 일도 잦았다.

가쓰아키의 속마음은 이해한다. 사실은 레이코가 일을 더하길 바라는 것이다. 매달 상환에 시달리는 가운데 가쓰아키는 분명 혼자서 용케 애쓰고 있다. 둘째 순페이가 태어난 날부터 지금까지, 레이코는 가쓰아키가 우는 모습을 한 번도 보지 못했다.

그래도 이제는 일자리를 찾을 수도 없고, 체력도 없다. 기력이 따라가질 못하는 것이다.

"됐어, 밥이나 먹지."

겨우 우편물 뭉치를 다 훑어본 가쓰아키는 돋보기를 벗으며 말했다.

"미안해요. 아직 준비를 못 했어요. 목욕 먼저 해요. 바로 물 데울게요."

"뭐야, 밥도······."

"바로 준비한다잖아요!"

가쓰아키는 여섯 남매 중 막내다. 바로 윗형과도 여덟 살이나 차이가 난다. 누구에게나 사랑받고 자라 원만한 성격은 예전에는 자랑거리였다.

처음 만나고 얼마 동안은 '싱글벙글 씨'라고 불렀다. 지금도 가쓰아키는 친구나 회사 사람, 아이들 앞에서도 싱글벙글 웃음을 그치지 않는다. 시큰둥한 표정을 짓는 것은 오로지 레이코 앞에서만이다. 요즘에는 그저 겉만 번지르르해 보여 얄밉기까지 하다.

냉장고에 있던 재료로 만든 반찬도, 국도, 가쓰아키는 정말 맛없다는 듯이 먹었다. 도쿄에서 태어난 레이코와 기후에서 상경한 가쓰아키는 원래 입맛이 전혀 맞지 않았다. 전부터 음식 맛 문제로 싸우기는 했지만 요즘은 서로 정나미가 떨어졌다.

텔레비전 소리만 한없이 울리는 최악의 저녁 식사였다. 대학을 졸업한 고스케가 먼저 집을 떠났고, 슌페이는 대학에 합격하는 동시에 집을 나갔다. 문득문득 적막함이 찾아온다. 대가족이 부러운 것은 그런 순간이다.

짧은 저녁 식사가 끝나갈 때쯤, 전화가 울렸다. 레이코에게는 구원의 벨이었다.

"네, 와카나입니다."

"아아, 여보세요. 난데."

무뚝뚝한 목소리가 들려왔다. 순간 말문이 막혔다.

"누구세요?"

"누구냐니, 아아, 가족 사칭하는 사기일까봐? 응, 훌륭한 자세야. 나야, 고스케."

고스케……. 고스케……. 머릿속으로 되뇌었다.

"아아, 뭐니. 고스케였어? 깜짝 놀랐네."

"깜짝 놀라긴 왜?"

"아니, 엄마도 마침 너한테 전화하려던 참이었거든. 무슨 일이니?"

"식사 중이었어?"

"응, 지금 막 다 먹었어. 무슨 일인데?"

고스케의 낌새가 이상했다. 쾌활한 척하는 것에 비해서는 뭔가 말하기 어려운 듯 우물거렸다.

"그러니까, 저기."

각오를 굳혔는지 고스케가 말했다.

"알리는 게 늦었는데, 우리 아기가 생겼어."

"아기?"

"응, 얼마 전에 검사했어. 이제 곧 석 달째야. 이제야 말해서 정말 미안해."

그 순간, 레이코는 온몸을 떨었다. "정말이니?" 스스로도 깜짝 놀랄 만큼 큰 소리를 냈다. 오늘 하루의 온갖 우울한 일들이 단숨에 날아갔다.

대학을 졸업하고 대형 전자기기 회사에 취직한 고스케가 결혼한 것은 스물네 살 때였다. 당초 레이코는 그 결혼에 무턱대고 찬성하지 않았다. 너무 이르다는 것이 큰 이유였지만, 그 이상으로 고스케가 데려온 미유키(深雪)가 썩 마음에 들지 않았기 때문이다.

본인의 키가 작은 만큼 레이코는 옛날부터 늘씬한 여성을 동경했다. 그런 점에서 미유키는 마치 젊은 시절의 자신을 보는 듯했다. 이름처럼 지나치게 하얀 피부는 건강하지 못한 인상을 주었고, 겉모습이 말해주듯 쾌활한 타입이라고 하기 어려웠다.

가쓰아키는 늘 그렇듯 바로 미유키와 가까워졌지만 레이코는 익숙해지기까지 시간이 걸렸다. 겨우 둘이서 이야기를 나눌 수 있게 된 것도 최근이다. 그래도 역시 신경은 쓰인다. 사이좋게 지내야 한다는 생각에 오히려 헛도는 경우도 적지 않다.

하지만 손자라면 얘기가 달라진다. 가족이 늘어나는 것은 무엇보다 기쁜 일이다. 밋코의 프랑스 여행도, 아키코의 하와이 별장도 별로 부럽지 않지만, 유일하게 친구들을 시샘하게 되는 것은 손자 손녀가 여럿이라는 점이다.

함께 살지 않아도 된다. 가끔 찾아오는 것만으로 족하다. 자식들이 있고, 귀여운 손자가 있다면. 부부에게는 너무 넓은 주방에 웃음꽃이 피는 것이 벌써부터 기다려진다.

무슨 이야기를 했는지도 잘 기억나지 않았다. 레이코는 고스케가 하는 말을 그저 꿈결처럼 듣고 있었다.

"······그런데 어머니 용건은 뭐야? 할 말이 있다면서."

대충 이야기를 마친 고스케가 물었다. 사실은 건망증에 대해 의논하고 싶었지만 지금은 그만두자. 경사스러운 일에 찬물을 끼얹고 싶지 않았고, 가쓰아키가 듣게 되는 것도 꺼림칙하다.

장인장모도 모시고 다함께 식사나 한번 하자는 고스케의 이야기를 마지막으로 레이코는 조용히 수화기를 내려놓았다. 귀에 여운이 남아 있었다.

설레는 기분으로 고개를 돌렸다. 가쓰아키는 어째선지 떨떠름한 표정이었다.

"누구?"

"응, 고스케였어요."

"고스케라니······. 아들 상대로 당신 이상한 소리 하지 않았어?"

"이상한 소리라니요?"

"그래. 가쓰아키 씨는 아직 집에 돌아오지 않았습니다, 라고……. 난 이렇게 집에 와 있고, 애초에 고스케 전화였다면서? 가쓰아키 씨라는 말은 이상하잖아."

"어머나, 내가 그랬어요? 흥분해서 이상한 소리를 했나봐. 좀 들어봐요, 고스케 부부한테 아이가 생겼다지 뭐예요! 가족이 늘어난다니, 얼마나 기쁜지 몰라요. 여보, 이 집을 지켜오길 잘했죠. 아들일까, 딸일까? 나, 지금까지 아무한테도 말하지 않았지만 사실은 딸이 갖고 싶었어요. 물론 고스케도 슌페이도 귀여웠지만, 어머니에게 딸이란 역시 각별한 법이니까요. 고스케네 아이는 어느 쪽일까? 딸이라면 좋을 텐데……."

전화 내용은 대충 파악했는지 가쓰아키는 딱히 감동하는 눈치가 없었다. 그렇기는커녕 왠지 겁먹은 눈빛이었다.

그것은 오늘 낮, 아키코와 밋코가 레이코를 쳐다볼 때와 비슷한 성질의 눈빛이었다.

"왜 그런 눈으로 봐요?"

레이코는 참지 못하고 말했다.

"그런 눈으로 보지 말아요."

하지만 레이코의 얼굴을 뚫어져라 쳐다본 뒤에, 가쓰아키는 내뱉듯이 말했다.

"왜 그러긴, 당신이 딸을 원했다는 건 나도 알고 있어. 몇 년을 함께 살았다고 생각하는 거야? 당연히 알고도 남지."

또다시 레이코의 마음에 비수가 꽂혔다. 이번에는 35년이나 근근이 함께 살아온 남편이 꽂은 칼날이었다.

4

자꾸만 솟아오르는 불안 때문에 레이코는 좀처럼 잠들지 못했다. 별수 없이 가쓰아키를 깨우지 않도록 이불을 걷어내고 거실로 내려갔다.

창가에 화분이 네 개 나란히 놓여 있다. 그라프토베리아 팡파르. 근처 100엔 숍에서 우연히 본, 그 자체가 꽃 모양을 띤 깜찍한 다육식물이다.

직경 15센티미터 정도의 화분을 처음에는 하나만 사왔다. 어쩐지 쓸쓸해 보여 이튿날 세 개를 더 샀다.

습도에도 민감하고 뿌리도 잘 썩고, 벌레도 잘 생기는 품종이라 키우는 게 결코 쉽지는 않았다. 하지만 식물들은 말라죽을 것 같으면서도 좀처럼 죽지 않았다. 파스텔 톤의 차분한 녹색이 언제나 레이코의 마음을 위로해주었다.

새벽 2시가 넘었지만 괜히 누군가의 목소리를 듣고 싶었다. 이런 시간에 전화할 수 있는 상대는 한 명뿐이다.

충전기에서 휴대전화를 빼서 전화번호부를 뒤졌다. 신호가 열 번쯤 울린 뒤에 겨우 전화가 연결되었다.

"슌페이? 늦은 시간에 미안하구나. 깨어 있었니?"

"응, 무슨 일이야? 누가 죽기라도 했어?"

"얘가, 재수 없는 소리 하지 마. 괜찮니? 전화 끊을까?"

"아아, 괜찮아. 나도 마침 전화하려던 차였으니까."

고스케와 달리 슌페이는 평소 연락을 잘 하지 않는다. 가끔 전화를 해도 용건은 늘 뻔했다.

레이코는 한숨을 쉬며 물었다.

"또 돈이니?"

"이번 달엔 정말 간당간당해. 미안, 꼭 갚을 테니까 만 엔만! 어떻게 안 될까?"

"이번 달이라고 하면서, 넌 매달 그 소리잖니."

"아니, 뭐 그렇긴 하지만. 학생이 혼자 살아가는 게 얼마나 힘든 일인데. 시절도 이렇고."

즐거운 기색으로 웃는 슌페이와는 대조적으로 레이코는 견디기 힘든 심정이었다. 부모 속도 모르고……. 화도 났지만 그 이상으로 겨우 만 엔도 당장 변통해주지 못하는 자신이 답답했다.

"응? 안 될까? 내일 당장 전기가 끊길 것 같단 말이야."

"그럼 집으로 돌아오면 되잖니."

"아니, 시험도 코앞이고, 게다가 솔직히 말해 집에 갈 차비도 없어."

"그만 좀 해."

슌페이가 늘 입에 담는 '일반적인 대학생'은 한 달에 10만 엔이 넘는 용돈을 받으며, 거기다 집세는 따로, 아르바이트조차 하지 않는 사람들이 많다고 한다. 그런 소리를 들으면 부모인 자신을 탓하는 것 같아 괴롭다.

이야기를 하면서 레이코는 대부업체 카드를 생각했다. 결제가 밀려 거의 모든 카드가 정지된 가운데, 딱 한 장, 필사적으로 꼬박꼬박 상환해온 카드가 있다. 그 잔액이 아직 조금 남아 있을 터였다.

"진짜로 만 엔뿐이야. 이게 마지막이다? 그래, 어떻게 할까? 엄마도 마침 조만간 도쿄로 나갈 일이 있으니 어디서 만날까?"

대부업체 계좌에서 돈을 찾는 일도 미요시에서는 여의치 않다.

"정말? 그럼 내일이라도 괜찮아? 나 수업 있으니까 이치가야까지 와주면 좋겠는데."

"응, 상관없어. 엄마 말이야, 실은 오늘도 도쿄 다녀왔는데, 이다바시 해자 쪽에 멋진 카페가 있더라."

"아아, '바이 더 시' 말이지?"

"뭐야, 알고 있었니?"

"나도 명색이 대학생이잖아. 응, 좋아. 그럼 내일 3시. 바이 더 시에서 만나."

"그래, 3시에 거기서. 수업 잘 듣고 오렴."

레이코는 조금 가벼워진 마음으로 전화를 끊었다. 건망증은 내일 의논해보자. 분명 슌페이라면 노화라고 하면서 웃어넘길 게 분명하다.

오랜만에 슌페이를 만나는 게 너무 기뻤다. 아들과 만나는 게 이렇게나 설레다니, 정말 부모 마음도 몰라주는 아이다.

이튿날, 레이코는 몸 상태가 썩 좋지 않았다. 하지만 돈을 기다리고 있는 슌페이를 위해 누워 있을 수는 없었다. 게다가 집에 틀어박혀 울적해하는 것보다 **가끔**은 기분 전환하러 밖에 나가는 게 낫다.

정말 **오랜만에** 나가는 도쿄였다. 얼마 만일까? 늘 입는 새빨간 다운코트가 보이지 않아 조금 짜증스러웠지만, 왜 그런지 몰라도 옷장 깊숙이 있는 것을 겨우 찾아내 챙겨 입고 레이코는 집을 나섰다.

전철 안에서 흔들리는 사이 정체 모를 오한에 휩싸였다. 그런데도 식은땀이 배어 나와 갓 목욕탕에서 나온 것처럼 머리가 멍했다. 현금인출기에서 돈을 찾았다. 그리고 노란 노선의 전철로 갈아타고 이다바시 역을 빠져나왔을 때, 문득 정신이 들었다.

잠깐. 어머……. 나……. 왜 이런 곳에 있지……? 이다바시가 어디더라……?

손목시계의 바늘은 2시 반을 가리키고 있다. 대체 무슨 이유로 이 낯선 거리에 있는 건지, 짐작도 가지 않았다.

정처 없이 터덜터덜 거리를 헤맸다. 비탈길 중간의 오락실에서 젊은 남자가 튀어나왔다. 남자가 갑자기 이쪽을 쳐다보았다. 쭉 찢어진 서늘한 눈, 마른 체구의 남자가 어째선지 함박웃음을 띠며 크게 손을 흔들었다.

레이코는 오싹해서 뒤를 돌아보았지만 그에 응하는 이는 없었다. 역시 남자는 레이코를 향해 손을 흔들고 있는 것이다.

양복 차림의 낯선 남자가 잰걸음으로 다가왔다. 마치 잘 아는 사이인 것처럼, 다정한 표정을 지으며.

오늘도 소중히 여기는 새빨간 다운코트를 입고 있다. 폭신폭신한 깃털이 목둘레까지 감싸주니 결코 추워서 그런 것은 아니다. 그런데도 등이 자꾸만 덜덜 떨렸다.

남자는 마침내 레이코 앞에서 멈춰 섰다. 그 얼굴을 뚫어져라 쳐다보며 멍하니 입을 열었다.

여보, 고스케, 슌페이, 도와줘!

바싹 마른 입술을 간신히 벌리고 레이코는 급기야 비명을 지르려 했다. 바로 그때였다.

"이런 곳에서 뭐 하고 있어? 엄마, 괜찮아?"

오늘도 날이 참 맑다. 언젠가 본 적 있는, 시리도록 푸르른 하늘……. 어리둥절한 레이코를 바라보며 남자가 내뱉은 소리는, 그런 뜬금없는 말이었다.

5

"그나저나 아까 엄마 표정 진짜 기가 막히더라. 어쩜 친아들한테 그럴 수 있어?"

슌페이는 벌써 5분 가까이 낄낄거리고 있었다. 처음에는 함께 웃었지만 이렇게 놀림을 받으니 슬슬 화가 났다.

"그러니까 잘못 봤다고 했잖니. 너 정말, 끈질긴 것도 정도가 있지."

"하지만 정말 얼굴이 대단했단 말이야. 마치 세상의 종말을 맞이한 여주인공 같았어."

"별소릴 다 한다."

슌페이를 알아보지 못한 것은 분명 잘못 봐서 그런 것이다. 눈에 익지 않은 양복을 차려입은 슌페이는 목소리를 들은 후에도 한참이나 누군지 알아차리지 못할 정도였다.

아니, 상대는 다름 아닌 친아들이다. 잘못 보는 일이 있을 수 있을까? 당연히 불안감이 꿈틀거렸다.

하지만 활달한 슌페이의 웃음에 덩달아 차츰 여유가 생겨났다. 어젯밤, 미리 인터넷을 검색해본 게 잘한 일이었는지도 모른다.

레이코의 증상은 걱정했던 알츠하이머와는 명백히 달랐다. 집안일은 지금까지 그대로 해내고 있고, 돈 관리도 문제없다. 확실히 탤런트 이름은 기억나지 않을 때도 있지만 그런 일에 대한 자각도 있다. 건망증에서 가장 두려운 점은 잊어버렸다는 자각이 없다는 것. 어젯밤 살펴본 대부분의 홈페이지에 그렇게 적혀 있었다.

무엇보다 가족의 얼굴이 떠오르지 않는다는 게 말도 되지 않았다. 발병한 지 10년 넘게 지난 노인이라면 또 몰라도, 이렇게 급격한 악화는 있을 수 없었다.

겨우 웃음을 거둔 슌페이는 제방 쪽으로 시선을 돌렸다. 대학의 고층 타워를 원망스럽다는 듯이 바라보며 "저기 20층 서쪽 창문

세 장 정도는 우리 학비에서 나온 거야."라고 트집을 잡았다. 거칠게 담뱃갑을 뜯고 어울리지 않는 연기를 뿜어냈다.

"담배, 좀 줄여. 백해무익하다니까."

새삼 뜯어보아도 슌페이는 평소와 분위기가 달랐다. 그러고 보니 이 아이가 양복을 입은 모습은 처음 본다. 성인식을 얌전하게 가족과 보낸 고스케와는 달리 슌페이는 그날도 결국 미요시로 돌아오지 않았다.

넉살 좋고 종잡을 데 없고, 솔직히 말해 슌페이는 별종이다. 하지만 고스케가 어렸을 때부터 병약해 항상 눈을 뗄 수 없었던 한편으로 슌페이는 전혀 손이 가지 않는 아이였다. 함박웃음으로 레이코에게 용기를 준 것은 늘 슌페이였다.

"그러고 보니 형한테 연락은 받았니?"

레이코가 무심코 던진 한 마디에 슌페이는 눈을 껌뻑였다.

"형이 나한테? 연락할 리 없잖아."

"형한테 아이가 생겼대."

"흐음, 뭐가?"

"뭐가라니, 아이가 생겼다니까."

"어? 진짜?"

슌페이는 두 손 들었다는 듯이 소리를 높였다.

"그 인간 정말 대단하네. 형은 아직 스물일곱이잖아? 역시 미유키 형수가 수완가라니까. 완전히 휘둘리고 있잖아. 빨리 결혼하길 원한 것도 형수였고, 아이를 갖고 싶다고 말한 것도 그 사람이고."

"그러니?"

"아니, 잘은 모르지만. 하지만 형을 보면 형수 손아귀에 꽉 잡혀 있다는 게 한눈에 보이잖아."

"넌 늘 그 소리더라. 그럴 리가 있니? 고스케도 늘 당당하잖아."

"우리 앞에서만 그런 거라니까. 둘만 있을 때는 분명 다를걸. 뭐, 한번 봐봐. 형수, 눈 깜짝할 사이에 회사 그만둘 테니. 당당하게 회사를 그만두려고 서둘러 아이를 원했던 거니까."

"그런 거야?"

"그러니까 잘 모른다고 했잖아."

"정말 너란 애는. 아무 말이나 하고."

레이코는 한숨을 한 번 쉬고 화제를 바꾸었다.

"그것보다 너는 어떠니? 취업 잘 풀릴 것 같아? 비정규직은 절대 안 된다."

"비정규직이라니 뭐가?"

"그러니까, 제대로 된 일자리를 안 찾고 마음 내키는 대로 아르바이트나 하는 것 말이야."

"아니, 그건 알고 있어. 아아, 그렇구나. 이것 때문에?"

슌페이는 양복 옷깃을 팔락거렸다.

"미안하지만 이거 취업 때문에 입은 게 아니야. 나, 취직 안 할 거야."

"취직을 안 하겠다니, 그럼 어쩌려고 그래?"

"그건 뭐, 생각이야 많지. 하지만 일단 취직해서 출세하고, 대출로 집을 마련하고, 이것저것 참아가는 삶은, 미안하지만 나한테는 안 맞아. 현재의 가치관으로 잠깐 옳게 보이는 미래를 위해 지금 참아야 한다니 그럴 순 없어."

"잠깐, 얘가. 그럼 결혼은 어쩌려고?"

"당장은 할 생각 없어. 내 문제만으로도 죽겠는데 다른 사람을 어떻게 행복하게 만들어? 아이라도 생기면 고민해보겠지만."

"그만해. 부탁이니 요즘 애들처럼 그런 소리는 마."

레이코는 참지 못하고 그렇게 말했다. 슌페이가 아버지인 가쓰아키를 염두에 두고 하는 말이라면, 절반은 맞는 소리다. 과거의 가치관이 옳다고 믿은 탓에 지금 괴로운 것은 분명 사실이다.

하지만 그 이상으로 인간이 조직에 속하지 않고 살아가는 게 얼마나 어려운지, 레이코와 가쓰아키는 속이 문드러질 정도로 절실히 맛보았다.

그런 레이코의 반응에는 개의치 않고 슌페이는 고개를 저었다.

"아니, 요즘 애들이 얼마나 견실한데. 형을 보면 딱 알잖아. 안정적인 가치관에 반기를 든 건 우리 전 세대지. 하지만 그 사람들은 보란 듯이 무너졌어. 당시에는 멋져 보였을지도 모르지만, 니트(일하지 않고 일할 의지도 없는 청년 무직자를 뜻하는 용어-옮긴이)니 폐인이니 하는 딱지나 얻었지. 결국 시대를 따라 살면 안 되는 거야. 그 반동으로 안정을 우선하자는 최근의 풍조도 정말 옳은 건지는 알 수 없잖아. 그렇다면 스스로 죽을 각오로 판단해야지. 그야말로 죽을 때 후회하지 않도록."

하고 싶은 말을 실컷 늘어놓고 슌페이는 새 담배에 불을 붙였다. 레이코에게는 역시 궤변으로만 들렸다. 다만 아들들은 절대 고생하지 않기를 바랐다. 매달 일정한 날짜에 꼬박꼬박 월급을 받기를 원했다.

가정을 꾸리고, 집을 사고, 미래에 불안하지 않은 생활을 보내길 바랐다. 슌페이는 그런 바람조차 옳지 않다고 말하는 걸까? 낡은 가치관에 얽매여 있을 뿐이라고 말하는 걸까?

"이제 장례식에 가야 해."

얼마간의 침묵 끝에 슌페이가 말했다.

"아르바이트하는 곳 마스터네 아버님이 돌아가셨어. 엄마 아빠하고 동갑이래. 암으로 오래 고생했다던데, 마스터도 마음이 많이 안 좋은 것 같아."

"장례식에 더블슈트는 실례잖니."

하고 싶은 말도 못 하고, 슌페이의 말에 대꾸해보기는 했지만 화제는 자꾸만 오락가락했다. 결국 "옷을 맞춰 살 돈이 없어."라는 변함없는 불평으로 귀결되자 레이코는 울적해졌다.

"그러고 보니 나도 슌페이한테 의논하고 싶은 문제가 있어."

어제, 고스케에게는 하지 못했던 말이다. 무슨 일이냐는 듯 고개를 갸웃거리는 슌페이에게 용기를 쥐어짜내 말을 꺼냈다.

"엄마가 요새 건망증이 심해. 치매 같은 건 아니지만, 한 번 병원에 가볼까 싶어. 가능하면 슌페이도 따라와주면 좋겠는데."

"건망증?"

"가끔. 그리 심한 건 아니지만. 아무래도 불안해서."

"설마, 아까 날 못 알아본 것도 그것 때문이야?"

"그건 몰라. 모르지만, 불안하잖아. 그러니까 함께……."

"아니, 아니, 잠깐만. 엄마."

슌페이는 과장스럽게 박장대소했다.

"그럼 뭐야, 내가 지금 치매 걸린 사람하고 얘기하고 있는 거야?"

"누가 그런 소릴 했니?"

"엉뚱한 소리도 적당히 해. 치매에 걸리기엔 너무 이르잖아. 애초에 치매라는 건 그런 게 아니잖아. 상황을 파악하지 못하는 사이 조금씩 진행되는 병 아니야? 스스로 병원에 가고 싶다고 말하는 환자라니 금시초문이야."

"잘 아네."

"부모님 앞날이 걱정돼 인터넷으로 찾아본 적이 있어. 아니, 엄마 오늘은 평소보다 더 말도 많고, 오히려 건강해 보여 마음이 놓일 정도인데."

"역시 그러니?"

"그럼, 내가 장담할게. 뭐, 그래도 걱정되면 일기라도 써봐. 그게 최고의 예방책이라잖아. 하지만 절대 치매는 아니야."

슌페이는 딱 잘라 말했다. 그렇구나, 일기라. 레이코의 불안도 서서히 사라져갔다. 결국 그런 말을 듣고 싶었던 것뿐인지도 모른다. 안심하고 싶었을 뿐이다. 슌페이의 말과 웃음에는 언제나 그만한 힘이 있었다.

"슌페이하고 고스케는 성격이 정말 반대로구나."

무심코 튀어나온 말이었다. 레이코는 제 손가락 끝을 바라보며 말을 이었다.

"'가족'이 테마였던 초등학교 작문 말이야. 넌 '나의 가족'이라는 제목으로 글을 썼지. 기억 안 나?"

의아하다는 듯 고개를 젓는 슌페이를 바라보며 레이코는 미소를 지었다.

"그거, 고스케는 '우리 가족'이라고 썼어. 둘 다 똑같이 3학년 때였는데. 아아, 형하고 동생이 이렇게나 다르구나, 하고 처음으로 똑똑히 깨달았지."

"뭐야 그게. 허둥지둥 옛날 얘기를 꺼내 치매가 아니라고 주장하는 거야?"

"정말 괜찮겠지?"

다시 한 번 물어보았다. 슌페이는 번거롭다는 듯이 고개를 끄덕였다. 레이코에게는 어떤 명의의 말보다 든든했다.

그 후 30분쯤 차를 마시고 슬슬 일어나자는 슌페이의 말에 레이코는 자리에서 일어섰다.

"맞다, 엄마."

계산대로 향한 레이코를 슌페이가 불러 세웠다. 뒤를 돌아보니 슌페이는 드물게 우물쭈물하고 있었다. 보아하니 집게손가락으로 직사각형을 그리고 있다.

괜찮아, 그건 정말 깜빡했을 뿐이야. 슌페이에게 돈을 건네주는 게, 오늘 여기에 온 목적이었다.

6

마침 이다바시 플랫폼에서 전철을 기다리고 있을 때, 가방 속 휴대전화가 울렸다.

'사무소 출발. 함께 만날까?'

문법이 이상한 한 줄짜리 문자. 설명도 없다. 컴퓨터는 물론이고 가쓰아키는 아직 휴대전화도 제대로 쓸 줄 모른다.

가쓰아키는 월급쟁이 시절의 후배와 간다에 사무소를 빌렸다. 레이코가 도쿄에 나갈 때는 일을 조정해 되도록 시간을 맞춰준다.

문자를 보고 신주쿠 역 플랫폼 앞쪽에서 전철을 기다려 오쓰키행 급행 전철을 탔다.

똑같이 앞쪽 부근에 서 있던 가쓰아키는 꽤나 기분이 좋아 보였다. 등도 꼿꼿하게 펴고 있어 평소보다 키가 커 보인다. 쌍꺼풀 진 살짝 처진 눈을 가늘게 뜨고 슌페이에 대해 이것저것 묻는다.

중간에 하치오지에서 내려 장을 좀 보고 싶다고 말했을 때도 가쓰아키는 귀찮아하는 기색이 없었다. 그렇기는커녕 "오랜만에 외식이나 하고 갈까?" 하고 생각도 못한 말을 했다.

두 사람은 전철역과 연결된 빌딩 최상층에 있는 레스토랑 중에서 중화요리를 선택했다. 뷔페식 요리로 유명한 가게인 듯했지만 가쓰아키는 그보다 천 엔 비싼 코스를 당연하다는 듯 주문했다.

"우리 뷔페를 시켜도 많이는 못 먹잖아."

맞는 말이지만 아무리 그래도 씀씀이가 너무 헤프다.

"왜 그래요. 좋은 일이라도 있어요?"

괜히 무서운 마음에 레이코가 묻자, 가쓰아키는 자랑스러운 얼굴로 실눈을 떴다.

"음, 지난달 대금이 들어온 것도 있긴 하지만, 그보다 지난 1년 동안 작업해온 안건이 잘하면 결실을 볼 것 같아. 오늘 문의가 들어왔는데, 꽤 구체적인 단계까지 얘기가 진행됐어."

"어떤 내용인데요?"

"환경과 힐링을 테마로 한 재미있는 음원을 따냈는데, 그걸 도입할 수 없냐고 제법 큰 슈퍼마켓 체인에서 묻더군. 간사이를 중심으로 전국에 점포가 마흔 개나 되는데, 정리만 되면 한꺼번에 모든 점포에 도입하고 싶다는 거야."

"이 불경기에 정말 그렇게 좋은 건수가 있는 거예요?"

레이코는 이런 이야기를 그다지 믿지 않는다. 예전에 몇 번이나 기대했다가, 그때마다 실망만 했기 때문이다.

하지만 가쓰아키는 태평했다.

"그 반대야. 불황 때문에 오히려 거래처를 바꾸려는 움직임이 큰 거지. 우리 시스템은 대리점이나 유선을 도입하는 것보다 단가가 싸니까. 그런 의미에서는 앞으로 더욱 알려나갈 필요가 있어. 기회라니까."

가쓰아키는 공사를 확실히 구분하는 타입이 아니다. 최근에야 레이코가 거부해서 일 이야기를 들을 기회가 부쩍 줄었지만, 전에는 좋은 일 나쁜 일 죄다 떠벌리는 사람이었다.

근본이 착하고, 남을 쉽게 믿고, 자기 고집이 별로 없다. 아이들의 아버지로서는 만점일지 모르지만 사업가로서 가쓰아키는 너무 무르다. 그리고 아마 남편으로서도. 늘 중요한 순간에 "나한테 맡겨."라는 한 마디를 들을 수가 없다.

"잘 풀리면 좋겠네. 어쨌든 열심히 벌어다줘요."

레이코는 '이번에는 꼭'이라는 한 마디를 간신히 집어삼키고 대답했다. 가쓰아키는 맥주를 단숨에 비우고 숨을 깊게 내쉬었다.

"이번 일이 잘 풀리면 모두 함께 하와이라도 가자."

"성급한 것도 정도가 있죠. 갚아야 할 돈도 있다고요."

언제까지고 맞장구를 쳐줄 수는 없다. 레이코는 타이르듯 말했지만 오늘 가쓰아키는 그 정도 말에는 굴하지 않았다.

"괜찮아. 분명 잘될 거야. 내일부터 또다시 승부야. 독립한 지 10년, 겨우 기회가 찾아온 거야. 열심히 해야지."

레이코는 자그맣게 고개를 까딱하고 창밖으로 시선을 돌렸다. 이사 온 당시에는 음산하게만 보였던 하치오지의 야경이 일렁거리고 있다. 오늘은 유독 아름다워 보였다.

"여보, 아까 모두 함께 하와이에 가자던 거, 누굴 말하는 거예요?"

디저트로 나온 망고 푸딩을 먹으며 레이코가 물었다.

"그야 나하고 당신하고, 고스케, 슌페이지. 어쨌든 모두 다야. 와카나 가 전원 집합! 물론 며느리도."

"그러고 보니 사돈 만나는 게 다음 주죠? 뭘 입을까? 역시 긴장돼요. 안사돈, 대체 무슨 생각을 하는지 잘 모르겠어요."

가쓰아키는 생각에 잠긴 듯 허공을 쳐다보았다.

"그러네, 새로 태어날 아이도 데려가야겠군. 어린애도 비행기 삯을 냈던가? 그럼 하나, 둘, 셋, 넷……."

아무래도 가쓰아키는 진심으로 모두 다 하와이에 데려갈 작정인가 보다. 정말 그런 날이 온다면 좋겠지만, 아쉽게도 지금 와카나 가에는 아직 꿈같은 소리로만 들린다.

그래도 레이코는 다시 야경으로 시선을 돌리며 해변에서 노는 가족들의 모습을 상상했다. 상상 속에서 가쓰아키가 가장 들떠 있었다.

부디 열심히 해줘요, 여보.

가쓰아키와 마찬가지로 상상 속에서는 레이코도 모든 걱정거리에서 해방되어 그늘 한 점 없이 웃고 있었다.

7

고스케 부부와 만나기로 한 다카오 역은 벌써 겨울처럼 추웠다.

"어머니, 여기, 여기요!"

뒤를 돌아보니 고스케가 손을 휘두르고 있다. 가쓰아키를 닮아 큰 키에 검은색 롱코트가 잘 어울린다. 가운데 가르마를 탄 헤어스타일은 10년 넘게 변함이 없다.

그 반걸음 뒤에서 며느리 미유키가 조신하게 허리를 숙이고 있다.

"애가, 추우니까 천천히 오라고 했잖니. 몸에 탈날라."

약속한 오후 5시까지 아직 30분이나 남았다. 홑몸이 아닌 미유키가 기다리지 않도록 여유 있게 집을 나섰는데, 두 사람의 뺨은 발갰다.

"어머님, 오랜만이에요."

미유키가 가쓰아키와 레이코 앞으로 천천히 다가와 고개를 숙였다. 미유키를 만나는 것은 근 1년 만이다. 고스케는 가끔 집에 들르지만 그때마다 늘 혼자였고, 미유키와 함께 자고 간 것은 올해 정월이 마지막이다.

"미유키, 축하한다. 경사로구나."

비꼬는 소리로 들릴까봐 일부러 '오랜만'이라는 대꾸는 하지 않았다. 미유키는 생긋 웃으며 고맙다고 말했지만 기어들어갈 정도로 가녀린 목소리는 말꼬리가 바람 소리에 묻혀 잘 들리지 않았다.

"지금은 몸 생각만 할 때야. 고스케한테 실컷 응석도 부리고, 절대 혼자 고민하면 안 된다."

이번에는 미소만 지을 뿐, 미유키는 '네, 아니요'라는 대답조차 하지 않았다.

레이코는 한숨을 쉬고 고스케를 쳐다보았다. 이렇게 의사표현이 모호하니 아직도 사이가 서먹서먹한 것이다. "어머님이 많이 가르쳐주세요." 하고 한 마디만 해도 대화도 활기를 띠고 마음도 활짝 열 수 있을 텐데.

보아하니 미유키는 옷차림이 상당히 얇았다. 울 스웨터 위에 벨벳 재킷을 걸치고는 있지만 목 주변은 허전해서 추워 보였다.

목에 건 백금 다이아몬드 목걸이는 레이코가 결혼기념으로 준 목걸이가 아니었다. 섭섭했지만 레이코가 선물한 가느다란 사슬의 18K 목걸이보다 훨씬 비싸 보였다. 소중히 아끼던 목걸이를 선물했을 때, 미유키는 "너무 기뻐요." 하고 쑥스러운 듯이 웃었다. 집에서는 분명 성격이 다를 거라 했던 슌페이의 말이 어째선지 지금 이 순간 떠올랐다.

고스케가 예약한 일식집은 택시로 몇 분 거리였다. 지난번 롯폰기의 이탈리안 레스토랑에서 미유키의 부모와 만났을 때는 정말 쪼들리던 시기라 사돈의 호의에 얼렁뚱땅 얻어먹고 말았다.

가쓰아키는 태평하지만 레이코는 지금도 그 일이 마음에 걸린다. 일부러 지바에서 멀리 나와주었으니 이번만큼은 이쪽에서 대접하려고 미리 인터넷으로 코스 가격을 조사했는데 너무 비싸 깜짝 놀랐다.

고스케는 자기들이 낼 테니 걱정 말라고 했지만 그래서는 안 된다. 며느리나 사돈 앞에서 고스케더러 돈을 내라고 하면 결국 체면이 안 선다.

혹시 몰라 대부업체 카드로 돈을 찾아오길 잘했다. 지금은 하치오지에서 먹은 중화요리 값이 원망스러웠다.

택시 안에서도 대화는 자꾸 끊겼다. 무슨 이야기를 할지 이래저래 궁리했는데 미유키의 얼굴을 보니 하나도 떠오르지 않았다. 차안은 싸늘한데 온몸이 뜨거웠다. 왠지 머리도 멍하다. 최근에도 비슷한 일이 있었던 것 같다.

계류를 굽어보는 룸으로 들어가자 얼마 지나지 않아 사돈 부부가 나타났다. "이렇게 뵙네요." "반갑습니다." 하고 의례적인 인사를 나누고 고스케의 선창으로 건배를 했지만 대화는 딱히 무르익지 않았다. 아이는 언제 태어나는지, 아들인지 딸인지. 그런 이야기가 반복되다가 곧 침묵에 빠졌다.

강물 소리만 귀에 들어왔다. 유명 자동차 회사의 관리직인 바깥사돈은 입가에 수염을 길러 위엄이 있다.

취미는 골프, 휴일에는 반드시 외출할 정도로 외향적인 그 성격은 돈이 있을 때만 낚시를 가는 가쓰아키와는 정반대다. 솔직히 말해 바깥사돈은 남편 가쓰아키를 업신여기는 구석이 있다. 당연히 적극적으로 말을 거는 일도 없거니와 애초에 두 사람 사이에 공통된 화제를 찾을 수도 없다.

안사돈은 안사돈대로 자기 의사는 없다는 듯이 늘 남편의 대화에 귀를 기울이고 있다. 툭 건드리면 부러질 것처럼 마른 체구, 몸속이 들여다보일 정도로 하얀 피부. 분명 미유키는 어머니의 피를 물려받았을 것이다. 무슨 생각을 하는지 알 수가 없다. 즐거운지,

지루한지 판단하기도 어렵다.

식사를 마치고 남자들이 일본주를, 여자들은 디저트를 먹는 사이 그나마 유지되던 일체감은 사라졌다. 먼저 미유키와 안사돈이 속닥거리기 시작했다.

두 사람도 오랜만에 만나는지 그때까지의 침묵이 거짓말처럼 대화가 이어졌다. 초산이라 불안하다, 일찌감치 친정에 가 있고 싶다, 이제 무엇을 조심해야 하는지, 앞으로 이것저것 가르쳐주었으면 좋겠다……. 가능하다면 레이코가 듣고 싶었던 말이 미유키의 입에서 줄줄이 튀어나왔다.

처음에는 부러웠다. 이어서 레이코는 충격을 받았다. 미유키가 이렇게 술술 말하는 모습도, 안사돈이 꼬박꼬박 타이르는 모습도 처음 보았다. 어지간히 마음이 편한 모양이다. 미유키는 별것 아닌 일에도 잘 웃고, 고개를 주억거리며, 레이코가 한 번도 보지 못한 마음이 깃든 표정을 짓고 있었다.

10년 전에 타계한 시어머니와의 관계를 생각해보면 확실히 미유키의 심정도 이해 못 하는 것은 아니다. 하지만 나는 훨씬 더 조심했다. 적어도 식사 자리에서 시어머니를 소외시키는 짓은 하지 않았다.

가쓰아키는 제 손으로 일본주를 따라 마시며 뺨을 불그스레하게 물들이고 있다. 레이코는 혼자 외떨어진 기분이라 가슴이 먹먹했다. 하릴없이 이미 텅 비어버린 셔벗 그릇을 스푼으로 찔러댔다. 메마른 소리가 고막을 때렸다.

실내에서 오가는 어딘가 현실미 없는 목소리에 귀를 기울이며, 한참을 멍하니 있었다.

"어머니."

멀리서 목소리가 들렸다.

"어머니, 어머니!"

목소리의 주인이 고스케라는 것을 깨닫는 데 유난히 시간이 걸렸다. 마치 깊은 잠에서 깨어나는 순간처럼, 정신을 차렸다.

"왜, 무슨 일이니?"

"무슨 일이긴, 아까부터 뭘 혼자 중얼거리는 거야. 기분 나쁘게."

고스케는 정말로 겁먹은 표정이었다. 그 표정이 왠지 레이코의 마음 깊은 곳에 비수처럼 꽂혔다.

서서히 얼굴에 피가 몰리는 것을 느꼈다. 초조함과 흡사한 감정이 가슴속을 들쑤셨다. 그리고 조용히 핏기가 가셨다.

"아니, 미안. 아니야. 미치루가 몸이 좀 가녀리잖니? 그러니까 이제부터 많이 먹어서 튼튼한 딸을 낳아주었으면 좋겠다 싶어서. 그래서 토란 삶는 법을 알려줄까 하던 참이었어. 토란은 왜, 기후에 계신 할머니 밭에서 나는 그거 있지?"

"아니, 잠깐, 잠깐만."

모처럼 미치루와 말하고 있는데 고스케가 훼방을 놓는다. 며느리와 시어머니가 얘기할 때 아들이 끼어들면 안 되는 법인데.

"왜 그러니, 왜 그런 무서운 표정으로."

"아니."

고스케는 잠깐 망설였지만 각오를 굳힌 듯 입을 열었다.

"미치루라니 대체 누구야? 토란은 또 뭐고? 왜 딸이라고 마음대로 정해?"

고스케는 괴물이라도 보는 눈빛이었다. 아니, 고스케뿐만이 아니다. 미유키도, 가쓰아키도, 주위를 둘러보니 어이없다는 듯 싸늘한 눈이 레이코를 둘러싸고 있었다.

그곳에 있는 모든 사람들이 똑같은 표정이었다. 그 표정의 의미를 알 수가 없다. 어째서 모두들 날 쳐다보는 거지? 귀에 거슬리는 소리라도 했나?

왜 그럴까, 구름 속에 있는 기분이다. 소외감이 가슴을 묵직하게 꿰뚫었다. 역시 최근에 비슷한 일이 있었다. 하지만 그게 언제, 어디에서, 누구와 있었을 때였는지는 기억나지 않는다.

레이코는 초조함을 지우려고 필사적이었다. 아니, 사실은 입을 다물고 싶었는데 말이 자꾸만 흘러넘쳤다.

"난 모두 사이좋게 지냈으면 하는 마음뿐이야.""미유키하고도 편히 지내고 싶어.""그게 더 즐겁잖니?""어느새 모두들 떠나버렸는걸.""언제까지고 함께 있을 수 없다는 건 알고 있지만.""아이도 태어날 테니 가끔은 다 같이 만나자꾸나.""1년에 단 몇 번이라도 좋으니까.""또 다 함께 만나자꾸나."

엉뚱한 소리를 하고 있다는 건 느끼고 있었다. 그런데 생각이 언어로 바뀌면, 바로 다음 순간에는 이상하다는 느낌이 사라진다.

다른 누군가에게 몸을 빼앗긴 기분이었다.

"그래, 나, 미유키한테 주려던 게 있었어. 18K 목걸이인데, 아니, 그리 비싼 건 아니란다. 하지만 우리가 정말 어려울 때 산 거야. 왜, 스트레스 쌓이는 일투성이잖니. 그래서 월급이 넉넉히 들어온 달에 큰마음 먹고 샀어. 아버지한테는 비밀로 말이야. 또 헛돈 쓴다고 화를 낼 테니까. 소중히 여겼던 거니까, 되도록 늘 몸에 지니고 다녀주면 기쁘겠구나."

그렇게 말하며 레이코는 가방 속을 열심히 뒤졌다. 하지만 아무리 찾고, 또 찾아도 어째선지 꼭꼭 넣어두었던 목걸이는 보이지 않았다.

"어머, 이상하네. 분명 넣어두었는데. 어, 어머, 어머나······."

말이 쉴 새 없이 흘러나왔다. 가방 밑바닥까지 찾아보았지만 나오지 않아, 주머니를 뒤지려던 레이코의 팔을 별안간 누가 잡아챘다.

고개를 드니 가쓰아키가 알겠다는 듯이 고개를 저었다. 불현듯 눈앞이 아른거린다. 자기가 이상하다는 것만은 이해할 수 있었다. 하지만 뭐가 이상한지 도저히 알 수 없었다.

아, 그렇구나. 한참 후에야 생각이 미쳤다. 그러고 보니 요즘 건망증이 심했다. 생활에 지장이 갈 만큼은 아니었지만, 조금 불안했다. 하지만 그건 단순한 노화 현상. 두려워할 필요는 없을 것이다······.

마침 종업원이 예약 시간이 끝났다고 알리러 와, 자리는 조용히 끝났다.

역까지 이어지는 비탈을 내려가는데 후끈거리는 몸을 어루만져 주는 바람이 상쾌했다. 그런데 미요시로 돌아가는 전철 안에서 가쓰아키가 불쑥 중얼거렸다.

"내일 아침 일찍 병원에 가보자."

가쓰아키가 왜 이런 소리를 하는지, 레이코는 이해할 수 없었다. 건망증에 대해 말한 적이 있었던가? 기억에 없다. 슌페이가 가쓰아키에게 알린 걸까? 전혀 걱정할 필요 없다고 했으면서, 그 애도 참.

그날 밤, 느긋하게 목욕을 하고 열을 식히고 있는데 고스케에게서 전화가 왔다. 고스케는 화난 목소리로 말했다.

"아까 슌페이한테 전화해서 들었어. 왜 나한테는 건망증이 있다고 말 안 한 거야?"

"하지만 넌 아이 문제도 있잖니. 게다가 알츠하이머가 아니야. 인터넷으로 조사해봤는데 노화라고 그랬어. 걱정할 것 없어."

"의사도 아니면서 맘대로 결론 내리지 마. 어쨌든 빨리 병원에 가보자."

"응, 아버지도 똑같은 말씀을 하시더구나. 내일 아침 일찍 다녀올 거야."

"알았어. 나도 반차 내고 그쪽으로 갈 테니까. 슌페이도 부를게."

"얘가, 그렇게 호들갑 떨지 마. 무섭잖니."

"무섭다니, 무슨 소리야. 어머니, 오늘 일도 기억 못 해?"

"무슨 소리니. 당연히 기억하지."

이쯤 되자 레이코도 울컥해서 화를 냈다. 당연히 기억하지. 다카오에 있는 요릿집에서 만나, 아이들에게 임신 소식을 들었다. 다 함께 즐겁게 식사를 하고, 가쓰아키와 둘이서 돌아왔다. 똑똑히 기억한다. 그렇게까지 바보 취급당하긴 싫다.

머리는 더없이 명료했다. 레이코는 마음이 놓여 가만히 웃었다.

8

이튿날 아침, 눈을 떴을 때도 머리는 여전히 맑았다. 어젯밤, 가쓰아키와 돌아온 것도, 고스케와 전화한 것도, 물론 이제 곧 병원에 갈 것도 기억한다.

거실로 내려가자 가쓰아키는 이미 커피를 홀짝이고 있었다.

"좋은 아침이에요. 아아, 싫다, 병원이라니. 우울해."

문득 벽을 쳐다보았다. 레이코가 좋아하는 '진주 귀걸이를 한 소녀' 퍼즐이 화사한 아침 햇빛을 받고 있었다.

"뭐 어때서 그래. 빨리 다녀오면 맘 편하지. 안색도 나쁘지 않으니 걱정 안 해도 될 거야."

평소와 똑같은 아침이었다. 아니, 평소처럼 지낼 수 있도록 가쓰아키가 마음을 써주었다. 간단히 식사를 마치고 2층에서 준비를 하는 사이 고스케도 집에 도착했다. 아래층에서 "어제 그러고 나서 얼마나 고생했는지 몰라." 하고 투덜거리는 목소리가 들렸다.

레이코가 내려가자 고스케는 이리저리 살피는 눈빛으로 쳐다보왔다.

"잘 잤어? 몸은 좀 어때?"

레이코는 목을 움츠리며 밝게 답했다.

"응, 너도 잘 쉬었니? 일단 괜찮은 것 같아."

어젯밤 한 번 통화한 후로 슌페이는 또 연락이 되지 않는다고 했다. 서운하기는 했지만 역시 슌페이는 다르다는 생각도 조금 있었다. 회사까지 빠지고 따라오는 고스케보다야 훨씬 마음이 편하다.

준비를 마치고 집을 나섰다. 가을이면 어김없이 코스모 타운을 가득 메우는 은행 냄새가 코를 찔렀다. 한없이 푸르른 하늘이 눈부셨다.

시내에 있는 유일한 종합병원, 미요시 시립중앙병원에 가보기는 처음이었다. 언제부턴가 병원이 무서워졌다. 건강검진을 한참이나 받지 않아 큰 병에 대한 공포가 있다. 혹시나 병에 걸렸을 때의 치료비를 생각하면 우울해진다.

최악의 사태에는 대비를 해두었지만, 그것도 얼마나 효력이 있는지 알 수 없다. 애초에 건강보험료도 가쓰아키가 과연 꼬박꼬박 냈을지 의문이다.

언제나 그렇듯 불안해서 가슴이 무너질 것 같았다. 오랜만에 운전대를 쥐는 가쓰아키에게 저도 모르게 말을 걸었다.

"내 차례가 끝나면 다음엔 당신도 건강검진 받아요. 당신도 확실하게 안심하면 좋잖아요."

가쓰아키는 앞유리에서 눈을 떼지 않고 중얼거렸다.

"그래."

제법 가파른 비탈을 올라 겨우 도착한 주차장에서 올려다본 고
풍스러운 건물은 오래전 친정 근처에 있던 요양원과 흡사했다.

안으로 들어간 레이코는 또 한 번 놀랐다. 사방에 노인들뿐이었
다. 진료 시간보다 30분이나 일찍 도착했는데, 뇌신경외과 대기실
에도 이미 환자들이 많았다. 한 시간쯤 기다려서야 겨우 "와카나
씨, 와카나 레이코 씨, 2번 진찰실로 들어오세요."라는 안내가 들
렸다.

레이코 가족을 맞이한 것은 백발이 성성한 초로의 의사였다. 초
점이 제대로 맞지 않는지 레이코 쪽은 거들떠보지도 않고 몇 번이
나 돋보기를 고쳐 썼다.

의사는 아직 아무것도 적혀 있지 않은 차트를 자꾸만 들여다보
며 "오늘은 어디가 편찮아서 오셨습니까?" 하고 표정도 바꾸지 않
고 물었다.

가쓰아키와 고스케의 얼굴을 차례로 쳐다본 레이코는 두 사람
이 고개를 끄덕이는 것을 보고 입을 뗐다.

"실은 요즘 건망증이 조금 있어서요."

"건망증……."

"어쩌다 가수 이름이 생각나지 않거나, 음식이나 역 이름이 생각
나지 않을 때도 있어요. 아마 노화 때문이겠지만."

"그러시군요. 가수, 음식, 역 이름이라."

의사는 마지막 말만은 반복하지 않았다. 고스케가 뭐라 덧붙이

고 싶은 눈치였지만 가쓰아키가 고개를 저어 가로막았다.

두통이나 마비, 현기증, 구토 증세의 유무에 대해 의사의 문진이 담담히 이어졌다. 무슨 병을 의심하는지 모르겠지만 섣불리 대답했다가 이상한 진단이라도 받으면 큰일이다. 대답하는 사이에 점점 말투가 퉁명스러워졌다.

"어디, 그럼 잠깐 살펴봐도 되겠습니까?"

의사는 레이코에게 천천히 다가와 아래쪽 눈꺼풀을 세게 잡아당겼다. 펜라이트의 하얀빛이 눈동자를 찔러 순간 누가 뇌를 덥석 잡아당긴 것처럼 눈앞이 흔들렸다.

"선생님, 어떤가요? 알츠하이머 같은 건 아니겠지요?"

레이코는 간절한 심정으로 물었지만 의사는 아무 대답 없이 CT 촬영을 준비하도록 간호사에게 지시했다. 레이코는 간호사에게 검사실 위치와 검사 방법을 듣고 가쓰아키의 도움을 받아 진찰실에서 나왔다.

촬영 자체는 5분 정도로 끝났다. 하지만 그다음이 지옥이었다. 결과가 나오기를 기다리는 사이, 관자놀이가 욱신욱신 지끈거리기 시작했다. 아니, 기분 탓이다. 레이코는 필사적으로 암시를 걸었다. 지금까지 통증은 없었다. 당연히 기분 탓이다.

30분 후, 아까와는 달리 이번에는 간호사가 레이코 가족을 부르러 왔다. 다시 들어간 진찰실에는 이상한 긴장감이 감돌고 있었다.

의사는 여전히 안경을 만지작거리며 열심히 필름을 들여다보고 있었다. 레이코 가족이 돌아온 것을 알아차리고 하얀 라이트박스에 사진을 끼우며 고개를 돌렸다.

"설명을 들으실 분들은 다 오신 거지요?"

레이코는 잠시 멍하니 생각했다. 아니, 아직이다. 아직 슌페이가 오지 않았다.

"아니, 선생님, 저기……."

레이코의 그런 목소리를 가로막듯 "다 왔습니다." 하는 가쓰아키의 목소리가 진찰실에 울렸다. 고개를 돌리자 어째선지 가쓰아키는 입술을 악물고 눈시울을 붉히고 있었다.

레이코는 힘없이 도리질을 쳤다. 그런 표정 짓지 말아요. 우리는 그냥 걱정을 씻어내러 왔을 뿐이잖아요. 가쓰아키를 향해 작게 미소를 지었다. 당신은 '싱글벙글 씨'잖아요. 당신의 그런 얼굴, 보고 싶지 않아요.

의사는 재차 뇌 단면 사진을 보았다. 그리고 기다란 은색 봉으로 사진의 한 점을 가리켰다.

봉이 가리키는 것은 왼쪽 측두부였다.

"여기에 하얀 그림자가 보이십니까?"

침묵이 흘렀다. 가쓰아키와 고스케는 몸을 내밀고 사진을 들여다보았다. 레이코는 깊은 늪에 발이 빠진 것처럼 꼼짝할 수가 없었다.

"확인되는 그림자만 일곱 개입니다. 작은 것까지 포함하면 더 많을지도 모릅니다."

"선생님, 그게 무슨 말씀이신지."

고스케가 소리를 높였다.

"죄송하지만, 지금은 그림자가 보인다는 말밖에 못 하겠습니다."

의사는 주의를 환기하듯 고개를 저으며 말을 이었다.

"한 가지 말씀드릴 수 있는 건 건망증 증세와는 다르다는 사실입니다. 가장 큰 그림자가 탁구공만 한 크기인데, 이게 기억을 담당하는 신경을 압박하고 있는 거겠지요. 종양이 이렇게 큰데 어째서여태껏 멀쩡하게 생활할 수 있었는지 오히려 의아할 정도입니다. 보통은 통증이 더 심하거나, 언어 마비 증세가 나타나도 이상하지 않을 텐데. 앞으로 어떻게 해야 할지, 우선……."

그 순간, 레이코의 입에서 숨이 후욱 새어나갔다.

그리고 믿을 수 없을 정도로 강렬한 감정의 격류가 몸과 마음, 깊은 곳에서 치밀어 올랐다.

"아아……, 으아아아아아아……!"

"어머니, 왜 그래요?"

고스케가 몸을 흔들었다. 하지만 감정의 분출은 막을 수 없다. 포효를 멈출 수 없다.

으아아아아아아아아아아아아아아아!

목소리가 나오고 있는 건지, 마음속으로만 그러는 건지, 레이코는 알지 못했다.

실컷 비명을 지르고 망연히 고개를 돌리자 흔들리는 가쓰아키의 얼굴이 보였다. 어째선지 흔들리는 가쓰아키의 얼굴 앞에 아담한 집이 불쑥 떠올랐다.

바다에 둘러싸인, 작은 섬이 있었다. 그 위에 딱 한 채뿐인 아담한 하얀 집. 레이코가 있고, 가쓰아키가 있고, 고스케가 있고, 슌페이가 있다.

눈앞의 풍경은 꿈속처럼 자유자재로 원근이 바뀌었다.

낯선 아이들이 해변에서 뛰놀고 있다. 우는 소녀를 두 소년이 필사적으로 지키고 있다.

저 아이들은 누구 아이일까?

소녀는 어째서 울고 있는 걸까?

소년들은 대체 무엇으로부터 소녀를 지키려는 걸까?

고스케와 슌페이가, 사이좋게 맥주를 마시며 아이들을 지켜보고 있다. 지금까지 한 번도 보지 못한 편안한 미소를 지으며.

정원에서 가쓰아키가 고기와 생선을 굽고 있다. 너무나 평온한 광경이다. 부드러운 파도가 해변에 밀려들어오고, 그 소리가 레이코를 푸근하게 감쌌다.

가쓰아키가 이쪽을 바라보고 있다. 공포에 질린 눈으로. 이건, 꿈? 아니, 아니다. 이쪽이 현실이다. 그렇다. 즐거운 일만 가득한, 현실 세계.

그 순간, 레이코의 눈에서 눈물이 툭 떨어졌다.

언젠가 그랬던 것처럼, 다른 누군가가 몸속으로 파고들어온다. 저항할 힘이, 바닥났다.

나는 지금 어디에 있는 걸까? 여보, 모두 함께라니 누굴 말하는 거예요? 어쩌지, 가족들한테 짐이 되기 싫은데.

겨우 손에 넣었다고 생각했는데, 평화로운 푸른 풍경이 부서졌
다. 당장에라도 빨려 들어갈 듯한 칠흑 같은 어둠이 머릿속에 펼쳐
졌다.

2장

형의 자각

1

마음을 갈가리 찢는 비명을 지른 직후, 어머니가 망가졌다.

인간을 유지하는 요소가 단숨에 빠져나간 것처럼 어머니는 그 순간부터 예전의 어머니가 아니었다.

"앞으로의 문제 말입니다만, 우선……."

무기질적인 형광등 불빛을 받으며 백발의 의사는 말끝에 약간 힘을 주었다.

와카나 고스케는 무의식적으로 시선을 돌렸다. 어머니는 이유도 없이 웃고 있었다. 자조 어린 울적한 미소가 아니라, 휴일에 가슴 설레는 소녀 같은 미소다.

눈앞의 이 상황에서 어머니의 모습은 당연히 엉뚱하기 짝이 없었다. 고스케는 순간 자기가 어떤 감정을 가져야 할지 알 수 없었다.

"조금 더 상세히 검사하게 한 번 더 CT 검사실로 가주시겠습니까? 이번에는 전신사진을 찍어봅시다."

의사는 자리에서 일어나 젊은 간호사에게 상세한 지시를 내렸다. "이쪽으로 오세요." 하는 간호사의 목소리에 겨우 정신을 차리고 그제야 아버지 쪽을 쳐다보았다.

실실 웃고 있는 어머니를 아버지가 부축했다. 간호사의 뒤를 따라 두 사람은 진료실에서 나갔다.

폭풍이 금방 훑고 지나간 자리처럼 진료실에는 메마른 공기가 자욱했다.

"그래서 선생님, 실제로는 어떤 상황입니까?"

"이 병원에서 할 수 있는 검사는 한계가 있습니다. 그러지 말고 자, 이쪽에 앉으세요."

의사는 방금 전까지 어머니가 앉아 있었던 의자를 고스케에게 권했다. 그러더니 눈썹을 찌푸리며 복잡한 수식이라도 푸는 듯한 표정으로 차트에 시선을 떨어뜨렸다.

"말씀드린 대로 CT에 상당히 큰 그림자가 많이 찍혔습니다. 십중팔구 뇌종양이 틀림없을 텐데, 이 종양들이 대체 어디에서 시작되었는지가 문제입니다."

고스케는 이번에는 한 마디도 놓치지 않으려고 수첩을 꺼냈다. 그제야 '부원장 가쓰라기 이쿠오'라는 명찰이 눈에 들어와 첫 줄에 의사의 이름을 적었다.

가쓰라기라는 이름의 의사는 고스케와 CT 영상을 번갈아 보면서 설명을 계속했다.

"이만한 종양이 있는데 머리에 통증이 없었다는 건 역시 이상합니다. 아직 추측일 뿐이지만 아마도 뇌 쪽은 최근에 생긴 종양, 즉 원발성 뇌종양이 아닌 것 같습니다."

"죄송합니다. 그럼 그게 무슨 뜻입니까?"

고스케는 메모하던 손을 멈추고 물었다.

가쓰라기는 그 질문에는 대답하지 않고 어머니가 담배를 피우는지, 평소 위나 장에 통증이 있었는지 속사포처럼 질문해댔다.

고스케는 지푸라기라도 잡는 심정으로 그 질문들을 부정했다. 하지만 의사는 미안한 기색으로 한숨을 내쉴 뿐이었다.

"아마도 폐나 장에서 발생한 전이성 뇌종양이 틀림없을 겁니다. 만일 그렇다면 뇌종양의 개수나 크기로 보건대 이미 상당히 진행된 것으로 예상됩니다. 며칠 내에 여러 기억들을 잃기 시작하고, 실어증이 나타날지도 모릅니다. 간질 발작 가능성도 있으니 그 점도 유의해야 합니다. 어쨌든 오늘 안에 입원하십시오. 나중에 간호사도 설명하겠지만……."

잠자코 있으면 일방적으로 이야기가 끝나버릴 것만 같아 고스케는 황급히 말을 잘랐다.

"잠깐만요. 그럼 결국 어머니 상태는 어떻다는 겁니까? 앞으로 살날이 얼마 안 남았다거나 그런 건 아니지요? 치료하면 낫는 거지요?"

의사는 대답하기 어려운 건지 귀찮은 건지 알 수 없는 표정으로 천장을 한 번 올려다보더니 천천히 고개를 저었다.

"그 표현을 좋아하는 의사는 없을 거라 생각합니다만, 아마도 몇 주, 당장은 일주일, 그 정도가 하나의 고비가 될 것으로 보입니다."

"일주일?"

또다시 침묵이 찾아왔다.

"어쨌든 전신 CT 결과가 나오기 전에는 그 이상 말씀드릴 수가 없습니다. 내일 오전에 부를 테니 간호사실로 가세요. 지금 하고 있는 검사 결과를 알려줄 겁니다. 정말 죄송하지만 저는 바로 지역 학회가 있어서요. 오늘은 이쪽으로 돌아오지 못합니다."

뒷부분은 거의 귀에 들어오지 않았다. 겨우 일주일이라는 말이 고스케의 머릿속에서 자꾸만 메아리쳤다.

망연히 진료실을 뒤로했다. CT 검사실 앞 소파에 앉아 메모를 바라보았다. '뇌종양'이라는 글자가 자기주장을 하듯 고스케의 시선을 강하게 끌어당겼다.

몇 분 후, 검사실에서 나온 어머니는 상당히 지친 기색이었다. 영문 모를 미소는 이미 사라졌지만 자신에게 들이닥친 상황은 여전히 파악하지 못하는 듯했다.

"그럼 와카나 레이코 씨, 이번에는 혈압과 체온을 잴 테니 이쪽으로 와주시겠어요?"

고스케는 함께 따라가려는 아버지를 불러 세웠다. 동시에 뒤를 돌아본 어머니와 간호사에게 눈짓을 보내며 "금방 따라갈게요."

하고 작게 말했다.

고스케의 낌새가 심상치 않음을 알아챈 아버지가 입술을 깨물었다.

"선생님이 뭐라더냐?"

"아직 자세한 건 알 수 없다는데."

잠시 망설였지만 숨길 수도 없어 입을 열었다.

"앞으로 일주일이 고비래."

"일주일이라니 뭐가?"

"뇌에 종양이 있는데, 아마 내장 어디서 전이된 것 같대. 지금 찍은 CT 결과가 내일 나오니까 일단 그 결과를 기다려야……."

"아니, 아니다. 그걸 묻는 게 아니야."

아버지는 단호하게 고스케의 말을 끊었다. 고개를 저으며 냉정해지려 애쓰고 있지만 다급한 목소리는 멈추지 않았다.

"그런 게 아니야. 그런 걸 묻고 싶은 게 아니다. 일주일이라니, 그게 무슨 단위냐고 묻는 거다."

그렇게 묻는 아버지의 눈동자에 물기가 어른거렸다. 할머니와 할아버지를 여의었을 때도, 사이좋았던 작은아버지를 잃었을 때도 결코 눈물을 보이지 않았던 사람이다.

난생처음 보는 아버지의 붉은 눈에 고스케도 새삼 일주일이라는 단위의 의미를 깨달았다.

"그저 건망증이 조금 있었던 것뿐이잖니? 오늘 아침에도 멀쩡했단 말이다. 알츠하이머라면 또 몰라도, 어째서 갑자기 일주일이란 소리가 나오느냐는 말이야. 이상하잖아."

아버지는 손거스러미를 잘근잘근 씹었다. 거친 말투에서 현실을 인정하기 싫은 그 심정을 뼈저리게 이해할 수 있었지만, 이런 결과를 예상했던 듯한 기미도 보였다.

"어쨌든 지금은 결과를 기다릴 수밖에 없어요, 아버지."

고스케가 그렇게 말했을 때, 검사실 문이 열렸다.

레이코는 "번거롭게 해서 죄송합니다." 하고 검사실 안을 향해 공손하게 고개를 숙이고 고스케와 가쓰아키를 돌아보더니 장난스러운 표정을 지었다.

"고생했지, 미안하구나. 어쩌다 이렇게 됐지?"

"그런 건 신경 안 써도 돼. 일단 점심이나 먹으러 집으로 돌아가자."

어머니의 눈에는 생기가 없었다. 오락가락한 초점은 좀처럼 또렷해지지 않았다.

"왠지 기분이 이상해. 아버지 검사 때문에 여기 왔잖니? 그런데 왜 내가 검사를 받고 있는 거지? 내가 왜 병원에 있는 거니? 고스케, 왜 그런지 알고 있니? 엄마는 하나도 모르겠구나."

무심코 아버지와 눈짓을 주고받았다. 앞으로 펼쳐질 일주일이 뇌리를 스쳤다.

그 종착점은 어디일까? 방금 전 의사가 했던 말까지 되살아나, 밝은 대답은 떠오르지 않았다.

2

고스케는 자동차를 집 차고에 세우고 일단 전화를 걸었다. 신호음이 몇 번이나 울렸지만 슌페이는 전화를 받지 않았다. 내가 저 입장이었다면 하루 종일 휴대전화를 붙잡고 있었을 텐데.

"일이 커졌어. 어쨌든 당장 전화 좀 해."

내뱉듯이 음성 메시지를 남기고 이어서 미유키에게 전화를 했다. 업무 중인데도 미유키는 신호 몇 번 만에 전화를 받았다.

목소리 너머로 전쟁터 같은 분위기가 전해져왔다. 미유키는 고스케와 같은 전기제품 회사의 '고객 센터'에서 아르바이트를 총괄하는 업무를 맡고 있다.

총괄이라고 하면 듣기에는 번지르르하지만 요컨대 아르바이트 직원으로는 대처하기 힘든 불만고객의 응대가 주업무다. 고객 매뉴얼이 점점 세분되면서 그에 비례해 불만고객의 질도 해마다 악화되고 있다. 전화를 받는 것만으로도 정신적인 피해는 상당하다. 당연히 임신부에게 맞는 일은 아니다.

고스케는 당장에라도 퇴직하길 바랐고, 미유키도 빨리 그만두고 싶다고 입버릇처럼 말했다. 하지만 미유키는 며칠 전 출산휴가, 육아휴직을 다 받아 쓰기 전에는 절대로 그만두지 않겠노라 선언했다. 근속 5년을 경계로 퇴직금에도 차이가 난다고 했다.

미유키는 사무실 밖으로 나와 잠시 후에 다시 전화를 걸어왔다. 고스케가 받자마자 "어머님은 좀 어떠셔?" 하고 상황을 물었다.

목에서 불쑥 갈라진 쇳소리가 나왔다. 팽팽한 실이 단숨에 느슨해지는 감각이었다.

"암이었어. 뇌종양인 것 같아."

"종양?"

"응. 아마 몸 어디서 전이된 것 같다더군. 자세한 결과는 아직 안 나왔지만, 앞으로 일주일이 고비라고 했어."

"그렇구나. 그래서 다카오에서 그렇게."

그 이상의 말은 들리지 않았다. 유독 길게 느껴지는 침묵을 깨고 미유키는 조용히 말을 이었다.

"미안해, 여보. 미유키는 그만 자리로 돌아가야 해."

미유키는 고스케 앞에서만 자기를 '미유키'라고 이름으로 말한다. 회사에서 전화할 때는 늘 조심스럽게 '나'라고 하는데. 분명 동요한 것이리라.

"아아, 그래. 미안, 바쁠 때에."

눈물이 왈칵 치밀었지만 간신히 참았다. 미유키에게만은 약한 모습을 보이기 싫었다. 어떤 일이 있어도 자신이 미유키의 버팀목이 되어야 한다. 홀몸이 아니라고 생각하면 더욱 그랬다.

그대로 전화를 끊으려는 고스케의 귀에 불쑥 미유키의 목소리가 전화를 타고 들려왔다.

"미안해. 이럴 때 이런 말하기는 그렇지만, 때가 이러니 미유키는 이번엔 별로 도움이 못 될 거야."

순간 어이가 없었지만 곧 임신을 두고 말하는 것임을 깨달았다.

"알고 있어. 우리한테도 중요한 때야. 어쨌든 당신은 튼튼한 아이를 낳는 것만 생각해."

"응, 미안해. **그쪽 가족**한테는 당신이 말 좀 잘해줘."

고스케는 어딘가 석연치 않은 기분이었지만, 미유키의 마지막 말은 그 위화감마저 지워버렸다.

"어머님께 무슨 일이 생기면, 그때는 당연히 미유키도 갈 테니까. 당신도 너무 무리하지 마."

마지막으로 뭐라고 대꾸했는지도 모르고 전화를 끊었다. 대기 화면에 미유키와 둘이 찍은 사진이 보였다.

고스케는 힘차게 고개를 저었다. 내가 정신 똑바로 차려야 한다. 내년 봄이면, 대기 화면이 세 명의 사진으로 바뀐다.

어머니는 마당 툇마루에서 햇볕을 쬐고 있었다. 그곳만 두고 보면 더없이 평화로운 광경이었다.

미련을 떨쳐내듯 식탁 앞에 앉아 전에 어머니에게 준 노트북을 켰다.

위이잉, 하고 기동까지 걸리는 더딘 시간이 짜증스러웠다. 기다리는 사이 회사에 연락을 하고 휴대전화로 전송되는 메일에 답신을 보냈다. 그래도 여전히 노트북은 켜지지 않았다. 어머니는 매번 이렇게 귀찮은 시간을 참고 있었던 건가. 다음에 새 컴퓨터를 사드려야지.

그렇지만 곧 안일한 생각이라는 것을 깨달았다. 어머니가 계신 와카나 가에 '다음'은 없을지도 모른다.

겨우 인터넷에 접속되자 고스케는 당장 검색창에 '뇌종양'이라고 입력했다. 몇 가지 세부적인 타입이 있는 모양이지만 대충 구분하면 '원발성' 뇌종양과 다른 부분에서 오는 '전이성' 뇌종양, 두 종류로 분류할 수 있다는 것 같았다.

각각의 특징을 조사했지만 어느 쪽에서도 희망의 싹은 찾아낼수 없었다. 그렇기는커녕 탁구공 크기의 종양은 상당히 비정상이라는 사실을 알게 되어 마음만 울적해졌다.

가쓰라기 이쿠오라는 의사가 이 주변에서는 제법 유능하다는 사실을 알고, 어머니 같은 환자들의 평균 생존 기간이 얼마나 짧은지도 알게 되었다.

향후 치료법이나 기적적으로 회복한 체험담, 종국에는 말기 간호나 호스피스에 대한 정보까지 조사하고 다시 처음 검색 결과로 돌아갔다. 그때 고스케의 눈은 어느 항목에 못 박혔다. 낯선 페이지의 주소가 붉게 변해 있었다. 어머니가 열어본 페이지의 방문 기록이다.

문득 툇마루로 시선을 돌렸다. 어머니는 공책을 펼치고 필사적으로 뭔가를 적고 있었다. 눈에 보이는 저 머릿속에서 지금도 몇개나 되는 암세포가 계속 증식하고 있는 걸까?

다시 브라우저 열어본 페이지 탭을 클릭했다. 전에 어머니가 입력했을 키워드와 함께 검색 결과 페이지가 열렸다. 그 창에는 '치매'+'저렴'+'요양원'이라고 적혀 있었다.

무거운 마음으로 다른 페이지를 살폈다. 이번에는 '인지증'+'가족'+'고생'이라고 찍힌 페이지가 열렸고, 대부분의 링크가 붉은색으로 바뀌어 있었다.

고스케는 견딜 수가 없어 노트북을 덮었다. 냉장고에서 녹차를 두 개 꺼내서 마당으로 나가 어머니 옆에 앉았다.

"뭘 쓰고 있어?"

고스케는 쳐다보지도 않고 어머니는 공책을 가려가며 펜을 계속 굴렸다.

"치매 방지에는 일기가 최고래. 그래서 일기를 쓰는 거야."

"그렇구나. 오늘은 따뜻하네. 병에 맞서는 첫날치고는 좋은 날씨 아니야?"

올려다본 하늘에는 구름 한 점 없었다. 그림물감으로 칠한 것처럼 푸른색이 펼쳐져 있다.

어머니도 겨우 손을 멈추고 하늘을 바라보았다.

"그거 아니? 하늘은 바다의 푸른색을 반사한 색이야. 그래서 설령 다들 다른 장소에 있어도, 태양이 떠 있는 시간만큼은 모두 다 바다에 둘러싸여 있는 거란다."

알고말고. 어렸을 때, 자기 전에 늘 어머니가 들려주셨던 이야기다. 나중에 태양광과 대기의 상관관계 때문이라는 것을 알았지만, 그런 건 아무래도 좋았다. 자연의 커다란 힘이 느껴져 어린 시절 고스케가 가장 좋아했던 이야기였다.

어머니는 비로소 고스케 쪽으로 고개를 돌리더니 천천히 입을 열었다.

"애야, 나 암이니? 암이지?"

가슴이 철렁했다. 뭐라 대답해야 할지, 금방 판단이 서지 않았다.

"왜 갑자기 그런 소리를 해? 이제부터 검사할 거잖아."

"엄마가 요즘 건망증이 심해. 생활에 지장이 있는 건 아니지만, 한번 검사 좀 받아보려고."

어머니의 이상한 언동은 더 이상 놀랍지 않다. 그저 내가 정신을 똑바로 차리면 된다. 고스케는 주먹을 힘껏 움켜쥐었다.

3

어머니가 원하는 대로 점심으로 중화요리를 먹고 다시 병원으로 가니 아까와는 다른 간호사가 병실로 안내해주었다.

최상층 모퉁이에 자리한 병실이었다. 중간에 들여다본 병실은 전부 꽉 차 있었는데, 어째선지 이 병실에는 할머니 한 명뿐이었다.

"이런 병실에 있어도 괜찮은 겁니까?"

고스케는 네 개나 비어 있는 침대를 바라보면서 물었다. 간호사는 "앞으로 어찌 될지 모르니까요." 하고 이도 저도 아닌 대답을 활기차게 했다.

창밖으로 깊은 산속에 묻힌 미요시의 거리가 보였다. 형광등이

지지직거리는 병동의 분위기와 한데 어울려 평소의 어머니라면 분명 싫어할 우울한 환경이다. 그런데 정장 본인은 곧바로 잠에 빠져 곤한 숨을 내쉬고 있었다.

"점심은 드시고 오셨나요?"

간호사가 링거를 준비하면서 물었다.

"그건 무슨 약입니까?"

고스케는 고개를 끄덕이며 거꾸로 물었다. 종양에 효과가 있는 약은 없을 것 같았다.

"아아, 이건 글리세올하고 스테로이드제예요. 일시적이긴 하지만 암세포를 작게 만드는 효과를 기대해볼 수 있어요."

간호사의 말에 가슴이 철렁했다. "나 암이니?"라고 물었던 어머니의 표정이 떠올랐다. 지금 어머니가 사물을 얼마나 제대로 파악하는지 모르겠지만, 기본적으로는 부정적인 사고의 소유자다. 하나가 안 되면 다음 일도 반드시 마이너스로 작용한다.

다음에 또 어머니가 병에 대해 물으면 뭐라 대답해야 할까? 어제까지는 인연이 없었던 '고지(告知)'라는 단어가 갑자기 눈앞에 떡하니 드러누웠다.

어머니는 저녁때까지 눈을 뜨지 않았다. 겨우 잠에서 깼을 때는 창밖에 불빛이 드문드문 일렁이고 있었다.

"얘야, 슌페이는?"

잠에서 깬 어머니는 무척 평온했다. 환자라는 게 거짓말처럼. 그때까지 한 마디도 나누지 않고 있던 아버지와 고스케에게 용기를 주었다.

"방금 전에 금방 도착한다고 전화했어."

아버지가 대답하자 "빨리 좀 오지." 하고 어머니는 애가 탄다는 듯 창밖으로 고개를 돌렸다.

어머니는 다시 잠에 빠졌다. 고스케는 무슨 일이 있으면 연락해 달라고 당번 간호사에게 휴대전화번호를 적은 메모를 건네주고 식사를 하러 다녀오기로 했다. 아버지는 남겠다고 고집을 부렸지만 "아버지까지 쓰러지면 내가 고생해." 하고 설득해 간신히 밖으로 끌어냈다.

먹고 싶은 것도 떠오르지 않아 결국 점심때 갔던 중화요리점 문을 열었다. 손님도 없고 벽도 꾀죄죄한 가게에서, 점심때와 똑같은 아르바이트 점원이 대놓고 짜증스럽다는 표정으로 그들을 쳐다보았다.

자리에 앉자 휴대전화가 울렸다. 슌페이가 부루퉁한 목소리로 역에 도착했다고 했다. 늘 가는 중화요리점으로 오라고 전하자 점원이 재빨리 고스케 곁으로 다가왔다.

"손님, 가게 안에서 휴대전화는."

다시 둘러보았지만 그들 말고 다른 손님은 한 명도 없다. 그만 울컥 화가 나 한 마디 쏘아주려고 했는데, 아버지가 먼저 버럭 고함을 질렀다.

"불편해할 손님이 어디 있어! 그 정도 편의도 못 봐줘?"

고스케로서는 몇 년 만에 들어보는 아버지의 고함이었다. 사실은 당장 나가고 싶었지만 둘 다 그럴 기력이 없었다. 거북하기는 했지만 아무 일 없었다는 듯이 맥주와 안주를 주문했다.

병맥주와 유리컵이 세 개 나왔을 때, 오렌지색 축구 유니폼에 청바지를 걸친 슌페이가 가게에 들어왔다. 밖이 쌀쌀한지 코끝이 발갰다.

"일단 내일 결과가 좋기를 기도하자. 그리고 우리가 쓰러지면 안 되니 건강관리 똑바로 하고."

고스케의 말로 건배를 했지만 남자 셋뿐인 테이블에 대화는 없었다. 슌페이는 어머니의 상태를 묻지도 않고 무뚝뚝한 얼굴로 메뉴를 훑어보고 있다. 아버지는 맥주를 물처럼 들이부으며 "겨우 호강 좀 시켜주려고 했더니. 이제 시작인데." 하고 헛소리처럼 되뇌고 있었다.

어머니의 입버릇처럼 초상집 같은 저녁 식사 자리였다. 슌페이가 대충 주문한 메뉴는 본인만 손을 대고 있다.

"나 참, 건강관리 똑바로 하자고 말한 지 얼마나 됐다고, 둘 다 제대로 먹어."

슌페이는 시비조로 말했지만 대꾸할 기력은 없었다.

테이블에 나온 요리에서 김이 거의 사라질 무렵, 고스케의 휴대전화가 다시 울렸다. "병원이다." 이번에는 가게 밖으로 나가 전화를 받았다.

"와카나 고스케입니다. 죄송합니다. 무슨 일이라도 있었나요?"

차가운 바람이 몸을 스쳐 갔다. 전화 너머에서 아까 그 간호사가 다급한 목소리로 말했다.

"고스케 씨, 죄송해요. 어머님께 조금 문제가 생겼어요. 빨리 이쪽으로 와주실 수 있겠어요?"

상황을 알 수가 없어 무슨 일이 생겼는지 물어보려는 순간, 어머니의 절규가 들려왔다.

"날 보내줘! 왜 이런 곳에 가두는 거야! 집에 돌아갈 테야! 제발 날 버리지 마!"

레이코 씨, 레이코 씨! 애써 달래려는 병원 관계자들의 목소리도 들려온다.

"죄송합니다. 당장 돌아가겠습니다."

전화를 끊은 순간 아버지와 슌페이도 가게 밖으로 나왔다. 굳이 묻지 않고 아버지는 병원을 향해 걸음을 뗐다.

그 뒷모습을 쫓아 병원으로 이어지는 비탈길을 오를 때, 슌페이가 처음으로 말을 걸었다.

"형. 오늘 형수는?"

"응? 아아, 내가 도쿄에서 기다리라고 했어."

딱히 켕기는 구석은 없었지만 괜히 변명이 튀어나왔다.

"이런 때에 어째서? 가족의 중대사잖아?"

슌페이는 비웃듯이 코웃음을 쳤다. 고스케는 한숨을 푹 내쉬고 슌페이를 돌아보았다.

"너도 들었겠지만 미유키는 홀몸이 아니야. 스트레스를 줬다가 혹시나 무슨 일이라도 생기면 슬퍼하는 건 어머니잖아."

슌페이는 들은 체 만 체, "흥, 그런가? 하다못해 시댁에는 와 있어야지." 하고 다 안다는 듯이 말했다.

또 한동안 말없이 걷다가 겨우 병원 주차장에 들어갔을 때, 다시 슌페이의 목소리가 귀를 때렸다.

"이런 말 하긴 뭐한데, 돈은 괜찮은 거야?"

"돈?"

"응, 난 보험 같은 건 잘 모르지만, 만일 수술이라도 받게 되면 돈이 꽤 들잖아. 아버지는 있을 턱이 없고, 뭐 그 점은 믿음직한 형이 어떻게든 해주겠지만."

"아니, 잠깐. 그런 건 나도······."

동요한 고스케의 말을 이번에는 슌페이의 활기찬 목소리가 지웠다.

"아, 엄마다!"

슌페이가 올려다본 곳을 눈으로 좇았다. 순간 온몸의 털이 곤두섰다.

병동 대부분의 창문에 커튼이 꼭꼭 닫혀 있었지만 딱 하나, 실내의 빛이 새어나오는 병실이 있었다. 최상층 모퉁이 병실이다. 형광등 불빛을 등에 업은 어머니의 희멀건 그림자가 고스케와 가족을 굽어보고 있다.

아버지는 작은 비명을 내지르며 그대로 병원 심야 출입구로 달려갔다. 아버지를 좇아 병실로 뛰어드니 어머니는 아무 일 없었다는 듯이 침대에서 텔레비전을 보고 있었다. 세 사람을 보더니 낯선 사람을 보는 듯한 표정을 지었다. 여러 사람을 동시에 상대하고 있는 듯한 착각에 빠졌다.

세 사람을 순서대로 좇는 감정 없는 눈이 마지막으로 슌페이 앞에서 멈추었다.

"아아, 슌페이. 이제야 왔구나. 왜 이렇게 늦었니. 이 불효막심한 녀석."

슌페이는 긴장이 풀린 듯 어깨를 움츠렸다. 분명 제정신으로 돌아온 듯한 말이었지만 고스케는 그렇다고 안심할 수 없었다.

아니나 다를까, 어머니의 입에서 다시 이상한 말이 튀어나왔다.

"얘, 슌페이. 담배 좀 주렴. 한 대 피울 수 있는 곳 정도는 어디 있겠지? 담배, 담배. 담배 피우러 가자."

지긋지긋한 마음으로 이 자리를 일단 두 사람에게 맡기고 자초지종을 들으러 간호사실로 가려는 고스케의 뒤에 쇳소리가 날아들었다.

"왜 감추는 거야! 네가 담배를 끊었다니, 거짓말이지!"

그 순간, 고독과도 흡사한 감정이 고스케의 가슴을 꿰뚫었다. 어두운 밤, 산속의 병원에 있다는 물리적인 요인에서 오는 감정이 아니다. 좀 더 근원적인, 혼자만 세상에서 분리된 듯한 고립감이다.

중학생 때 기억이 뇌리를 스쳤다. 학급에서 갑자기 철저하게 무시당해 방에 틀어박혀 있었을 때, 부모님은 내내 걱정하셨고 아직 형을 잘 따랐던 슌페이도 온갖 수단으로 고스케를 밖으로 끌어 내려 했다.

하지만 그런 간섭은 그저 번거로울 뿐이었다. 당시 고스케에게는 아무런 도움도 되지 않았다. 오히려 그는 가족이 아니면 아무도 상대해주지 않는다는 울화 같은 충동에 시달리며 절망했다.

가족이 조금도 고맙지 않았다. 가족과 함께 있음으로써 느끼는 고독도 있다는 것을 처음으로 알았다. 그날 밤의 기억이 불현듯 뇌리를 스쳤다.

오랜만에 네 가족이 모두 모였는데, 여기서 대체 누가 가족을 구할 수 있단 말인가?

간호사실에서 돌아오니 세 사람은 불빛이 어두운 엘리베이터 앞 대기실에 있었다. 어머니를 가운데에 두고 아버지와 슌페이가 양옆에 떡하니 버티고 있다. 붙들려 있는 것처럼 어깨를 축 늘어뜨린 어머니는 초췌한 노인 같았다.

"오늘은 이래저래 피곤하지? 너무 무리하지 말고 빨리 자."

반쯤 소망을 담아 말했다. 어머니는 흠칫 놀란 듯 고개를 들더니 고스케의 눈을 뚫어져라 쳐다보았다.

한참 시선이 오간 뒤에 어머니가 갈라진 목소리로 자그맣게 물었다.

"누구세요?"

모두가 숨을 훅 삼키는 소리가 들렸다. 슌페이마저 당황해서 끼어들었다.

"아니, 아니, 무슨 소리야, 엄마! 형이잖아. 농담이 지나치네."

하지만 어머니는 타이르는 슌페이까지 뚫어져라 쳐다보며 "당신은?" 하고 물었다. 슌페이는 웃음을 터뜨리며 "나도 잊어버렸어? 슌페이야, 슌페이!" 하고 익살스럽게 대답했다.

고스케는 그 모습에 아연실색하면서도 마음속으로 깊이 안도하고 있음을 자각했다. 이런 감정은 최악인 줄 알면서도 어머니가 자기만 잊어버린 게 아니라는 안도감이 솟았다.

어머니는 몹시 혼란스러운 눈치였다. 뭔가 말하려다가 입을 다물고, 필사적으로 생각하는 듯하다가 다시 입을 열려고 했다.

한참 고민하던 어머니는 다시 고스케를 지그시 바라보았다.

"당신 정말로 내 아들이야? 당신, 모리가미 야소키치 아니야? 응? 어째서? 모르겠어. 당신이 내 아들이라고?"

이번에는 무슨 소리를 하는지 짐작도 할 수 없었고, 알고 싶지도 않았다. 줄기차게 떠들어대는 어머니를 고스케는 잠자코 바라보았다. 상대해봤자 헛수고다. 인간의 기억이란 이렇게나 허망한 것이었나. 눈앞에 있는 어머니는 더 이상 가족이 알고 있는 어머니가 아니다.

계기가 무엇이었는지 모르겠지만 어머니는 다시 터진 봇물처럼 재잘거리기 시작했다. 부모님을 일찍이 여읜 유년기부터 시작해 차츰 대가족에 대한 동경, 가혹한 주택 대출, 그리고 앞으로 살고 싶은 집에 대한 이야기로 바뀌었다.

이야기는 챗바퀴를 돌아, 30분이라는 시간이 흘렀다.

"알겠어. 병이 나으면 바다가 보이는 곳으로 이사 가자. 거기서 모두 함께 사는 거야."

들다못해 그저 어머니의 마음을 달래줄 요량으로 거짓말을 했다.

"정말? 기뻐라. 아아, 하지만 안 돼. 미요시 주택 대출이 아직 한참 남아 있는걸."

"괜찮아. 그건 나랑 아버지랑 둘이서 벌써 다 갚았어."

"어머, 정말? 언제?"

그 말에는 어머니도 눈을 희번덕거렸다.

"어제. 어머니가 자는 사이에. 모두 다 갚았으니까 이젠 안심해."

"어머, 몰랐구나. 갚을 돈이 많이 남아 있었는데."

"괜찮아. 우리 월급을 탈탈 털어 붓고, 은행에 부탁했더니 어찌어찌 됐어."

줄줄이 말이 튀어나왔다. 기억이 돌아온 후의 일은 신경 쓸 여유도 없었다. 그저 이 순간을 넘기느라 필사적이었다.

"그렇구나. 기뻐. 해변의 집이라니 기뻐. 항상 그게 꿈이었어. 집이 딱 한 채 있고, 해변에서 아이들이 노는 거야. 그렇게 큰 집이 아니라도 돼. 그냥, 다들 돌아오고 싶다고 생각하는……."

옳은 행동인지 자신은 없었다. 하지만 절대로 불가능한 거짓말을 들을 때마다 어머니는 진심으로 기쁜 듯이 환하게 웃었다.

그렇지만 웃음은 오래 지속되지 않았다. 새집은 이런 구조면 좋겠다, 이런 주방이 꿈이다, 세세한 이야기를 꺼냈다가는 방금 전에 한 이야기를 금세 잊어버리고, 다시 괴로웠던 유년기 이야기로, 그리고 빨리 미요시를 떠나고 싶다는 이야기로 돌아가는 것이다.

어머니의 이야기는 끝없이 이어졌다. 시간이 얼마나 흘렀을까. 정신을 차렸을 때 화제는 아버지에 대한 이야기로 바뀌어 있었다.

"여기에 아버지가 없으니까 하는 얘기인데 말이야."

그렇게 시작된 이야기는 아버지에 대한 악담의 폭풍이었다. 어머니는 생글생글 천진하게 웃으며 옆에 앉아 있는 아버지를 마치 거기에 없는 사람처럼 깎아내렸다.

"너희 아버지는 돈을 벌어다주질 않았어." "친구들은 다들 행복해 보이는데." "시골에 집을 사겠다고 한 건 아버지야." "그런데 내게 일을 하라고 강요했지." "시어머니께 혼났을 때도 아버지는 결국 날 지켜주지 않았어." "아버지는 날 너무 대등하게 여겨." "일가족의 가장으로 우리를 이끌어줄 생각을 안 해." "돈을 벌어다주지 않아."

이미 들었던 불평도 있었고, 처음 듣는 불만도 있었다. 옆을 보니 아버지는 드라마의 등장인물처럼 어깨를 떨고 있었다. 이제 그만 어머니를 말리지 않으면 아버지가 너무 안됐다고 몇 번이나 생각했다. 하지만 그때마다 어머니도 멈칫거리며 실눈을 뜨고 이런 말을 하는 것이었다.

"하지만 난 너희 아버지가 정말 좋아. 그 사람 아내가 돼서 정말 다행이야. 고스케하고 슌페이, 두 복덩이도 얻었고. 다시 태어나도 싱글벙글 씨하고 결혼하고 싶어."

아버지에 대한 어머니의 말은 듣기만 해도 위가 아릴 정도로 신랄했지만, 힘겹게 새어나오는 그 목소리는 아슬아슬한 선에서 아버지를 사랑하고 있다는 말 역시 반복했다.

"굉장하다. 다행이네, 아버지. 이거 진짜로 마음에서 우러난 소리야!"

슌페이는 배를 부여잡고 낄낄거렸다. 고스케는 솔직히 말해 잘 이해가 가지 않았다. 옛날부터 이상적인 부부라는 말을 많이 들었던 두 사람이다. 실제 연령보다 젊어 보이고, 어디에 나가도 사교적으로 행동할 줄 안다. 고스케 역시 어렸을 때는 친구들에게 부모님을 보여주기가 즐거웠다.

하지만 지금 고스케는 도저히 두 사람이 이상적인 부부라고 생각할 수 없다. "아버지는 날 너무 대등하게 여겨."라는 어머니의 말은 고스케가 오랜 세월 아버지에게 품어왔던 생각을 대변하고 있었다.

아버지가 독립하고 3년쯤 지났을 무렵, 예전부터 알고 지낸 업무 파트너 사이에 문제가 생겼다. 아버지가 신규 영업으로 개척해 파트너가 관리하고 있던 거래처에서 일주일이나 입금을 미룬 것이다.

조사해보니 거래처는 이미 입금을 했는데, 파트너가 아버지에게 입금하지 않았다는 사실이 발각되었다. 그리고 그 파트너와 꼬박 일주일간 연락이 닿지 않았다.

한때 동료였다는 그 파트너에게는 전부터 돈에 얽힌 나쁜 소문이 끊이지 않았다고 한다. 그걸 알고 있던 어머니는 제발 연을 끊으라고 몇 번이나 애원했다고 한다. 하지만 천성이 유한 아버지는 들은 체도 안 하고 오히려 "그 녀석은 그렇게 대담한 짓은 못 해. 사업에 참견하지 마." 하고 설교까지 했다고 한다.

그렇다면 업무상 문제도 숨겼어야 하는데, 생활비가 부족하다는 어머니의 타박에 아버지는 눈치도 없이 자초지종을 설명했다. 돈이 들어오기만을 믿고 있던 어머니는 울면서 "제발 되찾아 와요." 하고 고개를 떨구었다.

고스케는 어머니가 사정을 들은 바로 그날 저녁, 그 사실을 알게 되었다. 대학교에서 돌아오니 웬일로 집에 있던 아버지가 금전 문제와 함께 이런 말을 하는 것이었다.

"지금 그 녀석 집에 다녀오려는데, 미안하지만 너도 함께 가다오."

따라가서 뭘 해야 할지 몰랐지만 왠지 싫다는 말은 할 수 없었다. 사가미하라에 있는 파트너의 집으로 향하는 길에 아버지는 몇 번이나 휴대전화를 들었다. 신호음은 울렸지만 상대는 좀처럼 받지 않았다.

"지금 집으로 찾아가겠어. 네가 안 나오면 부인한테 다 털어놓을 테다."

몇 번째인지 모를 전화에서 아버지는 음성 메시지를 남겼다.

어차피 헛일이라고 생각하면서 국도의 화려한 네온을 바라보고 있었다. 그러자 5분도 채 지나지 않아 상대가 전화를 했다.

"너 뭐야! 내가 돈을 들고 튄 것처럼 말하다니! 조금 실수가 있었던 것뿐이야. 우리 가족은 아무 상관없잖아!"

그렇게 몰아붙이는 남자의 목소리가 수화기를 타고 다 들렸다.

아버지는 차를 갓길에 세우고 필사적으로 상대를 달랬다.

"알아. 알고말고. 사토, 그 돈이 없으면 난 파산하는 수밖에 없어. 이번 일은 눈 감아 줄 테니, 제발 당장 입금해줘."

아버지가 사토라고 부른 남자는 전화기 너머에서 계속 고함을 질러댔다. 조금 실수가 있었던 것뿐이다. 그런데 너는 날 협박하는 거냐, 그런 놈하고는 일 못 하겠다, 먼저 사과해라, 날 의심했으니 사과해라, 사과해. 사과해…….

문득 쳐다보니 아버지는 손거스러미를 잘근잘근 씹고 있었다. 궁지에 몰렸을 때 나타나는 그 버릇을 알게 된 것은, 그리고 아버지가 가족에게 무방비하게 모든 것을 드러내는 사람이라고 느낀 것은 그때였다.

내버려두면 정말 사과할 것 같았다. 그것만은 무슨 일이 있어도 막아야 했다. 고스케는 억지로 휴대전화를 빼앗았다.

"어쨌든 돈은 내일까지 반드시 입금해주세요. 안 그러면 우리도 진지하게 다음 수단을 고려할 겁니다."

사토라는 남자는 허를 찔린 듯 입을 다물었다.

"누, 누구야, 넌?"

"와카나 가쓰아키의 아들입니다."

그 말을 어떻게 받아들였는지는 모르겠지만 사토는 다시 기세를 되찾았다. 무례하다, 버르장머리 없다며 발악을 하더니 법적으로 어쩌고저쩌고 하며 변명을 늘어놓았다.

뭔가가 가슴을 슬금슬금 좀먹어갔다. 자각했을 때는 스스로도 깜짝 놀랄 만큼 큰 고함이 차 안을 쩌렁쩌렁 흔들고 있었다. 절반 이상은 아버지에 대한 분노였다.

"시끄러워! 어쨌든 내일 안으로 입금해! 안 그랬다가는 우리도 무슨 수를 써서든 당신을 혼내줄 거야! 당신 가족을 울려서라도 본때를 보여줄 테다! 당신 같은 인간 때문에 우리가 피해를 볼 줄 알아? 똑똑히 알아둬!"

분에 못 이겨 전화를 끊고 나서야 손이 덜덜 떨리는 것을 깨달았다.

"그 녀석도 힘들어. 장사가 잘될 때 은행 말만 믿고 커다란 집을 지었는데, 그 직후에 거품이 터져서……."

휴대전화를 받아든 아버지는 민망한 기색으로 그런 소리를 했다. 그런 사정은 알 바 아니었다.

"우리 아버지는 정말 신세대야. 언제나 가족만 바라보잖아."

언젠가 슌페이가 그렇게 말했던 것이 기억난다. 그 말에는 동의했지만 어딘가 긍정적으로 말했던 슌페이와는 달리, 고스케는 부정적인 표현으로 받아들였다.

친구들의 아버지처럼 가정을 돌아보지 않고 밖에서 싸우는 아버지를 동경하는 것은 아니다. 하지만 이미 가정을 꾸린 여러 친구들처럼, 밖에서 싸우기를 일찌감치 포기하고 가족만 바라보는 자세가 이상적이라고 생각하지도 않는다. 아버지는 그들 세대치고는 드물게 완전히 후자였다. 슌페이는 그것을 '신세대'라고 표현했다.

휴일에는 가족을 위해 시간을 내고, 평일에도 일찍 귀가해 형제

와 놀아주었다. 그때그때 문제를 숨기지 않고 털어놓고, 아이들의 의견을 존중했다.

그런 모습은 곁에서 보면 훌륭한 아버지였을 것이다. 아니, 실제로 이상적인 아버지였다고 생각한다. 단 한 가지를 제외하면, 아버지를 불만스럽게 말하는 것은 너무 가혹한 처사다.

하지만 그들은 결코 허울 없는 친구가 아니다. 속속들이 드러내는 게 미덕은 아니다. 가령 생활이 어려워도, 그것을 티 내지 않는 것이 아버지의 역할 아닐까? 약점을 감추는 것이 최소한의 도리일 터였다.

아버지는 신경질적으로 거스러미를 씹어댔다. 그 모습을 노려보며, 고스케는 마음속으로 악을 썼다.

4

화장실에 가고 싶다는 어머니를 슌페이가 따라나섰다. 두 사람이 사라지자 대번에 팽팽한 정적이 고요하게 주위를 감쌌다.

"나도 만나본 적은 없는데, 모리가미 야소키치는 어머니가 아홉 살 때 야반도주한 너희 외할아버지야."

어째선지 참회 어린 목소리로 아버지가 입을 열었다.

"미제 음료를 수입하면서 이것저것 했던 모양인데, 선물시장에 손을 댔던가봐. 종적을 감춘 후로는 어머니도 꽤 고생했던 모양이다. 유복한 생활에 대한 갈망도 그런 데서 오는 걸지도 모르지. 그때까지 다녔던 사립학교에서 쫓겨나, 아키코 씨하고도 몇 년이나 못 만났다더구나."

늘 비싼 옷을 두르고 다니는 어머니의 친구가 뇌리를 스쳤다. 고스케는 어머니가 원하는 생활수준이 높은 이유가 어울리는 친구들의 수준이 너무 높아서 그런 줄 알았다. 그 시절에 사립학교를 다닐 정도였으니. 어머니의 친구들은 아버지가 기업 창업자이거나 저명한 음악가라 다들 데릴사위로 들어올 사람을 만나 결혼했다.

"친구들을 다시 만나 정말 다행이라고 어머니가 언젠가 그러더구나. 그러고 보니 담배를 피우기 시작한 것도 아키코 씨하고 장난을 치다가 그랬다지."

"어머니, 역시 담배를 피웠던 거구나."

"어라, 몰랐나? 상당한 골초였어. 널 임신하기 직전에 끊었지. 지금 생각해도 용케 끊었다 싶어."

우리 어머니가 담배라니, 어제였다면 분명 깜짝 놀랐을 것이다. 하지만 지금은 아무 감정도 없다. 슌페이가 '마음에서 우러난 소리'라고 말한 것처럼 병에 걸린 이후로 어머니가 하는 말에는 가식이 없다.

다시 정적이 찾아왔다. 그것을 떨쳐내듯 고스케는 입을 열었다.

"아버지, 미안하지만 난 오늘 집에서 좀 쉬어야겠어. 내일은 회사에 가야 하니 어머니 곁에는 아버지가 붙어 있어."

아버지는 곧바로 불안한 표정을 보였다.

"슌페이는?"

"데리고 돌아갈 거야. 그 녀석도 수업이 있고, 일단 둘이서 의논 좀 하고 싶어."

일부러 차갑게 밀어냈다. 아버지가 응석을 부릴 때가 아니다. 아버지로서, 남편으로서, 지금이야말로 버텨주어야 한다.

아버지는 화장실에서 돌아온 슌페이를 원망스러운 눈길로 올려다보았다. 영문도 모르고 고개를 갸웃거리는 슌페이를 보고는 "알겠다." 하고 중얼거렸다.

고스케는 잘 자라는 인사로 어머니의 손을 한 번 붙잡고 슌페이와 함께 밖으로 나갔다. 슌페이와 단둘이 있는 것이 몇 년 만일까.

"아버지한테는 기나긴 밤이 되겠네."

침묵이 무서웠던 건 아니지만 고스케가 먼저 입을 열었다.

그런 고스케를 무시하고 슌페이는 구김살 없이 웃었다.

"있지, 형. 엄청 사랑스럽지 않아?"

"사랑스럽다니, 뭐가?"

"오늘 우리 엄마. 때 묻지 않았다고 할까. 나, 모두들 저 정도로 순수하게 살 수만 있다면 세상에서 전쟁이 사라질지도 모른다고 생각했어. 이렇게 하면 어떻게 된다는 쓸데없는 선입관이 없잖아. 집착도 없고. 갓난아이 같아."

그 말에는 대꾸하지 않고 고스케는 슌페이를 따라 하늘을 보았다. 떳떳하게 내놓을 수 있는 유일한 자랑거리인 미요시의 밤하늘에 묵직한 구름이 가득 껴있다. 별은 하나도 보이지 않았다.

무심코 시계를 보았다. 아직 10시 반을 조금 지났을 뿐이다.

"아버지한테는 기나긴 밤이 되겠지."

고스케는 한 번 더 중얼거렸다. 하얀 숨이 눈앞에서 일렁거렸다.

5

1시, 2시, 3시. 아버지는 정확히 한 시간마다 전화를 했다.

깨어 있었니? 그렇게 시작된 첫 번째 전화는 병실에 딸린 노란색 간이침대가 불편하다는 불평. 두 번째는 어머니의 병세를 다시 확인하는 전화였고, 이번에는 '너희 어머니가 담배를 피우고 싶다는 구나. 줘도 될까?'라는 용건이었다.

깊은 밤, 초라한 병원에서 벌벌 떨며 휴대전화를 들고 있는 아버지의 모습이 떠올랐다. 안쓰러운 마음은 확실히 있었지만 그보다 귀찮은 마음이 훨씬 앞섰다.

내일은 중요한 미팅이 있다. 잠깐이라도 눈을 붙이고 싶은데, 꾸벅꾸벅 졸 때마다 전화벨에 깼다.

"얘야, 고스케. 미안하지만 회사 가기 전에 한 번……."

"알았어. 새벽에 살펴보러 갈게. 알았으니까 잠 좀 자자."

단호하게 말하고 전화를 끊은 뒤 휴대전화 알람을 다시 맞추었다. 이불을 둘둘 말고 숨을 깊이 들이쉬었다. 몸도 마음도 녹초가 되었는데 피는 점점 빠르게 돌았다.

그러는 사이 오늘만큼은 불쾌하기만 한 새소리가 들려왔다. 커튼 틈새로 햇빛이 들어오고 전자음이 가차 없이 울린다.

고스케는 1초 만에 알람을 껐다. 손에 든 물체가 절망을 가져오는 기계로 보여 힘껏 내팽개치고 싶은 충동이 싹텄다.

지긋지긋한 마음으로 반복 알람을 해제하는데 누가 언제 보냈는지, 문자가 한 통 와 있었다. 'golden-yuka@'로 시작하는 연락처가 낯설다.

고스케는 친구가 많지 않다. 이성 친구는 거의 없다고 해도 좋다. '유카'라고 적힌 주소를 보아도 한동안 감이 오지 않았다.

'요즘 어때? 오늘 또 귀찮은 아저씨한테 걸려서 하소연 좀 하고 싶었어. 한밤중에 미안.'

메시지 끝의 'message from 앨리스'라는 잡다한 이모티콘이 달린 서명을 보고서야 상대가 누군지 겨우 알아차렸다. 상사가 "가끔은 젊은 녀석들도 놀게 해줘야지." 하고 거들먹거리며 끌고 갔던, 긴자에 있는 클럽의 호스티스다.

긴자의 환락가에 가보기는 처음이었지만 흥을 낼 기분이 아니었다. 어떤 자리에서도 화려했던 시절만 그리워하는 상사에게 얻어낼 것은 아무것도 없다. 미유키의 임신 사실을 안 직후이기도 해서 내심 냉담한 기분이었다.

그 가게는 긴자라기보다는 신바시에 가까운 낡은 복합 빌딩에 있었다. 부장은 오래된 단골이었는지 기모노를 입은 마담이 "어머나, 과장님. 이게 얼마 만에 오시는 거예요." 하고 당당히 엉뚱한 직함을 말했다.

클럽이라고는 해도 어차피 일개 회사 직원이 한잔하러 올 수 있는 수준이다. 자리에 앉은 여성도 딱히 미인은 아니었다. 그런대로 꾸미기는 했지만 옷도 싸구려였고 어둑한 조명 속에서도 생기 없는 피부가 눈에 보였다.

프랜차이즈 술집에 있을 때와 똑같은 부장의 이야기에 맞장구를 치고 있었다. 그러자 그때까지 옆자리에서 지루한 기색으로 냅킨을 만지작거리던 여자가 "죄송한데 저도 담배 좀 펴도 될까요?" 하고 뻔뻔하게 물었다.

'저도'라는 표현이 석연치 않았지만 지적하기도 귀찮아 고스케는 대충 고개를 갸우뚱하게 기울였다. 여자는 눈치도 없이 재빨리 연기를 뿜어냈다.

"손님은 아직 젊으시네요. 몇 살이에요?"

극단적으로 동양적인 얼굴을 한 그 여자는 부끄러운 줄도 모르고 자기를 '앨리스'라고 소개했다. 피곤한 옆모습을 바라보며 "스물일곱인데."라고 대답하자 앨리스는 우습다는 듯이 말했다. "스물일곱인데 뭐요? 저도 똑같아요. 스물일곱인데요."

그것을 계기로 앨리스는 틈만 나면 고스케에게 말을 걸었다. 토이푸들을 두 마리 기른다느니, 매일 미용실에 가는 비용이 감당이 안 된다느니, 언니들이 너무 다정해서 좀처럼 그만둘 수가 없다느니. 이런 여자가 호스티스인가 싶은 기가 막힌 이야기를 끝도 없이 계속했다.

맞장구를 칠 상대가 바뀌었을 뿐, 지루하기는 똑같았다. 단지 이해관계가 없는 만큼 부장보다는 상대하기 편했다.

"이런 일을 하면서 이런 말 하기는 뭐하지만, 나 아무래도 아저씨는 싫거든. 오빠처럼 젊은 사람은 이 가게에선 보기 드물고."

돌아갈 때 앨리스가 연락처를 적은 명함을 건네주었다. 칼날처럼 강렬한 시선에 눌려 고스케는 어쩔 수 없이 젖은 컵받침에 이름과 연락처를 적어서 건넸다.

한 달 전에 있었던 일이다. 그 후로 앨리스가 문자를 보내는 일도 없었고, 여태껏 그녀의 본명이 '유카'라는 사실도 몰랐다.

무슨 생각인지는 모르겠지만 어쨌든 답장을 보낼 생각은 없었다. 직면한 상황에도, 창문에서 쏟아지는 햇빛에도, 그 문자는 전혀 어울리지 않았다.

침대에서 기어 나와 슌페이의 방문을 열었다. 텁텁한 열기가 몸을 감쌌다. 에어컨은 물론이고 전깃불도, 텔레비전도 켜놓은 채였다.

인내심 겨루기 대회를 위해 준비한 듯한 방에서 슌페이는 세상모르고 자고 있었다. 몇 번 머리를 두드려보았지만 꼼짝도 하지 않는다. 오래전에 어머니가 "슌페이는 정말 잠꾸러기라니까!" 하고 요란하게 한탄했던 일이 떠올랐다.

제법 힘껏 뺨을 꼬집자 슌페이는 겨우 눈을 떴다. 한밤중에 걸려온 아버지의 전화 내용을 말해주고 따라오라고 했다. 평소의 시큰둥한 표정으로 되돌아온 슌페이는 "담배 한 대쯤 피우게 해주면 어때서." 하고 들으란 듯이 중얼거렸다. '어차피 곧 죽을 테니까'라는 말이 이어졌다면 가차 없이 후려쳤을 것이다.

얼음장처럼 추운 아침이었다. 중간에 편의점에서 네 사람 몫의 아침 식사를 사서 심야 출입구를 지나 병원으로 들어갔다. 유난히 느린 엘리베이터에서 내리자 정면 홀에 부모님이 있었다.

안도한 듯 고개를 떨군 아버지와는 대조적으로 어머니는 함박웃음을 띠고 있다. 고스케와 슌페이를 보더니 더욱 환하게 웃었다.

"아, 잘 잤니? 고스케, 슌페이!"

멀리 떨어진 곳에서 부르는 것처럼 고래고래 지르는 소리에 슌페이는 "목소리가 너무 커!" 하고 타박하더니, 그 역시 여기가 어떤 곳인지 개의치 않고 웃음을 터뜨렸다.

"잘 잤어, 엄마? 몸은 좀 어때?"

고스케는 일단 어머니가 그들을 알아본다는 사실에 안도했다. 하지만 그것도 잠시, 어머니는 다시 하얀 이를 드러내며 "나, 밤새도록 고민했어. 하야마 쪽에 하얗고 작은 집을 지을 거야." 하고 또 집 이야기를 꺼냈다.

슌페이가 웃으며 어머니의 어깨에 손을 얹었다.

"엄마, 그만 정신 좀 차려. 손자도 안아봐야지? 할머니가 될 거잖아. 정신 똑바로 차려."

슌페이는 별 뜻 없이 한 말이었을 것이다. 그런데 어머니는 갑자기 제정신을 차린 것처럼 두어 번 힘껏 고개를 끄덕였다.

"그래. 병에 지면 안 되지. 아이를 안아봐야지."

인간으로서의 의지가 똑똑히 깃들어 있는 그 목소리에 고스케는 숨을 꿀꺽 삼켰다. 아버지도, 슌페이도 놀란 듯이 눈을 휘둥그레 떴다.

어머니는 몇 차례 고개를 끄덕였고, 그때마다 가족에게 희망을 주었다. 하지만 그런 기대를 희롱하듯 얼마 지나지 않아 어머니의 시점은 또 오락가락했다.

"그래서 말이야, 내가 한참 생각해봤는데, 하얀 집을 바닷가에……."

"아니, 그건 알아들었어. 손자를 품에 안아야지."

"그래, 아이를 안을 거야. 그래서 미요시 쪽 집 말인데……."

어머니는 슌페이가 말하는 '손자'라는 단어에만 정상으로 반응했다. 그리고 필사적으로 무언가를 되찾으려 했지만, 이성의 싹은 금방 시커먼 병마의 소용돌이에 휩쓸렸다.

몇 차례 똑같은 문답을 반복하다가 결국 슌페이가 먼저 포기했다.

"두 손 들었어. 그럼 옥상에서 그 하얀 집 이야기나 할까? 담배라도 피우러 갈까, 엄마?"

순간 의아해하는 눈치였지만 어머니는 "응!" 하고 소녀처럼 웃었다. 그런 두 사람의 대화에 고스케는 기가 막혔다. 재빨리 일어서려는 어머니를 이번에는 거짓말처럼 눈 밑이 시커먼 아버지가 당연하다는 듯이 부축했다.

"담배라니……. 잠깐, 기다려. 당신들 무슨 헛수작이야?"

저도 모르게 그런 말이 튀어나왔다.

"뭐? 당신들이라니 누구? 우리?"

슌페이가 업신여기듯 익살을 떨자 고스케는 참지 못하고 성큼성큼 다가갔다. 하지만 슌페이의 어깨를 쿡 밀쳤을 때, 뒤에서 찢어질 듯한 소리가 메아리쳤다.

"잠깐, 그만해! 어째서 당신은 늘 방해하는 거야! 어머니니까, 어머니니까, 하고 뭐든지 맘대로 정하고! 내가 하는 일에 사사건건 반대나 하고! 이제 지겨워! 가끔은 내 맘대로 하게 내버려둬!"

짧은 정적 뒤에 쭈뼛쭈뼛 뒤를 돌아보았다. 어머니는 오로지 고스케만 똑바로 쳐다보며 실실 웃고 있었다.

아버지가 미안하다는 듯이 중얼거렸다.

"미안하구나, 고스케. 하지만 이제 나도 어머니가 하고 싶은 대로 내버려두고 싶다. 하룻밤 같이 지내는 사이 여러 소원을 들었어. 당장 들어줄 수 없는 일도 많지만, 하다못해 해줄 수 있는 일은 들어주고 싶구나."

그런 말을 남기고 아버지는 어머니를 둘러업듯 옥상으로 이어지는 계단을 올라갔다. 고스케는 여전히 망연자실한 기분으로 사이좋게 나란히 걸어가는 세 사람을 눈으로 좇았다.

아버지가 말한 '이제'라는 말이 머리에서 떨어지지 않았다. 이제 할 수 있는 일은 다 했다는 뜻인가? 아니면 이제 포기했다는 말일까?

물론 고스케도 어머니가 하고 싶은 대로 내버려두고 싶었다. 하지만 그것은 목숨을 부지했을 때의 문제다.

어제, 어머니는 뇌종양 진단을 받았다. 의사는 내장에서 전이되었을 가능성을 지적했다. 그런데 본인이 바란다는 이유 하나만으로 아버지는, 동생은, 당연하다는 듯 어머니에게 담배를 물려주려고 한다. 그것을 이상하다고 보는 내가 더 이상한 걸까?

고스케는 힘없이 고개를 저었다. 단순히 이 자리를 모면하기 위한 것이라면 이기심일 뿐이다. 어머니가 아니라 그들 자신에 대한 이기심이다.

고스케는 입술을 깨물었다. 그 눈에는 옥상으로 사라진 세 사람 다 제정신이 아닌 것처럼 보였다.

6

긴 여행에서 돌아온 기분으로 맨션 문을 열었다. 미유키는 웃는 얼굴로 맞이해주었다.

"어서 와. 정말 고생 많았어."

부드러운 미소에 이끌려 순간 마음이 약해질 뻔했다. 우는소리는 애써 집어삼켰다.

미유키는 깔끔한 덧옷을 입고 있었다.

"추워? 몸은 괜찮아?"

"응, 미유키는 괜찮아. 그보다 그쪽은? 회사는 괜찮았어?"

"어, 우리 부장님, 집안 대소사는 잘 챙기잖아. 가족에 큰일이 생겼으면 그쪽을 우선하라고 하더라."

"그럼 다행이네. 그래, 어머님 상태는?"

"아아, 어머니는……."

그 말을 듣고서야 비로소 미유키가 회사 일을 먼저 물었다는 것을 깨달았다. 조금 불룩한 배를 바라보며 무엇을 설명해야 하나 고민했다.

"아직 자세한 상황은 몰라. 회사에 가기 전에 의사 말을 들었는데, 일단 폐나 대장에서는 비슷한 그림자가 보이지 않는대. 사실 그 병원 설비로는 한계가 있다는 거지."

미유키는 눈썹을 찌푸렸지만 그 이상 설명하기는 어려웠다. 고스케 역시 의사의 말을 전부 이해하지 못했던 것이다. 아니, 의사조차 설명하기 버거운 눈치였다.

"확실한 건 아니지만 전이성보다 원발성일 가능성이 높다더군. 하지만 그러면 어째서 지금까지 아무 증상이 없었는지 이상하다는 거야. 절대 확실한 진단 결과는 아니라고 몇 번이나 못을 박긴 했는데, 지금 단계에서는 달리 그런 그림자를 못 찾겠대."

"검사가 확실하지 않은 경우도 있구나."

"시골 병원이니까. 자세히 살펴볼 기계가 없다는 말도 했어."

"그럼 앞으로 어쩔 거야? 2차 병원에 가봐야 하는 거야?"

"언젠가는 옮겨야겠지만, 지금은 아직 어머니를 이쪽으로 모시고 올 수 있는 상태가 아니야. 한동안 그쪽 병원에서 상태를 좀 지켜보려고 해."

"그렇구나. 그 정도로 심각하구나, 어머님."

미유키의 목소리에서 어딘가 거리가 느껴졌다. 아버지를 알아보지 못한다는 이야기나 고스케를 잊어버렸다는 이야기를 하면 분명 겁먹을 것이다. 그저께 밤, 식사 자리에서 느꼈던 우울한 기분이 되살아나 고스케는 얼굴을 찌푸렸다.

다카오에서 돌아오는 전철 안이었다. "여보, 미치루가 누구야?" 그 말로 시작해 시부모에 대한 미유키의 불만이 폭발했다. "어머님은 좀 심술궂은 구석이 있어." "하고 싶은 말이 있으면 똑바로 하면 되잖아." "보란 듯이 저런 태도를 취하다니, 우리 부모님한테 미안하지도 않나." "항상 우리 아버지가 돈을 내는데." "모처럼 축하하는 자리였는데."

미유키는 희미한 미소를 거두지 않고 줄기차게 어머니를 원망했다. 물론 병에 걸렸다는 것을 알기 전이기는 했다. 하지만 고스케는 예전부터 미유키가 시부모를 불만스럽게 생각하는 줄 알고 있었다.

계기는 결혼을 결심했을 때 있었던 일이었다. 외동딸의 결혼에 꼭 예물을 하고 싶다고 주장하는 미유키의 아버지에게 고스케는 혼자 찾아가 머리를 조아렸다. 최저 백만 엔은 든다는 예물 비용을 마련할 여력이 와카나 가에 도저히 없었기 때문이다.

미유키는 그 문제 자체는 탓하지 않았다. 빚을 내서 마련하는 것보다는 오히려 좋은 판단이라고 칭찬해주었다.

결정적 실수는 그 일을 아버지에게 알리지 않은 것이다. 그 후 미유키를 데리고 부모님과 식사를 하는데 얼근히 취한 아버지가 경솔하게도 이런 소리를 했다.

"그러고 보니 너희 예물은 안 한다면서? 요즘 젊은 것들은 좋겠어. 확실히 그런 건 그냥 낭비지."

아버지에게 다른 뜻은 전혀 없었다. 오히려 두 사람 눈치를 살피는 기색도 있었다. 단지 결과적으로 사돈을 비난하는 꼴이 되고 말아, 미유키의 마음을 거북하게 만들었다.

악재는 겹쳤다. 그날 밤 아직 혼자 살고 있던 고스케의 아파트에 미유키가 오랜만에 찾아왔다. 빌려온 비디오를 보고 있을 때였다.

"이게 어떻게 된 거야?"

그녀를 돌아본 순간, 고스케는 숨을 삼켰다. 미유키가 마치 오물이라도 되는 양 들고 있던 것은 대학 때 빌렸던 장학금 반납 고지서였다.

"고스케, 빚은 절대 없다고 했잖아? 거짓말이었어?"

그것은 두 사람이 막 사귀기 시작했을 무렵, 미유키가 무엇보다 신경 쓰던 문제였다. 고스케는 장학금이 빚이라고 생각하지 않았을 뿐, 거짓말을 할 생각은 털끝만큼도 없었다.

하지만 어떻게 변명해도 미유키는 끔찍하게 배신당한 사람처럼 자꾸 고개를 저었다. 그 반응은 유난스러울 정도였다. 미유키의 분노는 차츰 부모님에게로 돌아갔다.

"당신 부모님, 너무 무책임한 것 아니야?"

'사실은 얘기하기 싫었는데'라는 말이 시작이었다. 미유키의 불만은 터진 봇물처럼 흘러넘쳤다. 학비를 아이에게 부담시키다니 부모 자격이 없다, 검소하게 생활하면 학비 정도는 당연히 낼 수 있다, 아이에게 돈 걱정 안 시키는 게 부모의 유일한 의무다, 적어도 우리 부모는 그랬다……. 대체 언제부터 그런 생각을 했는지 놀라울 정도로 시부모에 대한 불만이 흘러넘쳤다.

그날을 경계로 미유키는 미요시의 시댁을 멀리하게 되었다. 결혼식에서 당연하다는 듯 절값을 받지 못한 것도, 그럼에도 시어머니가 기모노를 새로 마련한 것도, 그녀에게는 분명 용서할 수 없는 일이었던 것이다.

'당신 부모는 무책임해.'

그 말은 오늘 아침 담배를 피우러 가던 가족의 모습과도 일맥상통하는 것 같았다. 미유키의 말은 지당하다. 하지만 그런 말을 들을 때마다 고스케는 걷잡을 수 없이 우울해졌다.

"내일 또 미요시에 다녀올 거야."

전자레인지로 데운 식사는 초라했다. 이상할 정도로 김이 무럭무럭 솟는 스튜를 멍하니 휘저으며 고스케는 말을 이었다.

"물론 몸 상태를 봐야겠지만 당신도 함께 가면 안 될까? 어머니랑 한 번 만나줬으면 해. 어쩌면 이제 오래 못 사실지도 모르잖아. 이게 마지막일지도 몰라."

그만 비위를 맞추려는 말이 튀어나와 스스로가 혐오스러웠다. 미유키는 훤히 꿰뚫어본 듯 고개를 젓더니 그 부탁에는 대답하지 않고 거꾸로 물었다.

"일단 묻겠는데, 돈은 괜찮은 거지? 아버님, 그 정도 저축은 당연히 있는 거지? 보험은 있는 거지?"

'당연히'라는 단어가 허무하게 귓가에 맴돌았다. 아무리 마음속으로 반발해도 "있을 리 없잖아."라고 말할 수는 없다.

고스케는 스멀스멀 다가오는 어색한 침묵을 필사적으로 깼다. 역할 문제라고 생각했다.

아무리 불만스러워도, 지금 가족을 지탱할 수 있는 건 고스케뿐이다. 내가 힘을 내야만 한다.

"미안해, 미유키. 우리 여유가 얼마나 돼?"

"여유라니, 뭐가?"

"아니, 그러니까 얼마라도 병원비로 쓸 수 있나 싶어서."

고스케는 월급에서 매달 3만 엔만 빼고 나머지는 공통 계좌에 넣는다. 그것 말고는 신용카드 한 장뿐, 살림은 미유키에게 맡기고 있다.

그게 삶의 보람이라고 공언할 정도로 미유키는 살림 고수였다. 고스케 역시 평소 술도 담배도 하지 않아 3만 엔이면 생활이 가능했다.

돈을 많이 쓴다고 하루하루가 충실한 것은 아니다. 그것은 이미 부모님이 증명했다. 절약은 어려운 일이 아니었고 애초에 절약한다는 생각도 없었다. 단지 '평범한 생활'의 기준이 그들과 다를 뿐이다.

부모님이나 상사들이 아련한 눈으로 회상하는 그 시절 사람들은 정말 행복했을까? 가능하다면 마무리는 해주길 바랐다. 그들이 멋진 시절이었다고 자랑스럽게 말한 만큼, 마이너스 요소도 함께 말끔하게 정리해주길 바랐다.

테이블 구석에 미유키가 모은 맨션 광고지가 쌓여 있었다. 그 옆에는 벌써 육아 참고서 세트가 놓여 있다. 이 상황에서는 가급적 보고 싶지 않은 물건이다. 고스케는 시선을 돌렸다.

미유키는 배를 가만히 어루만지며 단호하게 말했다.

"미유키는 이 아이한테 절대 그런 고생은 안 시킬 거야. 절대 돈 때문에 고생하게 만들진 않을 거야."

미유키는 고스케의 눈을 살피듯 들여다보았다. 차마 피할 수 없어 잠시 시선이 한데 얽혔다.

"여보. 당신이랑 미유키가 모은 돈은 이제 우리만의 돈이 아니야. 앞으로 태어날 이 아이의 돈이기도 해. 분명 앞으로 이래저래 돈이 들겠지. 분수에 맞게 살아도 돈이 필요할 때가 꼭 생겨. 그때 미유키는 무슨 일이 있어도 이 아이를 지킬 거야. 그걸 감안하고 얼마나 필요한지 말해줘."

고스케는 찍소리도 하지 못했다. 미유키의 의견이 구구절절 맞다고 생각하면서도, 마치 그의 삶을 부정당한 기분이었다.

"내일은 미유키도 정기 검진을 받아야 해. 미요시에는 나중에 갈게."

미유키는 반찬에 거의 손도 대지 않은 고스케의 앞에서 그릇을 치우면서 말했다.

"어머님껜 제대로 인사드릴게. 미안해, 심하게 말해서."

마지막으로 그런 말을 남기고 미유키는 침실로 사라졌다.

거실에 홀로 남은 고스케는 텔레비전도 켜지 않고 하염없이 술을 들이켰다. 하루 두 캔까지만 마시는 맥주가 눈 깜짝할 사이에 텅 비었다.

술을 마시는 동안 아버지에게서 두 번 전화가 왔다. 첫 번째는 '너희 어머니 붉은 다운코트가 어디에 있는지 아니?'라는 내용. 두 번째는 '주말 지나면 병원에서 비용에 대해 얘기하자는데, 함께 와줄 수 없겠니?'라는 용건이었다.

고스케는 양쪽에 다 화가 났다. 그런 건 좀 혼자 해결하란 말이야. 그런 말이 목구멍까지 튀어나왔지만 겨우 집어삼켰다. 나는 장남이다. 내가 참으면 될 일이다.

눈 깜짝할 새에 2시가 지나 아무래도 머리가 몽롱해지자 고스케는 불을 껐다.

그때 세 번째 전화가 왔다. 아까까지와는 달리 이번에는 미요시의 집 전화번호가 찍혔다.

무시하고 잘까 싶었지만 벨 소리는 그칠 기미가 없었다.

"아아, 여보세요, 형? 미안. 자고 있었어?"

슌페이의 전화였다.

"아니, 무슨 일이야?"

"미안해. 이것저것 심각한 문제가 좀 생겨서."

"그만해. 이 이상 심각한 일이 뭐가 있다는 거야?"

서늘한 냉기가 가슴을 꿰뚫었다. 슌페이는 주저 없이 말을 이었다.

"아버지가 누워 있던 노란 간이침대 말이야. 그거 응급용 들것이더라고. 형이 돌아간 다음 거기 누운 피범벅이 된 환자가 구급차로 실려 왔거든. 말도 안 되는 곳에서 잤다 싶어 난 한참 웃었는데, 아버지는 잔뜩 겁을 먹은 모양이야."

"아니, 잠깐. 정말 그런 용건 때문에 전화한 거야?"

실컷 웃고 난 뒤에 슌페이는 태연히 부정했다.

"아니, 마음의 준비가 필요할 것 같아서. 엄마, 빚이 엄청나. 서랍을 정리하는데 줄줄이 튀어나오는 거야. 대출 신용카드가 산더미야. 통장도 살펴봤는데 파악이 안 돼. 미안하지만 내일 이쪽으로 좀 와줘. 그것 말고도 의논할 문제가 많아……."

어둠 속에 있는데 눈앞이 뿌옇게 흔들렸다. "일찍 갈게." 고스케는 멍하니 대답하고 전화를 끊었다.

휴대전화를 쥔 채로 의자에 앉아 있었다. 어렸을 때 사랑했던 어머니와 '빚'이라는 차가운 울림, 그리고 미유키가 말한 '당신 부모님은'이라는 말이 가슴속에서 어지러이 뒤엉켰다. 정신을 차리고 보니 뭔가를 깨부수고 싶은 충동이 치달았다.

침실로 들어가자 미유키는 등을 돌리고 새근거리고 있었다. 그 몸을 뒤에서 힘껏 끌어안았다. 감정이 이끄는 대로 보라색 운동복을 벗기려 했을 때, 미유키가 불쑥 중얼거렸다.

"미안, 여보. 오늘은 그럴 기분이 아니야."

퍼뜩 정신이 들었다. 미안하면서도 한심한 마음으로 얼굴이 실룩거렸다.

어둠 속에서 미유키가 몸을 돌렸다. 고스케의 뺨을 어루만지며 체념한 듯 한숨을 내쉬었다.

"미안해. 대신 입으로 해줄게."

미유키는 대답을 기다리지 않고 그대로 하반신에 올라타 바지와 속옷을 끌어 내렸다.

밑에 깔린 자세로 고스케는 멍하니 천장을 올려다보았다. 눈시울이 지끈지끈 아려왔다.

단순노동을 하듯 미유키의 머리가 조금씩 움직였다. 빨리 끝내고 싶어 하는 속마음이 뻔히 보였다.

7

몇 번이나 악몽에 시달리다 또 눈도 제대로 붙이지 못한 채 아침을 맞이했다.

침실에서 나가니 미유키의 모습은 이미 없었다. '저녁때 연락할게.'라는 감정 없는 메모가 남아 있다.

그 메모를 힐끗 보고 고스케는 채비를 했다. 이른 아침에 사고가 나는 바람에 전철 환승에 애를 먹어, 미요시에 도착하는 데 세 시간이나 걸렸다.

역에서 다시 셔틀버스를 타고 겨우 집 문턱을 넘었다. 거실을 들여다보니 슌페이가 컵라면을 후루룩 삼키며 복잡한 표정을 짓고 있었다.

"너 도쿄에 한 번도 안 돌아갔어? 대학교나 아르바이트는 괜찮은 거야?"

그렇게 물을 때까지 슌페이는 고스케가 돌아온 줄도 모르고 있었다.

"아아, 형 왔어?"

그렇게 작게 말하더니 슌페이는 고스케의 질문에 대답도 하지 않고 단도직입적으로 말했다.

"아직 대충만 확인했는데 300만 엔 정도 되는 것 같아. 전부 열한 군데야. 물론 빌리는 쪽이 잘못이지만 저런 아줌마한테 이렇게 빌려주는 쪽도 정신 나갔어."

슌페이가 늘어놓은 카드를 본 고스케는 순간 현기증이 났다. 개중에는 듣도 보도 못한 곳도 섞여 있었지만 대개는 은행 산하에서 지금도 왕성하게 텔레비전 광고를 내는 업체의 카드였다.

"형, 알고 있었어?"

"뭘?"

"아니, 엄마가 이렇게 된 것 말이야."

"알았을 리가 있냐. 알았더라면 좀 더 빨리 손을 썼을 거야."

"아아, 어쩐담."

슌페이는 드물게 불안한 표정을 지었다. 고스케를 흘깃 쳐다보더니 거북한 기색으로 입을 뗐다.

"나, 이런 줄도 모르고 돈 달라고 많이 졸랐단 말이야. 노블레스 오블리주까지는 아니지만 가진 사람한테 빌리면 된다고 생각했는데, 설마 이랬을 줄은."

슌페이는 어깨를 축 늘어뜨렸지만 고스케는 동생을 탓할 기분이 아니었다. 그도 별반 차이 없었다. 어머니가 일을 그만두고 아버지의 사업이 잘 풀리지 않는데, 두 사람이 어떻게 생활비를 벌었을까. 조금만 생각해보면 알 일을 보고도 모르는 척했을 뿐이다.

"참, 이거 뭔지 알겠어?"

슌페이는 마음을 추스른 듯 통장을 펼쳤다.

"주말이 지나야 찍어볼 수 있을 텐데, 왠지 신경 쓰여."

동생이 내미는 통장을 쭉 넘겼다. 두 달에 한 번, 몇만 엔의 연금이 입금되면 그날 안에 전부 인출되어 끝전밖에 남지 않는 기록이 이어졌다. 어머니가 어떻게 지냈는지 생활의 한 자락을 엿본 것 같아 울적해졌다.

통장을 계속 넘기던 고스케는 눈썹을 찌푸렸다. 확실히 이상한 흔적이 있다. 연금 수령과는 별도로 월말에 정기적으로 1만 3천 엔의 입금. 입금인은 '와카나 레이코'라는 본인 이름. 그 돈은 여지없이 다음 달 26일에 인출되었고, 받는 사람은 '다이니치 생명'이라고 적혀 있었다.

"이렇게 빚더미 위에 앉아 있는 사람이 생명보험을 들지는 않았겠지?"

"그야 모르지. 그럴 일은 없겠지만."

사실이 궁금했지만 망가져버린 지금의 어머니에게는 물어볼 수도 없다.

"아버지는?"

고스케는 통장이나 카드와 함께 새로 튀어나온 독촉장 다발을 분류하면서 물었다. 슌페이는 눈길도 주지 않고 말이 떨어지기가 무섭게 대답했다.

"병원."

"한 번 집으로 오시라고 할까? 어머니가 또 난동을 부릴지도 모르지만, 다 함께 의논하는 게 낫겠지."

"밤에 해도 되잖아?"

"안 돼. 밤에는 여기로 오니까."

"누가?"

"미유키."

"아, 그러셔."

슌페이는 피식 웃었다. 이 녀석은 처음 미유키를 소개했을 때부터 그랬다. 뭐가 마음에 안 드는지, 늘 다 안다는 눈빛으로 미유키를 쳐다봤다.

전화를 걸자 아버지는 한 시간 만에 돌아왔다. 분명 요 며칠 고스케 이상으로 잠을 못 잤으리라. 겨우 이틀 만에 뺨도 홀쭉하고 눈도 푹 꺼진 데다가 흰머리까지 늘어난 것 같았다.

테이블에 산더미처럼 쌓인 독촉장과 카드를 본 아버지는 할 말을 잃었다. 한참 후에 체념한 듯 한숨을 내쉬고 침통한 얼굴로 고개를 숙였다.

"미안하구나. 이렇게 될 때까지 내버려둬서, 정말 미안하다."

"당연히 알고 있었겠지?"

고개를 떨군 아버지에게 고스케는 차가운 목소리로 가차 없이 말했다. 사과한다고 될 일이 아니다. 해결책을 찾아야만 한다.

"어떻게 해줄 방도가 없었어."

아버지는 중얼거렸다. 절반은 진심이겠지만, 절반은 거짓말이다. 아니, 이런 상황에서도 아직 체면을 차릴 셈이다.

어머니는 줄곧 구조 신호를 보냈을 터였다. 하지만 모르는 척했다. 자기 문제만으로도 벅차서, 망망대해에서 아무도 도울 수 없는 것처럼 손을 뻗을 수가 없었다. 그것은 아버지뿐만 아니라 분명 고스케도 마찬가지였다.

"일단 이거 어쩔 거야? 상환을 연기해줄 수 있는지 물어봐야겠지만, 애초에 어디에 얼마나 갚아야 할지도 모르고."

"아니, 그보다 먼저 해결해야 할 문제가 있어."

고스케는 슌페이의 말을 자르고 끼어들었다.

"어머니가 이만한 빚을 졌으니, 당연히 아버지도 있겠지. 매달 어디에 얼마나 갚고 있는지, 정확한 금액을 말해줘."

아버지가 얼마나 벌고, 대출로 얼마를 갚고 있는지, 잔금은 얼마나 남았는지, 지금까지는 한 번도 들은 적이 없었다. 아들이 알 문제가 아니라는 생각도 있었지만 보고도 모르는 척해온 결과가 지금 이 상황이다. 자세히 들어야만 했다.

아버지는 말하기 거북한 듯 입술을 깨물었다. 고스케, 슌페이, 그리고 다시 고스케의 얼굴을 보더니 체념한 듯 고개를 뒤로 젖혔다.

"매달 달라서 정확한 금액은 모른다. 그냥 매달 최저 60만 엔은 필요해. 주택 대출이 25만 엔, 광열비가 5만, 생활비가 5만, 교통비, 통신비, 세금에 보험료, 거기에 은행이나 사채 상환이 전부 여섯 군데……. 그런 걸 다 합하면 아무래도 60만 엔은 들어."

기어들어가는 목소리였다.

"대출 하나만 25만 엔이라니, 사실이야? 아니, 제대로 내고나 있는 거야?"

슌페이의 의문에 아버지는 창백한 표정으로 고개를 저었다.

"보험, 세금, 그리고 생활비 순으로 연체하는 일이 잦았다. 생활비를 연체한다는 건 이상한 말이지만. 어머니가 이렇게 된 건 내 탓이야."

고스케가 대학생 때 우연히 들여다본 아버지의 지갑에는 믿을 수 없을 정도로 신용카드가 많이 들어 있었다.

아직 카드가 없어 그 의미를 몰랐던 고스케가 묻자 아버지는 "옛날에는 은행에 갈 때마다 하나씩 만들었지." 하고 어쩐지 자랑스럽게 설명했다. 시절이 그랬다고.

당시에는 그런가보다 했지만, 알고 보면 별것 아니다. 그런 시절은 아직 끝나지 않은 것이다. 화려한 면만 깨끗하게 사라져버리고,

지금도 면면히 이어지고 있다. 과거를 회상하기에는 너무 이르다.

"한 가지만 물어볼게. 그렇게 되면서까지 아버지랑 어머니는 뭘 지키고 싶었던 거야?"

소박한 의문이라는 듯 슌페이가 물었다.

"뭐라니, 그건."

아버지가 가여웠다. 낭비를 한 것도 아니고, 도박에 손을 댄 것도 아니다. 지난 시절의 '당연'한 감각을 의심하지 않고 그저 조금, 분수에 맞지 않은 꿈을 바란 것뿐인데.

"나는 이 집을 지키고 싶었어. 어머니도 그랬을 테지. 예순 넘어서 집 한 채 없는 생활은 생각도 할 수 없었다. 앞날을 생각하면 선택지는 집을 지키는 길밖에 없었어."

"하, 그런 것치고는 엄마는 이 집에 대해 불평만 하던데. 아니, 이젠 집이니 앞날이니 따질 상황이 아니잖아. 엄마야 어쨌든 아버지는 파산하는 수밖에 없어. 치료비도 앞으로 얼마가 들지 모르고."

그것은 고스케가 차마 꺼내지 못한 말이었다. 슌페이는 눈앞에 다가오는 침묵을 담담히 부수었다.

"이제 그 길뿐이야. 아니, 이상한 소리지만 엄마가 지금 저 상태로 앞으로 몇십 년이나 더 살면 어쩔 건데? 집에서 돌봐야 하면 누가 돌볼 거냐고. 잠시도 눈을 뗄 수 없어. 아버지 회사는 어쩔 셈이야? 이런 시골에 있으면 우리도 자주 못 와."

가슴속에 담아두었던 최악의 상황을 슌페이는 무심히 입에 담았다. 얄궂게도 어머니가 오래 사는 것이 '최악의 상황'인 것이다.

어머니는 정말 일주일 만에 돌아가실까? 지금까지와는 조금 다른 의미로 의문이 고개를 들었다.

"그리고 하나만 더 물어봐도 돼?"

슌페이가 이 상황을 완전히 주도하고 있었다. 그 거리낌 없는 태도가 지금은 무척 고마웠다.

"아버지, 아까 달리 선택지가 없었다고 했는데, 왜? 난 역시 파산했어야 한다는 생각밖에 안 드는데."

"아니, 하지만, 그건."

그대로 입을 다문 아버지가 겁먹은 눈으로 고스케를 바라보았다.

"어, 왜 날 쳐다봐?"

그렇게 말한 순간, 잊고 있었던 과거의 일이 별안간 되살아났다. 대학 4학년 때였다. 빙하기라 일컬어지던 당시의 취직난을 뚫고, 1지망이었던 전기제품 회사에 취직이 결정된 고스케를 보며 아버지도 어머니도 진심으로 기뻐해주었다.

그리고 계절이 두 번 바뀌어 가을. 아버지가 불러서 간다에서 튀김을 먹고 있을 때였다.

"처음에 빌린 주택 대출 금리가 너무 높아서 갈아탈 생각이야. 이것만 잘 되면 총 몇백만 엔은 차이가 나는데, 어떻게 생각하니?"

물을 필요도 없는 문제였다. "당연히 그래야지." 그렇게 말한 고스케에게 아버지는 안도한 듯 한숨을 쉬더니 머리를 숙였다.

"네게 절대 피해가 가지 않게 하마. 미안하지만 보증 좀 서주지 않겠니?"

전부 세 군데인 금융회사 중에서 한 곳을 바꾼다. 그런 계획 속에서 처음 제안을 해온 지방은행은 새로이 보증인을 요구했고, 아버지는 취직 전이지만 대기업에 입사 예정인 아들은 어떠냐고 물었다. 밥상은 이미 차려졌고 고스케의 결정만 남은 단계였다.

솔직히 말해 망설임은 없었다. 돈에 관해 부모에 대한 신뢰는 아직 굳건했고 피해를 볼 일은 절대 없을 거라 믿었다.

무엇보다 고스케는 기뻤다. 집에만 틀어박혀 지내던 때 이후로 줄곧 가족에게 품고 있던, 은혜와 열등감, 고마우면서도 미안한 감정이 뒤죽박죽 엉킨 마음을 겨우 씻어낼 수 있다. 학생이라는 무력한 시기를 빠져나와 겨우 힘이 될 수 있다는 사실에 기뻐했다.

그러므로 아버지를 비난할 권리는 없다. 머리로는 그렇게 이해하지만, 그래도……. 미유키의 얼굴이 눈앞에 어른거렸다.

"아버지, 그때 절대로 피해가 가지 않게 한다고 그랬지?"

"미안하다. 용서해다오."

"내 앞으로 남아 있는 게 얼마야?"

"그건."

"됐으니까 말해!"

"그러니까, 아마."

아버지는 슬그머니 눈을 내리깔았다.

"1,200만 정도 남았어."

"1,200만! 아니, 정말 보증을 섰어? 형, 진짜 효자네."

슌페이는 익살을 떨었지만 고스케는 말문이 막혔다.

1,200만 엔이라는 숫자가 귀에 익었다. 그것은 바로 고스케와 미유키가 내 집 마련 자금으로 맹세했던 저축 금액이었다.

이 얄궂은 상황이 너무나 우스웠다. 가슴에 둥지를 튼 절망감과는 반대로 고스케의 얼굴에는 어두운 웃음이 퍼졌다.

8

슌페이가 넋이 빠진 아버지를 툭툭 쳐서 병원으로 데리고 갔다. 고스케는 미유키와 만나서 가겠다고 말하고 혼자 집에 남았다.

슬슬 미유키에게서 연락이 올 때가 됐다. 해결책도 찾지 못했지만 그 이상으로 지금은 아무 말도 할 기분이 아니었다. 다만 어제 그러고 나서 당장 어떤 얼굴로 미유키를 만나면 좋을지, 제대로 처신할 자신도 없었다.

저녁 8시가 지났을 무렵, 휴대전화가 울렸다. 화면에는 어째서인지 '공중전화'라고 찍혀 있었다. 이상하게 여기며 전화를 받자 어머니의 발랄한 목소리가 귀를 때렸다.

"여보세요, 고스케? 여기 밥이 너무 맛없어. 엄마는 초밥이 먹고 싶구나. 다 함께, 미유키하고 아기도 데리고 다 함께 초밥을 먹으러 가자. 아카사카에 옛날부터 맛있는……."

"잠깐만, 무슨 초밥 타령이야?"

갈라진 목소리를 쥐어짜냈다.

"그런 돈, 우리한텐 이제 없단 말이야!"

잠시 정적이 감돌았다. 어머니의 목소리가 멀리서 들려온다.

"고스케, 울고 있니?"

"안 울어."

"그럼 또 화가 난 거구나. 고스케는 항상 화를 내니까. 그래서 내
가 생각해봤는데, 바닷가에 하얀 집을 말이지."

"어머니. 제발 그만 좀 해요. 부탁이니 그냥 잠자코 있어. 부탁이
야, 부탁이니까 그만……."

그때, 전화기 너머에서 슌페이의 당황스러운 목소리가 들려왔다.
어떻게든 달래서 수화기를 빼앗으려는 모양이지만 어머니는 절규
에 가까운 비명을 지르며 저항했다.

더는 듣고 있을 수가 없어 고스케는 그대로 전화를 끊었다. 미처
하지 못한 말이 먹물이 번지듯 치밀었다. 부탁이니까 그만 죽어줘.
슌페이가 나타나지 않았다면, 그렇게 말했을까?

이번에는 문자가 들어왔다. 확인해보니 '미안해, 여보. 미유키,
몸이 안 좋아서 오늘은 못 가겠어. 모두한테 안부 전해줘.'라고 적
혀 있었다. 아무래도 상관없었다. 다들 멋대로 굴라지.

시간이 얼마나 흘렀을까. 소리도 빛도 없는 방 안에서 고스케는
느릿느릿 휴대전화를 열었다. 하얀 불빛이 떠올랐다.

휴대전화 번호만 적은 문자를 한 통 보냈다. 기대하지는 않았는
데 5분쯤 지나 전화가 울렸다.

"유카인데요."

따스한 목소리를 듣고 고스케는 피식 웃었다.

"유카인데 뭐? 유카라니 누구야? 앨리스잖아?"

"오늘은 가게 안 나가는 날이니까. 실은 땡땡이야. 나, 역시 그 일 안 맞아. 마담 언니 화났을까?"

그런 말을 시작으로 앨리스는 마치 고스케가 오랜 친구라도 되는 것처럼 자기 이야기를 늘어놓았다. 때로는 혼자 웃고, 때로는 화를 내기도 하면서 밑 빠진 독처럼 신상 이야기를 떠벌렸다.

"아 참, 미안. 용건이 뭐였지?"

10분쯤 지나서야 앨리스는 겨우 생각났다는 듯이 물었다.

"아니, 아무 일도 아니야. 잠깐 아무하고나 얘기하고 싶었을 뿐이야."

농담처럼 말했지만 견디기 힘들었다. "진짜 아무 일도 아닌데." 하고 내뱉었다가 그만 둑이 터진 것처럼 속마음을 털어놓았다.

빚, 보증인, 미유키와의 문제, 가족 문제……. 그때까지 결코 아무에게도 털어놓지 않았던 이야기를, 고스케는 하나하나 참회하듯 고백했다.

"이젠 끝장이야. 뭐부터 손을 대야 할지 모르겠어. 뻥 터져버릴 것 같아."

끝내 눈물을 흘리며 중얼거리자 그때까지 맞장구도 치지 않고 듣고만 있던 앨리스가 작게 웃었다.

"그럼 한 번 터져버리면 되잖아? 고치면 전보다 더 잘 굴러갈 테니까. 언젠가 다시 움직여야 할 때, 알아서 뚝딱 고치는 게 바로 사람이야. 아니, 유카가 고쳐줄게."

싸구려 자기계발서에 적혀 있을 법한 공허한 말이라고 생각했다. 하지만 무책임한 그 말이 고스케에게 다시 용기를 주었다. 속마음을 내보일 수 있는 사람이 있다는 것만으로도 살 것 같았다. 그 상대는 가족만 아니라면 누구든 상관없다.

주말이 지나면 한 번 만나자고 약속하는데 순간 앞으로 태어날 아이가 가슴을 스치고 지나갔다. 이것이 이상적인 아버지의 모습이 아니라는 건 알고 있다. 알고 있는데, 아버지처럼 되기는 죽어도 싫었다.

가족에게 약점을 보일 수는 없다. 가족에게 약점을 드러낼 정도라면 밖에서 토해내고 싶다. 그렇다, 견뎌내면 그만이다.

변명인 줄 알면서도 머릿속으로 몇 번이고 되뇌었다.

3장

동생의 희망

1

자랑스러운 형이 방에 틀어박혔다.

아버지의 기대와 어머니의 관심을 한 몸에 받으며, 나의 목표였던 형이 방에서 나오지 않는다. 그날, 와카나 슌페이의 세계는 뒤바뀌었다. 빙그르르 소리를 내며.

솔직히 말해 이 가족은 미쳤다. 적어도 슌페이의 눈에는 그렇게 보였다. 처음 그렇게 느낀 것은 석 달에 이른 형의 농성이 갑자기 끝나던 날이었다.

슌페이가 아무리 애원해도 방에서 나오지 않았던 형이, 슌페이에게는 별 의미도 없는 어머니의 한 마디에 무거운 문을 활짝 열었다.

"오늘 엄마도 일 그만뒀어. 이렇게 됐으니 엄마가 고스케 옆에 딱 붙어 있을게."

어머니의 말에는 다정함보다 타산이 느껴졌다.

"왜? 누가 부탁했어?"

문 너머에서 들려오는 형의 당연한 반론에 어머니는 망설이는 기색조차 보이지 않았다.

"일은 엄마가 아니라도 누구든 할 수 있잖니? 하지만 고스케 옆에 있어줄 사람은 엄마뿐이잖아. 그게 엄마가 해줄 수 있는 역할인걸."

슌페이가 집에 돌아온 것을 두 사람은 모르고 있었다. 벽 하나를 사이에 둔 촌극은 분명 집에 두 사람뿐이라고 믿었기에 연기할 수 있었던 거라고 생각하고 싶다.

물론 형에게는 형 나름대로의 생각이 있었을 것이다. 방에 틀어박혀 지내는 미래가 두려워 자그마한 계기라도 필요했던 건지 모른다. 그러므로 그 일 자체를 탓할 생각은 없고, 형을 끌어내는 데 성공했으니 어머니가 일을 그만둔 것에도 의미는 있다.

머리로는 그렇게 이해하는데, 불쾌한 마음이 나날이 커진 것은 그날 이후로 두 사람이 보란 듯이 활짝 웃기 시작했기 때문이다. 형의 농성도, 어머니의 퇴직도, 두 사람은 마치 그런 일은 없었다는 듯이 예전처럼 다시 일상생활을 시작했다.

누가 조종하는 실이 눈앞에 어른거리는 느낌이었다. 가족이 가족이라는 역할을 연기하고 있다. 막연하게 그런 생각을 하자 어째서인지 '사자에 씨(여주인공 사자에를 중심으로 펼쳐지는 일본의 전형적인 가정과 주변 인물들에 대한 이야기를 다룬 만화. 애니메이션과 드라마로도 제작되었다-옮긴이)'를 더는 볼 수가 없었다. 불량배가 개과천선해 성인이 되자마자 '허리가 휘도록 고생한 어머니'에게 고마워하는 다큐멘터리를 보면 흥이 깨졌다. 슌페이가 가족 사이에서 별종 취급을 받게 된 것도 그 무렵이었다.

장남이니까, 어머니니까. 장남으로서, 어머니로서……. 별별 상황에서 그런 말을 들어왔던 것 같다. 슌페이가 그나마 멀쩡하다고 느낀 것은 아버지뿐이었다. 형은 절대 용서할 수 없다고 하겠지만, 언제나 아버지만 자연스러웠다. 고민거리를 술술 털어놓는 모습도, 괴로울 때 태연히 어깨를 늘어뜨리는 모습도 인간적이라 싫지 않았다. 그래서 아무도 몰랐던 빚이 줄줄이 드러났을 때는 솔직히 배신당한 기분이었다.

완전히 익숙해진 혼자만의 거실에서 일단 콜라를 마셨다. 아침부터 탄산은 거북했지만 정신을 차리고 보니 또다시 어머니의 통장을 바라보고 있었다.

보험회사에서 매달 1만3천 엔을 인출해간 흔적. 빚더미에 앉아 있던 사람이 누구에게 무슨 보험을 들었던 걸까? 어머니의 옷장에서 사채 상환 독촉장은 찾았지만 보험증서는 찾을 수 없었다. 휴대전화 전화번호부에 비슷한 이름도 없다.

돌파구를 찾지 못하고 문득 신문에 시선을 떨구었다. 1면 왼쪽 상단 기사가 마음에 걸렸다. 형이 근무하는 전기제품 회사와 외국계 기업 사이에 있었던 합병설이 무산되어, 형의 회사가 향후 주식 공개매수(TOB) 대상이 될 수 있다는 예측 기사였다.

너무 딴 세상 이야기라 형에게 어떤 영향이 미칠지 상상은 되지 않았지만 좋은 일이 아니라는 것은 짐작할 수 있었다.

그렇게 한참 신문을 뒤적거리는데 그때, 갑자기 몸이 흔들렸다.

"아, 지진인가?"

저도 모르게 말이 튀어나왔다. 진동은 크지 않았지만 1분쯤 계속되었다. 텔레비전을 켜고 채널을 1로 돌렸다. 잠시 후 '도카이 지방에서 진도 3……'이라는 자막이 흘러나왔다. 이 부근은 언급하지 않는 것을 보니 기껏해야 진도 1이려나.

안심한 슌페이는 텔레비전을 끄고 신문으로 시선을 돌렸다. 다음 순간, 귀를 찢는 굉음이 울렸다. 이번에는 테이블 밑에 숨을 뻔했을 정도다.

하지만 머리 위 펜던트 조명은 조금도 흔들리지 않았다. 멍하니 방을 둘러보고서야 겨우 폭발음의 정체를 알았다. 한 변이 80센티미터인 벽걸이 액자가 떨어진 것이다. 안에 있던 직소 퍼즐이 사방으로 흩어졌다.

천천히 다가가 퍼즐 조각을 하나 주웠다. 그 빛바랜 살색을 보며 겨우 무슨 그림인지 생각해냈다. 형을 위해 일을 그만둔 어머니가 완성한, 베르메르의 '진주 귀걸이를 한 소녀'였다.

슌페이는 그 그림이 너무 싫었다. 처음에는 퍼즐을 장식하는 행위 자체가 촌스러워 보였는데, 얼마 지나자 소녀의 초연한 눈매가 마음에 안 들었다.

만일 정말로 가족이 각자 맡은 역할을 연기하고 있었다면, 이 소녀만 그들의 진짜 모습을 보고 있었던 셈이다. 빛 독촉에 괴로워하던 어머니의 모습도, 불확실한 장래에 두려워하는 형의 모습도, 이 소녀만이 신처럼 태연히 바라보고 있었다.

그냥 갖다버릴까 싶었지만 퍼즐을 다 맞추고 기뻐하던 어머니를 떠올리고 그만두었다.

벽시계가 눈에 들어왔다. 슬슬 은행이 문을 열 시간이다. 그전에 병원에 들르는 편이 낫겠지.

슌페이는 그제야 비로소 덧창을 열었다. 하늘은 한없이 맑았다.

병세는 어떤지, 빚은 얼마나 되는지, 통장도 찍어봐야 하고 거기에 퍼즐까지 맞춰야 한다. 바쁜 하루가 될 것 같았다.

하지만 지루하진 않겠다.

2

창문에서 쏟아지는 햇빛을 받으며 어머니는 기계적으로 빵을 잘라 입에 넣고 우물거렸다. 노란 들것 위에서 어젯밤도 잠을 설쳤는지 아버지는 곯아떨어져 있었다.

"아버지, 슬슬 출근해야지."

아버지는 토막잠에서 깨어날 때마다 일련의 사건이 꿈이길 바라는 듯했다. 주위를 살피는 눈은 서글플 정도로 나약했지만, 어머니는 쓰러졌고 산더미 같은 빚이 튀어나왔는데 당장 어떻게 갚아야 할지 감도 오지 않는 것이 현실이다.

"넌 아직 여기 있어도 되는 거냐?"

아버지는 목소리를 쥐어짰다. 허기와 수면부족 때문에 입 냄새가 지독했다.

"일단 오늘 밤에는 도쿄로 한 번 돌아갈 생각이야. 그보다 선생님이 오늘 무슨 말씀이라도 해주시겠대?"

"아직 아무 말도 못 들었어. 어쩌면 좋을지 잘 모르겠다. 어쨌든 회진은 올 텐데."

"그 선생님 너무 태평한 거 아니야? 사람 목숨이 달린 문제를 눈앞에 두고 주말에 쉴 때야? 그보다 어머니 진찰권은 가지고 있어?"

"그래. 내가 갖고 있는데 뭐에 쓰려고?"

아버지가 지갑에서 꺼낸 진찰권을 슌페이는 말없이 받아들었다.

어머니는 여전히 인형처럼 창밖을 바라보고 있었다. 물론 정상이라고 할 수는 없지만 기관총처럼 떠들어댔던 어제보다는 훨씬 나았다. 안색도 나쁘지 않다. 이 사람이 정말 앞으로 며칠 안에 죽는 걸까? 그렇다면 뇌의 메커니즘이라는 건 참 대단하다. 슌페이는 발칙하게 그런 생각을 하며 감탄했다.

"엄마, 어떻게 할래? 또 담배나 피우러 갈까?"

아버지를 배웅하는 김에 어머니에게 말을 걸었다. 어머니는 이때야 비로소 슌페이를 쳐다보고는 희미하게 웃었다.

"고맙구나. 하지만 난 입원한 처지니까. 그보다 슌페이, 나중에 긴히 할 말이 있어."

"뭔데 그래? 지금 하면 안 돼?"

"응. 아버지가 출근한 다음에. 너한테만 해줄 얘기야."

"그게 무슨 소리야."

어머니가 또 영문 모를 소리를 지껄이기 시작했다. 슌페이는 그만 쓴웃음을 흘렸지만 일단 어머니는 지금 그를 알아본다. 일단은 그것으로 충분했다.

아버지를 배웅하고 그 걸음으로 외래 접수처로 향했다. 버글거리는 노인들 사이를 지나 어머니의 진찰권을 상자에 집어넣었다.

병실로는 돌아가지 않고 그대로 산을 내려갔다. 간신히 도착한 ATM 앞에서 또 10분 가까이 줄을 서야 했지만 통장 정리 자체는 몇 초 만에 끝났다.

기계에서 튀어나온 통장을 바라보며 슌페이는 눈썹을 찌푸렸다. 딱 지난달에만 '와카나 레이코'가 입금한 흔적이 없다. 62엔이라는 잔액이 한 달 이상 이어졌고, 당연히 보험회사에서 인출된 흔적도 없었다.

보험이라는 건 납입이 연체되어도 되는 건가? 그보다 '다이니치 생명'이라는 건 뭘까? 상태가 괜찮은 오늘이라면 어머니도 대답해줄지 모른다. 그런 일말의 희망을 품고 슌페이는 다시 산으로 올라갔다.

도중에 문득 무슨 생각이 들어 집에서 가져온 어머니의 휴대전

화를 켰다. 부재중 녹음 설정은 해놓지 않았지만 최근 부재중 전화
이력에 슌페이가 잘 아는 이름이 있었다. 주저 없이 어머니의 친구,
아키코에게 전화를 했다.

"안녕하세요, 슌페이예요."

"어머, 누구?"

아키코는 걸쭉한 목소리로 물었다.

"아, 와카나 레이코의 두 아들 중 동생 슌페이입니다. 오랜만에
인사드리네요."

"어? 아아, 슌페이니?"

아키코는 안도한 듯 숨을 내쉬었다가 곧바로 다급한 목소리로
물었다.

"어, 아니, 설마 아니겠지. 왜 레이코 휴대전화로 네가 전화를 하
는 거니?"

아키코의 나쁜 예감이 적중했다는 것을 알리기가 괜히 미안했
다. 자기가 전화를 걸어놓고 무슨 말을 어떻게 전해야 할지 잠시 망
설였다.

슌페이는 신중하게 사정을 에둘러 설명했다. "CT 촬영에서 머리
에 그림자가 발견되었어요." "일단 검사를 받으려고 입원했어요."
"아직 정확한 상황을 모르니 지금은 심각하게 받아들이지 말았으
면 좋겠어요."

그 말이 떨어지지가 무섭게 아키코는 "문병은 가도 돼?" "최악의
상황은 아닌 거지?" "지난번 텔레비전에 신의 손을 가졌다는 외과

의가 나오던데." 하고 속사포처럼 쏟아냈다.

아키코를 겨우 진정시키며 걷다 보니 벌써 병원 앞이었다. "어쨌든 결과가 나오는 대로 연락드릴게요!" 하고 억지로 말을 자르고 전화를 끊었다.

겨우 몇 분 통화에 기운이 다 빠졌다. 다시 전원을 끄고 병원 입구를 지났다. 바로 그때 대기실 안쪽 스피커에서 어머니를 부르는 소리가 들렸다. 진찰권을 넣어두었던 것을 까맣게 잊고 있었다.

"실례합니다. 입원 환자 와카나 레이코의 차남입니다."

슌페이는 최대한 밝은 태도로 문을 열었다. 차트를 보고 있던 의사가 "아, 그래요." 하고 시큰둥하게 대꾸했다.

"선생님께서 바쁘신 것 같아 제가 찾아왔습니다. 어머니가 안 계신 곳에서 얘기도 하고 싶었고, 언제까지 기다려야 할지 몰라서요."

슌페이가 의사를 만나는 것은 이번이 처음이다. 형은 이 부근에서는 나름대로 유능한 사람 같다고 말했지만 선입견 없이 본다면 기껏해야 시골 촌구석의 아저씨 같은 인상이다.

"그래, 무슨 일이십니까?"

의사는 체념한 듯 숨을 내뱉었다.

"무슨 일이긴요. 어머니는 앞으로 어쩌면 좋을지 궁금해서요."

"물론 지금 이대로 치료를 계속하면 됩니다. 스테로이드 덕분에 어머님의 실어증도 안정된 모양이고요. 내일은 일단 퇴원하시라고 할 겁니다."

"네?"

어머니의 병세와 남 일 같은 그 말투 사이에는 엄청난 괴리감이 있었다.

"퇴원하라니, 그게 무슨 소리예요? 그럼 어머니가 이미 완치되었단 말입니까?"

"물론 그런 건 아닙니다. 하지만 이 이상 병원에 계셔도 딱히 뾰족한 치료법이 없어요. 여기 있는 것보다 더 의미 있는 장소에서 편안하게 시간을 보내시는 편이 낫지 않겠습니까?"

"그건 집에서 죽을 날을 기다리란 소립니까?"

슌페이가 거침없이 묻자 의사도 살짝 눈살을 찌푸렸다.

"그런 말은 아닙니다. 다만 이런 곳에서 무의미하게 시간을 보내시는 것보다……."

"그러니까 그 무의미하다는 말이 무슨 뜻이냐고요. 수술을 하든, 항암제였나? 그걸로 대처하든, 아직 안 해본 일이 있잖아요?"

하지만 인터넷으로 다급히 찾아본 얄팍한 지식은 공격력을 발휘하지 못했다. 의사는 오히려 위압적으로 눈을 부릅떴다.

"솔직히 말씀드리죠. 이미 그럴 상황이 아닙니다. 수술로 제거할 수 있는 숫자도 아니고, 손쓸 수도 없는 크기란 말입니다. 다행히 스테로이드로 종양은 작아졌지만 그것도 일시적인 현상이겠지요. 앞으로 종양이 커지는 속도는 더욱 빨라질 테고, 약도 점점 들지 않게 될 겁니다."

의사는 그제야 비로소 표정을 누그러뜨리고 슌페이를 달래듯 말했다.

"심정은 충분히 헤아립니다. 저도 몇 명이나 되는 환자와 가족분들을 만났고, 그분들과 고통을 공유하고 있습니다. 하지만 한 가지 더 알고 있는 사실이 있습니다. 가족이 함께 보낼 수 있는 시간은 영원하지 않다는 것입니다. 환자분을 위해 평온한 시간을 마련해주는 것 또한 마지막을 지켜보는 사람들의 중요한 역할 아니겠습니까?"

슌페이는 그 한 마디 한 마디에 과하게 주억거리며 의사의 말을 조용히 듣고 있었다. 끝까지 다 들은 순간 "당신, 구차해."라는 말이 목구멍까지 튀어나왔다.

이 의사는 중요한 부분에서 논점이 어긋나 있었다. 설령 당장 어머니가 죽는다고 해도, 그것이 바꿀 수 없는 현실이라 해도, 슌페이는 아직 아무런 저항도 해보지 못했다.

어머니를 위한 것이 아니다. 자신을 위해서다. 이만큼 노력했다는 면죄부가 필요한 것뿐인지도 모르지만, 조금 더 저항하고 싶었다. 조금 더 싸우고 싶었다.

마지막에 소개장을 써달라고 말한 것은 최소한의 고집이었다. 의사는 그 뜻을 민감하게 알아차리고 "지금은 어디든 꽉 찼습니다. 검사 하나 때문에 받아주진 않을 거예요. 애초에 지금 그 상태의 어머니를 어떻게……." 하고 주절거렸지만 슌페이는 날카롭게 반박했다.

간호사에게 회진 때 소개장을 가져다주겠다는 약속을 받아내고서야 병실로 돌아왔다. 어머니는 아까부터 꼼짝도 하지 않은 것처럼, 여전히 창밖을 바라보고 있었다.

"아까 아키코 아주머니가 연락했어. 조만간 문병 오겠대."

밖에서 사온 녹차를 내밀며 말했다. 그런 슌페이의 표정을 어머니가 살피듯 바라보았다.

"애, 슌페이. 다른 사람들한테는 말하지 말고 살짝 가르쳐줘. 나 암 맞지?"

"아니라는데도 그러네. 그 증거로 내일 퇴원하라고 하던걸."

"거짓말이지?"

"진짜야. 아까 선생님이 그랬어. 어두운 그림자는 있지만 아무래도 암은 아닌 것 같대."

슌페이는 씩씩하게 행동했다. 이번만큼은 어머니에게 판단능력이 없는 것이 고마웠다.

"그보다 아까 할 얘기가 있다면서?"

슌페이는 파이프 의자에 앉아 거꾸로 물어보았다.

"내가? 너한테?"

"응. 아버지가 회사에 가면 그때 말해주겠다고 했는데, 기억 안 나?"

"설마, 내가?"

어머니는 눈을 휘둥그레 뜨고 그대로 입을 다물었다. 기억 못 하겠지, 하고 느긋하게 기다리고 있는데 어머니는 예상외로 금세 얼굴을 빛냈다.

"맞아, 생각났어요. 과자 좀 가져다줘요. 카운터 뒤에 파란 과자 통이 있는 거 알고 있죠? 그걸 좀 가져다줘요."

"과자?"

"그래요. 거기에 사진이 있거든. 미안하지만 그 통을 통째로 가져다주면 안 될까요?"

"그건 별 상관없는데, 웬 존댓말이야?"

어머니는 생긋 웃었다. 결국 뭘 원하는지도 몰랐고, 갑작스레 존 댓말을 쓰는 이유도 알 수 없었지만 어머니의 웃음에는 가족을 안 도하게 하는 힘이 있었다.

이 사람이 앞으로 며칠 후에 죽는다니, 도저히 믿기지 않았다. 헛된 소망에 지나지 않을지도 모르지만 의사의 말은 생글생글 미 소 짓는 어머니 앞에서 아무런 힘도 없었다.

"엄마, 최악의 질문인데 하나만 물어봐도 될까?"

어머니는 슌페이를 돌아보지 않았지만 그는 의자에 깊숙이 몸 을 묻고 말을 이었다.

"엄마, 행복했어? 태어나길 잘했다고 생각해?"

머릿속에서 되풀이해보아도 정말 최악이다. 사고 능력이 없다는 평계로 어머니의 인간성을 시험하는 행위다.

하지만 슌페이는 묻지 않을 수 없었다. 선입견이나 가치관에 얽 매이지 않은, 어머니의 진심이 궁금했다.

어머니는 천천히 눈길을 돌려 슌페이를 한참 뚫어져라 바라보았 다. 어째서 그런 질문을 하는지 되묻는 듯한 맑은 표정이었다.

어머니는 문득 뭔가 떠올랐는지 생긋 웃었다. 그리고 크게, 정말로 크게 한 번 고개를 끄덕였다.

"네!"

"아니, '네'라니, 어째서? 괴로운 일뿐이었잖아? 엄마가 어렸을 때 외할아버지가 야반도주해서 고생했다면서? 미요시로 이사 온 후로도 순전히 고생만 했잖아?"

"하지만 난 인복이 많았으니까요. 좋은 친구도 얻었고, 가족도 만났으니까요. 아버지도, 고스케도, 슌페이도. 제가 일구어낸 보물이에요."

"보물이라니……"

슌페이는 입을 벌렸지만 그 이상 말이 나오지 않았다.

천천히 어머니의 말을 되새겼다. 어디로 보나 어머니다운 대답이다 싶어 조금 우스웠다.

"그러네. 덕분에 모두 만났으니까."

"네."

"태어나길 잘했네."

"네."

"그래. 그럼 힘내자. 힘내서 병에 맞서 싸우는 거야."

슌페이가 힘차게 말하자 어머니는 환히 웃으며 손을 번쩍 들었다.

"네!"

회진 때, 낮에 그런 일은 없었다는 듯이 의사도 슌페이도 무난한 이야기만 주고받았다. 안구의 색을 검사하고, 청진을 한다. 내일 퇴원이 분업 체제처럼 순식간에 결정되었다.

저녁때 회사에서 돌아온 아버지에게 슌페이는 의사의 말을 간단히 전하고 돌아갈 채비를 했다.

어머니는 꾸벅꾸벅 졸고 있었다. 하지만 슌페이가 아버지에게 "그럼 뒷일 부탁해." 하고 말하고 떠나려 할 때, 어머니는 그때까지 들어보지 못한 똑똑한 목소리로 말했다.

"슌페이도 다른 사람들을 좀 더 용서해줘. 너도 너무 자기 생각만 옳다고 믿는 경향이 있어."

깜짝 놀라 돌아보니 어머니는 다시 꾸벅거리고 있었다. 처음에는 그와 형을 착각한 줄 알았다. 어머니와 둘이서 형에 대해 이야기할 때면 늘 그런 소리를 했기 때문이다.

하지만 어머니는 슌페이'도'라고 했다. 너'도'라고 말한 것이다. 아버지는 의아한 눈치로 어깨를 으쓱했지만 어머니가 잘못 말한 건 아닌 것 같았다. 전에 전혀 다른 사람에게서도 비슷한 소리를 들은 기억이 있다.

병원에서 나오자마자 슌페이는 두 통의 문자를 보냈다. 한 통은 형에게. 의사에게 들은 이야기를 그대로 간단히 적고 '여유 있으면 10만 엔만 빌려줘.'라고 적었다.

이어서 슌페이는 다카노 교코에게도 문자를 보냈다. 몇 년 만에 연락하는 상대였지만 이쪽에도 용건만 적었다.

'오늘 밤, 몽골리언에서 한잔할 거야. 궁금한 게 있어. 와주면 포

응해줄게.'

휴대전화를 닫으며 오랜만에 교코의 표정을 떠올렸다. 눈앞에 떠오른 것은 눈에 익은 온화한 미소가 아니었다.

불같이 화를 내며 슌페이의 사고방식을 부정한, 마지막으로 만난 날의 얼굴이었다.

3

"미안해요, 마스터. 실컷 쉰 것도 모자라 이렇게 술까지 얻어 마시고. 나, 진짜 다음 주부터 열심히 일할게. 유급휴가 받은 만큼 매상에 기여할 테니까, 응, 이거 한 잔만 더."

슌페이는 여섯 잔째 럼콕을 단숨에 들이켜고 유리잔을 카운터에 내려놓았다.

그가 아르바이트로 일하는 신주쿠 3번가의 바 '몽골리언 초퍼스'는 월요일인데도 제법 붐볐다. 주말에도 늘 한산한 미요시의 거리와 이곳 중 어디가 정상인지는 잘 모르겠다.

"너, 대체 콜라를 얼마나 마실 셈이야? 게다가 난 딱히 공짜로 먹여줄 생각도 없고 유급휴가도 주지 않았어. 아니, 오랜만에 왔으면 일을 해야지."

익숙하지 않은 카운터에 들어간 마스터는 투덜대면서 새 콜라병을 따주었다.

일곱 번째 잔을 홀짝거리며 슌페이는 한숨을 푹 쉬었다.

"마스터, 행복해?"

"그래, 깜짝 놀랄 만큼."

"혈색 나쁜 부인하고, 얼굴이 달덩이 같은 딸한테 둘러싸여서 매일 행복하다고?"

"그래서 행복한 거잖아. 은근슬쩍 남의 가족을 깎아내리지 마."

"아니, 다들 대단하다 싶어서 그래. 내 나이하고 별 차이도 안 나는데 그럭저럭 가정을 꾸리고, 이름은 이상하지만 가게까지 있고. 그렇게 바삐 살다니 정말 대단해. 다들 지미 헨드릭스의 화신이 틀림없어, 진짜."

마스터는 접시를 닦던 손을 뚝 멈추고 "너, 오늘은 정말 짜증 난다. 그렇게 종알거릴 거면 그만 돌아가."라고 어이없다는 듯이 말했다.

"싫네요."

마스터의 말을 그 한 마디로 일축한 슌페이는 곧바로 하던 일로 돌아갔다. 부지런히 손을 움직이는 슌페이에게 마스터도 방금 한 말을 잊어버린 듯 "그보다 그건 뭐야?"라고 물었다.

"뭐긴, 퍼즐이지."

보다시피, 하고 대꾸했지만 마스터의 표정에는 변화가 없었다.

"퍼즐?"

"응, 퍼즐. 있잖아, 마스터. 지금 내가 겪고 있는 일은 가령 앞으로 내가 자서전을 쓸 날이 온다면 '그해 가을은 어머니가 쓰러져

서, 가족끼리 열심히 간병을 하며' 어쩌고 하는 한 줄로 끝날 이야
기겠지."

"아니, 그 얘기는 그만 됐고, 웬 퍼즐이야? 여기는 술집이라고."

"괜찮아. 완성하면 챙겨갈 테니까. 그보다 마스터. 돈 좀 빌려줄
수 있어?"

"그래. 얼마나?"

늘 있는 일이라 마스터는 이유도 묻지 않고 대답해주었다. 하지
만 슌페이가 주저 없이 말한 '1,200'이라는 숫자에는 역시 눈을 희
번덕거렸다.

"당연히 1,200엔을 말하는 거겠지?"

"당연히 1,200만 엔을 말하는 건데."

"야, 정말 짜증 난다. 너 진짜 그만 돌아가라."

"싫다니까."

"그럼 그냥 네가 암으로 죽어라."

자기도 얼마 전에 아버지를 여의었다는 핑계로 마스터는 불길한
소리를 했다. 그 말을 무시하고 슌페이는 다시 퍼즐을 맞추기 시작
했다.

처음에는 네 귀퉁이부터 시작했다. 하지만 아무리 봐도 카운터
가 비좁아 어쩔 수 없이 소녀의 얼굴만 맞추기로 마음을 바꾸었다.

마스터가 다른 손님에게 붙들리자 집중력도 올라갔다. 얼굴 윤
곽이 완성되자 금세 코가 생기고, 입도 생겼다.

"오, 그럴듯한데?"

남모르게 열을 올렸던 것도 잠시, 아무리 찾아도 마지막 한 조각, 왼쪽 눈동자가 나오지 않는다. 겨우 한 조각 없을 뿐인데 소녀의 얼굴은 몹시 괴기스러웠다.

"그, 그럼 뭐야? 징그러워!"

그리운 목소리가 귀를 때렸다. 가장 먼저 반응한 것은 마스터였다.

"어라, 어쩐 일이야, 교코?"

"마스터, 오랜만. 발길을 끊어서 미안해. 당연한 일이긴 하지만."

2년 만에 보는 교코는 생긋 웃더니 바로 슌페이를 내려다보았다.

"슌페이도 그대로네."

"교코 씨, 그런 인사보다 하나만 물어봐도 돼? 나, 내 생각을 지나치게 강요하는 타입이야?"

용건은 바로 그것이었다. 슌페이는 단도직입적으로 물었다. 교코는 잠시 얼이 빠진 듯 입을 헤벌쭉 벌렸지만 바로 마스터와 얼굴을 마주 보고 쓴웃음을 지었다.

"오랜만에 불러내놓고 뜬금없기는. 정말 하나도 안 변했다니까."

교코는 재킷을 벗고 슌페이 옆에 앉았다. 2년 전에는 늘 퍼지네 이블만 마셨으면서 지금은 대뜸 코로나 맥주를 주문했다.

머리끝부터 발끝까지 레이스가 하늘거렸던 당시의 옷차림과는 달리, 연한 녹색 터틀넥 웃옷에 맞춰 입은 플레어팬츠도 성숙한 어른으로 보였다.

"숲 요정 패션은 이제 그만뒀어?"

유리잔에 입을 대며 슌페이가 물었다.

"숲 요정이란 말 좀 그만해. 오히려 아저씨 같으니까. 그보다 너 완전히 술에 절었는데?"

우스갯소리를 하면서도 교코가 은근히 거리감을 재고 있는 게 느껴졌다.

그녀 입장에서 보면 아마 최악의 이별이었을 그날 밤 이래로 처음 만나는 것이다. 대화가 거북할 만도 하다.

"아이가 생긴 것 같아."

2년 전, 창백한 얼굴로 그렇게 말한 교코에게 슌페이는 "그래? 그럼 결혼하자."라고 그 자리에서 대답했다. 일대결심이 필요한 결혼이나 출산 계획에는 당시에도 부정적이었지만 이미 생긴 아이는 어쩔 수 없다.

하지만 교코는 "뭐? 너 바보야?" 하고 기가 막힌다는 듯이 소리쳤다. 오히려 슌페이에게 너무 경박하다면서 급기야 비난하기 시작했다.

분명 슌페이에게 이렇다 할 각오는 없었다. 다만 겨우 붙잡은 눈앞의 연인이 짜증 날 정도로 너무 좋아서, 앞으로도 최대한 함께 있고 싶었다. 그리고 그녀의 몸을 가급적 상처 입히지 않으려면 자연히 답은 하나뿐이었다.

하지만 교코는 완고하게 고개를 저었다. 그게 일반적인 반응이라는 것은 슌페이도 이해할 수 있었다. 슌페이와 교코는 아직 아이가 생길 만한 행위를 하지 않았다. 배 속의 아이는 직전까지 사귀

다가 슌페이의 등장으로 요란하게 헤어진 전 애인과의 사이에서
생긴 아이였다.

"억지로 빼앗아서 벌 받았나봐."

슌페이의 그런 농담도 화난 교코에게는 불난 집에 부채질하는 격
이었다.

"작작 좀 해. 그럴 수 없다는 거 알잖아."

머리를 싸맨 교코의 말은 썩 수긍하기 어려웠다.

"어째서? 그러지 말라는 법은 없잖아?"

"안 된다니까. 네 부모님은 어쩔 건데? 친구들은 널 어떤 눈으로
볼 것 같아? 나중에 아이한테는 뭐라고 말하려고?"

"음, 그것도 별 상관없지 않아? 지금 우리가 좋으면 그만이지. 부
모나 주위 사람이나, 장래 같은 건 딱히 감이 안 와."

"그만 입 다물어."

"하지만."

"제발 그만해. 내가 싫어."

"그럼 어쩔 수 없지만."

교코는 그렇게 말하고 어깨를 으쓱 움츠린 슌페이를 날카롭게
노려보았다. 다음 순간, 둑이 터진 것처럼 눈물을 줄줄 흘렸다.

"슌페이는 늘 사람들이 지나치게 가치관에 얽매여 산다고 하지.
하지만 슌페이는 자기가 아무것에도 얽매여 있지 않다는 사실에
오히려 지나치게 얽매여 있는 것 같아."

필사적으로 오열을 삼키며 교코는 내뱉듯 중얼거렸다. 그 후에

도 무슨 말을 들은 것 같은데, 잘 기억나지 않는다. 하아, 말재주 좋네, 하고 남 일 같이 생각되었던 것과 그 말만 기억이 난다.

어머니가 한 말과 상통하는 부분이 있을까? 오랜만에 교코가 생각난 것은 그 때문이었다.

한동안 과거 이야기는 건드리지 않고 질문에 대해 대답하지도 않는, 무난한 시간이 흘렀다. 눈앞의 맥주가 사라지고 눈에 익은 퍼지네이블로 바뀌었을 때였다.

"일단 슌페이는 잘못하지 않았다고 생각해."

교코의 말은 천천히 가슴에 스며들었다.

"그렇지? 나 멀쩡한 사람이지?"

"응, 상당히 멀쩡해. 언제나 확실하고 흔들리지 않아. 감탄스러울 정도야."

하지만 그 말에 감탄하는 기색은 눈곱만치도 없었다. 아니나 다를까, 교코는 "하지만." 하고 눈치도 보지 않고 말을 이었다.

"나, 슌페이하고 헤어진 다음에 쭉 생각해봤어. 결국 다들 슌페이만큼 강하지 않았던 거야."

"뭐? 내가 강하다고? 아니, 애초에 강하고 약하다는 가치 기준이 마음에 안 드는데. 취업할 노력도 하지 않았고 아르바이트밖에 안 하잖아. 앞으로 잘 풀려도 기껏해야 마스터로 끝날 텐데. 얼마나 겁나는지 알아?"

마스터가 폭소를 터뜨렸다.

"기껏해야 혈색 나쁜 부인하고, 얼굴이 달덩이 같은 딸하고, 이름 이상한 가게에서 끝난다고?"

교코도 덩달아 잠깐 웃었지만 바로 진지한 표정으로 돌아갔다.

"슌페이가 하는 말은 기본적으로 늘 옳아. 하지만 옳기만 해서는 사람들을 괴롭게 만들 거야."

교코는 문득 얼굴을 찌푸리더니 잠시 뜸을 들였다.

"저번에 신주쿠에 갔는데 지친 표정을 한 어머니가 유모차를 끌고 에스컬레이터를 타고 있었어. 그 사람한테 젊은 여자가 매서운 얼굴로 다가가서 '당신, 그래도 엄마 맞아?'라고 소리치는 거야. '아이를 위험한 환경에 내놓고 대체 생각이 있는 거야, 없는 거야?'라는 거야. 대체 왜 저러나 싶었지. 물론 위험하긴 하지만, 그럼 당신이 먼저 도와주라는 생각밖에 안 들었어."

"설마, 내가 그 여자랑 똑같다는 거야?"

"그건 아니지만. 하지만 그 여자도 굉장히 강해 보였어. 전혀 흔들림이 없었어. 자기가 옳다고 믿어 의심치 않고, 실제로 옳으니까 골치 아픈 거야. 헤어질 때는 말하지 못했지만, 슌페이가 해준 말은 기뻤어. 하지만 적어도 그때 날 편하게 해준 건 정론보다는 명분이었어. 기뻐하기보다는 편해지고 싶었어. 슌페이하고 헤어졌을 때, 괴로웠지만 왠지 무척 편했어."

거기까지 말한 교코는 천천히 손목시계를 보더니 "그럼 뒷일은 알아서 해." 하고 장난스럽게 말하면서 걸쳐두었던 재킷을 걸쳤다.

"어, 벌써 돌아가?"

이제 겨우 10시였다. 월요일이라지만 오랜만의 재회다. 가능하면 조금 더 함께 있고 싶었다.

교코는 아쉬운 기색이기는 했지만 확실하게 고개를 저었다.

"오늘 급하게 어머니한테 와달라고 부탁한 거라 그만 가봐야 해."

"어머니? 어디에?"

"집에."

"왜?"

"왜긴, 아이를 돌봐주고 계시니까."

태평한 그 말의 의미를 제대로 파악할 수가 없었다. 얼굴을 마주 본 마스터도 입을 떡 벌리고 있다.

"어, 사내아이?"

뜬금없는 질문이었지만 교코는 진지하게 고개를 끄덕였다.

"사내아이."

"정말이야?"

"정말이고말고."

"그때 그 아이?"

"응, 그때 그 아이. 당연하잖아."

그렇게 말하고 비로소 즐겁게 웃는 교코를, 슌페이는 초조한 기분으로 가게 밖까지 배웅했다.

"오늘은 고마웠어. 그리고 예전엔 미안했어. 결국 슌페이가 해준 말이 등을 밀어주었기 때문에 아이를 낳을 결심을 했던 거야. 나만 좋으면 그만 아니냐는 그 말 말이야. 지금은 어쨌든 행복해."

교코는 오른손을 내밀었다. 그 손을 맞잡으면서 슌페이는 문득 하늘을 바라보았다. 신주쿠의 밤하늘에 별은 보이지 않았다. 별이 가득한 미요시의 하늘을 떠올렸다.

교코의 뒷모습을 지켜보다가 가게 안으로 돌아오니 마스터가 무뚝뚝한 표정으로 퍼즐 앞에 앉아 있었다.

"왼쪽 눈 한 조각이 끝까지 안 나오네."

마스터는 그렇게 말하고 느릿하게 씨익 웃더니, 슌페이의 손에 지폐를 몇 장 쥐여주었다.

"어? 무슨 돈이야? 이런 돈으로는 아버지 문제는."

"그게 아니야."

마스터는 질렸다는 듯이 말을 끊었다.

"네가 남의 마음을 이해하지 못하는 건, 다름 아니고 네가 숫총 각이라 그런 거야. 그러니까 업소에 다녀와."

"하! 그게 무슨 소리야?"

"야, 슌페이. 섹스란 건 죽을힘을 다해 상대를 상상하는 스포츠야. 상대가 원하는 것과 내가 상상한 게 딱 맞아떨어질 때 비로소 쾌감을 얻을 수 있지. 그야 네 자위도 옳아. 고려할 상대가 너 하나 뿐이니까. 하지만 자위는 아무것도 생산하지 못해. 세상에 뭔가를 창조할 수 있는 건 결국 섹스밖에 없어."

마스터는 웃음기 없는 얼굴로 다시 퍼즐에 시선을 떨어뜨렸다. 어째선지 차분한 표정으로 고개를 기울이더니 한참 있다가 다시 웃었다.

"하지만 그게 네 장점이긴 해. 모두 너처럼 마음대로 살면 어떻게 될까? 의외로 꽤 잘 굴러갈지도 모르지."

천천히 펼친 손바닥 위에는 5만 엔이라는 큰돈이 있었다. 그렇구나, 업소 요금은 이렇게 비싸구나. 그런 생각을 하면서 슌페이의 의식은 이미 내일부터 시작될 일로 날아가 있었다.

4

날이 밝자마자 대학병원으로 달려갔지만 섭섭할 정도로 반전 드라마는 없었다. 젊은 당번 의사는 슌페이가 건넨 CT 필름을 한 번 흘깃 보고 귀찮다는 듯이 얼굴을 찌푸렸다.

"이런 말씀을 드리기는 대단히 죄송하지만, 이미 낙관하기 어려운 상태입니다."

물론 그런 건 알고 있다. 넌덜머리 날 정도로 잘 알지만 어떻게든 매달릴 희망이 없는지, 뇌외과로 정평이 난 병원을 인터넷으로 찾아 교코와 헤어진 뒤에도 몽골리언에서 혼자 버티다가 아침 6시라는 말도 안 되는 시간에 기웃기웃 찾아온 것이다.

"이미 손쓸 수 없는 상황입니다. 새로운 검사 때문에 저희 병원에서 받기는 어려우니, 남은 시간은 가족분들과 함께⋯⋯."

일찌감치 마무리하려는 의사의 이야기를 들으며 슌페이는 이것도 조금 엉뚱한 소리라고 생각했다. 미요시의 의사도 그랬다. 그건 다시 말해 그냥 너희가 손을 못 쓴다는 거잖아? 그냥 실력이 부족하다는 소리잖아?

어쨌든 한 번 들여다보고 말하란 말이야. 머리를 열어보고, 그 고약한 암세포인지 뭔지를 똑바로 보고, 그런 다음에야 이건 끝났다, 어쩔 도리가 없다고 두 손을 들어달란 말이다. 뿌연 사진만 믿고 남의 인생에 끝을 고하는 게 고작이라면 그런 건 나도 할 수 있어.

그렇게 빗나간 원망도 했지만 딱히 낙담하지는 않았다. 간단히 기적이 일어나리라 생각하지는 않는다.

우리 가족이 억지로 그러모으려는 것은 기적의 드라마다. 망가진 어머니를 재연 영상으로 실컷 부추겨서 태연히 무대에 등장시킨다. '대발견! 세계의 기적!' 이런 프로그램에서 촬영을 하고, 알지도 못하는 연예인이 감동에 겨워 눈시울을 붉힌다. 그런 내용의 이야기다.

자기계발 같은 건 싫지만 하늘은 스스로 돕는 자를 돕는다는 말을 지금만큼은 믿고 싶다. 오늘 아침이 바로 그랬던 것처럼, 1등할 때만 점을 믿는 것과 마찬가지다. 행운의 색은 노란색이라고 자꾸 그러기에 일단 '몽골리언'에서 바나나를 세 개 집어왔다.

어쨌든 이건 인내심 겨루기다. 어머니가 살아계시는 동안 기적을 가져다줄 의사나, 찍소리도 못할 근거를 들이대며 "가족끼리 남은 시간을 보내십시오."라고 말하는 의사를 만나기 전에는 계속 발버둥 치는 수밖에 없다.

그렇게 생각하며 찾아간 세 번째 병원, 신주쿠 일본여자의대는 현기증이 날 정도로 환자가 바글바글했다. 미요시의 병원이 마을 노인들의 휴게소라고 한다면 이쪽은 일본 전국 노인들의 사교장이다. 이 정도면 노인들 사이에서 영험하기로 유명한 족집게 지장스님 동상도 있을 것 같았다.

번호표는 '108'번이었다. 모니터에는 '38'이나 '41' 같은 번호가 느긋하게 늘어서 있었다. 뇌신경외과만 네 명이나 되는 의사가 진료를 보는 모양인데 숫자는 도통 줄지 않았다. 졸다 깨다를 반복하다가 겨우 번호가 '100'번 대에 들어갔을 즈음, 시간은 이미 3시가 훌쩍 넘었다.

'기노시타', '도도로키', '오시마'. 위부터 순서대로 늘어선 의사의 이름과, 맨 밑의 '처치의'라는 글자가 보였다. 환자를 어떻게 분류하고 있는지는 모르겠지만 밑으로 내려갈수록 많은 숫자를 처리하고 있는 게 기다리는 사이 눈에 보였다. '처치의'가 '98', '99', '101'로 밀집한 숫자를 역동적으로 처리하는 사이 '기노시타'는 '69', '88', '100'을 찬찬히 진료하고 있었다.

가능하다면 '기노시타'가 좋겠다. 하지만 첫 내원에 그런 VIP 대접은 바랄 수 없겠지. '108'은 당연히 '처치의' 담당 코너에서 깜빡였는데, 바로 그 순간 이변이 일어났다.

'107'번 환자가 진료실에 불려가고 겨우 슌페이의 번호가 코앞으로 다가왔을 때, 갑자기 숫자 '108'이 모니터에서 사라진 것이다.

지난 3시간 사이에 있었던 일이 주마등처럼 뇌리를 스쳤다. 거의 잠잔 기억밖에 없었지만 코끝에 찡했다. 이런 초보적인 실수는 절대 용서할 수 없다. 가까이 있던 간호사를 붙잡으려는 순간, 희미한 위화감을 느꼈다.

인력에 이끌리듯 다시 모니터를 쳐다보았다. 그러자 이미 정이 든 '108'번이 깜빡이고 있었다. 그것도 애타게 바랐던 '기노시타' 진료실에서.

무슨 일이 벌어졌는지 모르겠지만 세 번째 병원에서 기적의 끝자락을 붙잡았다는 예감이 들었다. 다른 붉은 숫자들과 달리 깜빡거리는 '108'번만 행운의 색인 노란색이기도 했다.

그로부터 30분을 더 기다린 끝에 진료실에 들어갔다. 어떤 경위로 도착했는지 몰라도 소개장과 함께 접수처에 제출했던 CT 필름이 전광판에 꽂혀 있었다.

마주한 기노시타 의사의 가슴께에 달린 명찰에는 '교수'라는 두 글자가 떡하니 자랑스럽게 박혀 있었다. 빳빳한 백의도, 7대 3으로 가른 앞머리도, 슌페이가 멋대로 상상했던 '유능한 뇌신경외과 전문의' 이미지 그대로라 그만 배시시 웃고 말았다.

이 기회를 놓칠까보냐. 슌페이가 과장스럽게 고개를 숙이자 기노시타는 차분하게 웃으며 물었다.

"오늘 어머님은 같이 안 오셨습니까?"

"이쪽에 모시고 올 상황이 아니라, 일단 제가 병원을 찾는 중입니다."

"댁은…… 미요시군요. 뉴타운이 있는 곳이지요? 병원은 몇 군데나 알아보셨습니까?"

"여기가 일곱 번째입니다. 대부분 문턱도 못 넘어보고 쫓겨난 꼴이지만요."

얼마나 효력이 있을지 모르겠지만 슌페이는 필사적으로 거짓말을 했다. 이제 나한테는 교수 당신밖에 없다는 강렬한 호소를 눈동자에 담았다.

기노시타는 벌써 메모를 적고 있었다. 슌페이의 설명과 사진에서 역시 뭔가 눈치챘는지 미안한 기색으로 펜을 내려놓았다.

"상황이 어려워 보이긴 합니다."

"잘 알고 있습니다."

"다른 병원 선생님께 들었을지 모르지만, 일단 제 짐작을 말씀드린다면 어머님의 종양에는 세 가지 가능성이 있습니다."

"네. 네……? 세 가지요?"

당연하다는 듯한 그 말에 슌페이는 허를 찔렸다. 전이성과 원발성. 가능성은 두 가지라고 형이 그랬다.

기노시타는 개의치 않는 기색으로 담담히 말을 이었다.

"그래요, 세 가지. 첫 번째는 일반적인 뇌종양인 경우. 두 번째는 내장의 암이 전이되어 생긴 경우. 소개장을 보면 이쪽 가능성이 높다고 하는데, 어쨌든 좀 더 정밀한 검사를 해봐야 합니다. CT로 결론을 내리는 건 조금 섣부른 판단이에요."

"그, 그렇고말고요."

속에 쌓였던 불만을 기노시타가 알아주는 것 같아 슌페이는 그만 흥에 겨워 맞장구를 쳤다. 자기가 하는 말이 슌페이에게 얼마나 용기를 주고 있는지도 모르고 기노시타는 계속 차분히 설명했다.

"그리고 세 번째는 뇌에서 생긴 중추신경계 악성 림프종이라는 질병인 경우."

"네? 중…… 뭐요? 림프종?"

처음 듣는 병명은 어떤 글자를 써야 하는지조차 몰랐다. 새로운 가능성에 기대를 품으면서도 유일하게 알아들은 '악성'이라는 단어가 묵직하게 가슴에 울렸다.

"최근 증가하고 있는 질병이지만 사례도 많지 않고 당연히 앞선 두 가지에 비해 가능성은 훨씬 낮습니다. 하지만 스테로이드 처방으로 실어증이 현저히 개선되었다니 이해하기 어렵군요. 어쨌든 보다 자세한 검사를……"

"저, 선생님. 잠깐 죄송한데요."

슌페이는 반쯤 넋이 나간 상태로 기노시타의 말을 막았다. 기노시타는 불쾌해하는 기색도 없이 무슨 일인가 고개를 갸웃거렸다.

"아니, 그 림프 어쩌고 하는 질병인 경우에도 어머니는 일주일 안에 돌아가실 가능성이 높은 건가요?"

"지금 단계에서는 뭐라 말할 수 없군요. 다만 가령 5년이라는 기간을 하나의 예시로 든다면 평균적인 생존율은 결코 높다고 하기 어렵습니다만."

미안한 기색의 기노시타와는 달리 슌페이의 가슴은 펄떡거렸다. 물론 5년이 길지는 않지만 일주일, 아니 처음에 선고받은 날부터 따지면 잔여 시간은 이미 사흘도 남지 않았다. 무한한 가능성이 느껴졌다.

"그, 그럼, 어쨌든 자세히 검사해줄 병원을 찾으면 되는 거지요? 그럼 혹시 이 병원에서는 안 됩니까?"

"미안하지만……."

"아니, 괜찮습니다. 이곳 대기실을 보고 큰 병원은 검사 때문에 환자를 받지 않는다는 걸 똑똑히 알았으니까요. 가능하면 선생님께서 봐주시면 좋겠지만 어쩔 수 없죠. 제힘으로 찾겠습니다."

슌페이는 거짓 없는 마음으로 웃었지만 기노시타는 계속 묘한 표정이었다. 그는 잠시 슌페이의 눈을 뚫어져라 쳐다본 뒤에 "이다음에 찾아갈 병원은 혹시 있습니까?" 하고 물었다.

"아뇨, 또 인터넷으로 찾아보고 어디든 가봐야지요."

"그렇군요. 그럼 잠깐 기다려주겠습니까?"

기노시타는 체념한 듯 한숨을 쉬더니 뒤쪽 커튼 너머로 사라졌다. 그리고 누군가와 통화를 하기 시작했다. "아아, 일본여자의대 기노시타인데……."라는 인사로 시작하더니 슌페이가 전한 이야기와 자기 예측을 순서대로 설명했다.

중간에 불쑥 커튼 뒤에서 고개를 내밀고 귀에 댄 수화기를 가리키며 "지금 갈 수 있어요?"라고 물었다. 슌페이가 손가락으로 오케이 사인을 만들자 기노시타는 비로소 온화하게 웃으며 다시 안으로 물러났다.

5분 후에 돌아온 기노시타의 손에는 프린트된 지도가 들려 있었다.

"계열 병원은 아니지만 다카나와에 잘 아는 의사가 있어요. 3시까지 시간을 낼 수 있다고 하니, 미안하지만 택시로 얼른 가볼 수 있겠습니까?"

"당연히 가야지요."

"돈은 있고요?"

"듬직한 형한테 10만 엔이나 받았습니다."

"그렇군요. 그럼, 이걸."

왠지 멋쩍게 웃는 기노시타가 건넨 지도에는 시나가와 주소와 '기미지마 아사미'라는 이름이 함께 적혀 있었다.

슌페이는 질릴 정도로 인사했다. 기노시타는 또 한 번 웃으며 마지막으로 슌페이의 등을 힘차게 두드렸다.

"우리 모자란 아들놈이 마침 비슷한 또래라. 내 장담하건대 좋은 선생님입니다. 어머님, 좋은 결과가 나오길 바랍니다. 불안하겠지만 힘내요."

기적의 문이 또 하나 열렸다. '대발견! 세계의 기적!'의 꼬리가 눈앞에서 아른거렸다.

5

슌페이는 형이 입금해준 돈을 찾아 구태여 노란색 택시를 잡아타고 기노시타에게 받은 지도를 운전사에게 건넸다.

도쿄를 바람처럼 횡단하며 다시금 상황을 정리했다. 가방에 어머니의 휴대전화를 넣어둔 게 생각났다.

전원을 켰다. 노안 때문에 그런지 엄청나게 크게 설정된 글자를 멍하니 바라보는데 그 순간, 미리 짜기라도 한 것처럼 커다란 기계음이 울렸다. '요시카와'라는 이름이 눈에 들어왔다.

"아아, 다행이다! 겨우 연결됐네!"

기쁨에 겨운 목소리가 고막을 때렸다. 그 기세에 눌려 아무 말도 못 하고 있는데 상대가 숨 쉴 틈도 주지 않고 말했다.

"여보세요? 레이코 맞지?"

"아니, 죄송합니다. 와카나 레이코의 아들 슌페이라고 합니다."

"뭐? 아들? 슌페이라고? 어머, 전화번호를 잘못 알았나?"

슌페이는 상대의 엉뚱한 반문을 부정하고 최근에 있었던 일을 간단히 설명했다. 요시카와라는 그 여성은 처음에는 역시 놀라는 기색이었지만 아키코처럼 당황하지는 않고 조용히 슌페이의 말을 들었다.

"어머니 상태가 호전되면 다시 연락드리겠습니다."

소개받은 병원의 간판이 눈에 들어와 슌페이는 이야기를 끝내려 했다. 하지만 요시카와의 입에서 예상도 못 한 말이 튀어나왔다.

"미안하지만 지금 잠깐 시간 좀 낼 수 없을까?"

"저, 죄송합니다. 5분 정도라면 괜찮지만."

"그렇구나. 아니, 사실 전화한 건 다른 용건이 아니라."

그런 말을 시작으로 요시카와는 어머니와 하치오지 콜센터에서 함께 일한 과거부터 설명했다. 함께 일한 시간은 짧았지만 성격이 맞아 어머니가 먼저 회사를 그만둔 후에도 교류는 계속되었다. 차를 마시거나 노래방에 가거나, 둘이서 아타미에 여행을 다녀온 적도 있다고 한다.

이야기는 오락가락하면서도 조금씩 핵심을 향해 다가갔다. 요시카와가 얼마나 와카나 가의 사정을 잘 아는지는 모르겠지만, 함께 여행을 갔을 정도니 상당 부분 파악하고 있을 것이다.

"우리도 그때 정말 어려웠단다. 미안하다고 생각하면서도 그만 너희 어머니에게 아쉬운 소리를 하고 말았어."

참회하는 말투로 요시카와는 한숨을 푹 쉬었다.

2년 전이었다고 한다. 남편의 사업이 어려워 살림이 빠듯해진 요시카와는 보험 외판원 일을 시작했다. 하지만 처음 해보는 영업이라 실적을 내지 못해 고민하고 있었다.

그럴 때 오랜만에 어머니를 만날 기회가 있었다. 요시카와가 어머니에게 우는소리를 했던 건 아니다. 상황을 민감하게 알아챈 어머니가 "너무 비싼 건 못 들지만." 하고 먼저 보험에 가입하겠다고 말했다.

빚에 시달리는 자기 상황도 생각 않고 그러다니, 참 어머니다운 행동이었다. 슌페이가 힘들다고 할 때마다 돈을 마련해준 어머니의 마음을 떠올렸다.

"레이코 씨도 힘든 줄 알고 있었는데, 그때 얼마나 기뻤는지."

당장에라도 울음을 터뜨릴 듯한 목소리를 무시하고 슌페이는 뒷말을 재촉했다.

"저, 요시카와 아주머니가 일하시는 곳이?"

"아, 미안하구나. 다이니치 생명이라는 곳이야."

"역시 그렇군요. 어, 그래서 연락하신 이유가……?"

택시가 병원 로터리에 접어들었다. 슌페이는 한 손으로 재주 좋게 돈을 내고 입구 옆 화단에 걸터앉았다.

이야기를 듣는 중간부터 맥박이 빨라졌다. '설마'와 '그래도'라는 단어가 머릿속에서 어지러이 오갔다.

짧은 침묵 뒤에 요시카와는 마음을 다잡은 듯 입을 열었다.

"어머니가 힘들 때 이런 말을 하는 건 실례지만, 실은 두 달 치 보험료가 밀렸어. 오늘 안에 입금하지 않으면 효력이 사라져서 몇 번이나 연락했는데. 설마 이런 일이 생긴 줄도 모르고."

요시카와는 어머니의 병이 자기 책임인 것처럼 말했다. 시간을 확인했다. 14시. 오늘 안이라는 말은, 앞으로 한 시간밖에 남지 않았다는 뜻이다.

"죄송한데, 어머니가 가입한 보험이 어떤 건가요? 보험에 대해 자세히 들은 바가 없어서요."

낙관하지 말라고 몇 번이나 스스로를 타일렀다. 요시카와는 급기야 울먹거리기 시작했지만 필사적으로 갈라진 목소리를 쥐어짜냈다.

"그게, 암 보험이야. 어머니 본인 것. 다른 생각이 있었던 게 아니라 다른 보험에 비해 훨씬 쌌거든. 가족들은 불길하게 그런 걸 왜 들었냐고 화를 낼지도 모르겠지만."

지금 당장 어머니를 얼싸안아주고 싶다. 그럴 때는 아니지만 마음이 그랬다. 또 하나. 기적의 문이 열렸다. 이번에는 확신에 가까웠다.

요시카와는 암 보험에 대해 상세히 알려주었다. 가입자가 암으로 입원하면 증상과 관계없이 하루에 1만 엔이 지급되고, 그 외에 수술이나 선진 의료가 필요한 경우에도 그때마다 치료비가 지급된다.

무엇보다 놀라운 사실은 암 판정을 받은 시점에서 1백만 엔을 받을 수 있다는 점이었다. 그러고 보니 광고에 자주 나왔던 것 같은데, 어제까지는 자기하고 아무 상관없다고 생각했다.

"최대한 빨리 지급되도록 처리할 테니, 병명이 확정되면 우리 쪽에도 연락 좀 해줘. 혹시 모르니 서류는 자택 주소로 먼저 보낼게. 보험증서도 다시 한 번 찾아봐."

물론 암이 아니길 바라지만. 마지막으로 그렇게 말한 요시카와에게 슌페이는 "아니, 아니에요, 이렇게 됐으니 암이 아니면 큰일 나요. 백만 엔이 꼭 필요하다고요."라고 억지스러운 농담을 하고 전화를 끊었다.

병원 맞은편에 있던 ATM으로 1만3천 엔을 입금했다. 역시나 어제까지는 눈길도 주지 않았던 '사기 주의!'라는 경고문이 눈에 들어왔다.

그렇구나, 노인들은 이렇게 사기꾼의 마수에 걸리는 거구나. 슌페이는 엉뚱한 데서 감탄했다.

6

다카나와다이 중앙병원이라는 이름은 처음 들어본다. 오전에 돌아다닌 병원 세 곳에 비하면 규모는 작지만 천창에서 빛이 쏟아져 들어오고 청소 상태도 깔끔한 게 마음에 들었다.

접수처 여직원도 슌페이의 설명을 눈치 빠르게 알아듣고 뇌신경외과로 연결해주었다. 간호사실에서는 이름만 말했을 뿐인데 바로 선생님을 불러주었다. 병원에 들어간 지 5분도 채 되지 않아 처음으로 마주한 기미지마 아사미라는 여의사는 슌페이가 상상했던 인물상과는 거리가 멀었다.

가장 처음 든 생각은 '분명히 기노시타 교수하고 **뭔가** 있다!'였다. 기노시타와 띠동갑 두 배는 차이가 날 듯한 기미지마의 외모를 본 슌페이는 여러 입장을 상상했다. 후처라는 말도 딱 맞는 것 같고, 제자라고 해도 그럴 듯하다. 불륜상대라고 한다면 "거봐!" 하고 손뼉을 딱 쳤을 것이다.

물론 알아낼 방법은 없지만 **뭔가** 있기를 바라는 마음이 강했다. 의사도 사람이다. 소개해준 사람과 가까운 사이일수록 치료에 성의를 다할 것이다.

"기미지마라고 합니다. 기노시타 선생님께 설명은 대강 들었습니다."

진료실 안쪽 책상에서 마주한 기미지마는 백의에 달린 명찰을 보여주며 인사했다. 그 동작에 슌페이는 그만 가슴이 설레었다. 빨간 테 안경에도, 어깨까지 내려오는 머리카락에도, 백의를 걸치고 있어도 봉긋하게 솟은 가슴에도 에로티시즘이 철철 흘렀다. 이야기 속에나 나올 것 같은 여의사의 출현에 가슴이 떨렸다.

슌페이는 다시 어머니의 병세를 설명했다. 어머니가 모르는 곳에서, 몇 개나 되는 병원에서 어머니의 차트가 만들어진다. 그게 이상하면서도 우스웠다.

"분명 악성 림프종일 가능성은 부정할 수 없겠네요."

기미지마는 CT 필름을 바라보며 중얼거렸다.

"저는 그 병명을 방금 전 처음 들었습니다. 악성이라는 건 역시 나을 수 없다는 뜻인가요?"

슌페이의 순수한 의문에 기미지마는 일단 아니라고 대답했다가 곧 황급히 말을 바꾸었다.

"애초에 양성 림프종이라는 건 존재하지 않아요."

"아아, 그런가요? 그럼 림프종이라는 게 어떤 병이죠?"

"한 마디로 설명하기는 어렵습니다. 예를 들어 림프선이 존재하지 않는 뇌에 림프종이 생기는 이유도 사실은 제대로 밝혀진 게 없습니다. HIV처럼 후천성 면역결핍증을 앓는 사람이 많이 걸린다거나, 남성 발병률이 높다는 설명은 가능하지만요. 어쨌든 절대적인 사례가 적기 때문에 지금 단계에서 이런 이야기를 하는 건 섣부른 짓이에요. 빨리 검사를 시작하죠. 모레, 목요일에 입원하실 수 있나요?"

"물론 가능하지요. 그런데 그렇게 쉽게 입원이 되나요?"

"그러려고 여기에 온 거 아니었어요?"

기미지마는 어딘가 심술궂은 표정으로 웃었다.

"일곱 군데나 돌아다녔다면서요. 그만큼 많은 병원을 돌아다녔는데 어디에서도 받아주지 않았다니, 그게 더 이상한 일이에요. 눈앞에 어려운 환자가 있는데 어떻게."

거짓말까지 빠짐없이 전달되었다니 마음이 적잖이 불편했다. 하지만 슌페이는 미요시와 오늘 아침에 갔던 병원에서 느꼈던 불만을 7분의 1로 나누어 그 선에서 최대한 불만을 늘어놓았다.

기미지마도 웃음을 거두지 않고 줄줄이 불평을 토로했다. 보아하니 그녀 역시 큰 병원에는 불만이 있는 듯했다.

"선생님, 한 가지만 더 물어봐도 될까요?"

어쩐지 허물없는 사이가 된 것 같아 말을 꺼내기가 쉬웠다.

"지금 저희 어머니 상황에서 암 보험을 신청할 수 있을까요?"

"그야 물론 가능한데, 암 보험이 있어요?"

"본인 상태가 그러니 확실하진 않지만, 가입한 것 같아요."

"어머나, 그건 불행 중 다행이네요. 암 보험은 그렇게 열심히 광고하는 것에 비해서는 의외로 가입자가 적거든요. 모처럼 가입해 놓고도 중간에 해약했다가 그만 덜컥 암에 걸렸다는 얘기도 흔하고. 결국 그런 보험은 치료비 걱정이 없는 사람들만 가입하게 돼요."

"허, 그런가요? 저희는 엄청 빠듯한데. 오히려 그런 보험까지 가입하는 사람들이니 이렇게 빠듯하게 산다고 해야 하나."

기미지마는 슌페이의 말에 고개를 갸웃거리면서도 일단 미요시 병원에서 보험을 신청하도록 조언해주었다.

어떤 의사를 만나는지가 모든 것을 결정한다. '몽골리언' 마스터가 그런 소리를 했다. 나는 운명의 상대를 찾아낸 게 아닐까? 눈앞에 있는 에로틱한 여의사가 가족의 운명이 달린 주사위를 쥐고 있는 것이다.

"잘 부탁드리겠습니다."

슌페이는 오른손을 내밀었다. 쓴웃음을 지으며 내민 기미지마의 차가운 손을 움켜쥐며, 새삼 책상 위를 바라보았다. 설명을 듣는 동안 쭉 신경 쓰였다. 슌페이가 제멋대로 커다란 희망을 기대하는 줄도 모르고, 노란 수선화 한 송이가 청초히 피어 있었다.

7

난생처음으로 '밥이나 먹을까?' 하고 문자를 보내 미요시에 있는 유일한 패밀리레스토랑으로 형을 불러냈다.

이미 밤 11시가 넘었는데, 가게에 들어가자마자 '전철 사고. 30분

늦는다'라는 문자가 왔다. 어쩔 수 없이 시간이나 때우려고 메뉴를 보고 있었다. 그러다 곧 어떤 광경에 시선을 빼앗겼다.

옆자리에 앉은 두 가족, 그 아이들의 모습이었다. 아이들이 떠드는 정도였다면 개의치 않았을 것이다. 시끄럽다고 생각은 해도 분명 흔한 광경이라고 넘겼을 것이다.

문제는 세 아이들 중 누구 하나 패기 없이, 나른하게 눈을 비비며 햄버그와 멜론소다를 먹고 있다는 점이었다.

신이 난 건 오히려 부모였다. 어떤 사이인지 모르겠지만 두 어머니와 한 명의 젊은 남자는 당연하다는 듯 담배 연기를 뿜어내며 상스럽게 떠들고 있었다.

문자를 받은 지 딱 30분 뒤, 형은 짜증스러운 기색으로 가게에 들어왔다.

"또 선로에 뛰어들었대. 요새 유독 잦아. 어머니가 쓰러진 뒤로 매일 그런다니까."

형은 넥타이를 풀며 재빨리 맥주를 주문했다.

"어라, 형 술도 마셔?"

눈을 치뜨고 묻자 형은 "넌 항상 그 소리더라." 하고 코웃음을 쳤다.

식사 중에 대화는 거의 없었다. 신경 쓰지 않으려 해도 가게 안의 두 가족이 눈에 들어왔다. 놀랍게도 형은 슌페이처럼 모르는 척하지 않았다.

형이 갑자기 벌떡 일어나더니, 그 가족들 쪽으로 성큼성큼 다가가 고함을 질렀다.

"당신들, 그만 여기서 나가!"

"뭐? 이 자식 뭐야? 무슨 소릴 지껄이는 거야?"

여자 하나가 몹시 당황한 기색으로 되받아쳤지만 형은 조금도 물러서지 않았다. "아이들 앞에선 고운 말을 써야지!" 하고 이번에는 국어 선생님 같은 잔소리를 했다.

저래서야 확실히 무슨 소리를 지껄이는지 모르겠구나. 여자에게 공감하면서도 슌페이는 혼잣말을 중얼거렸다. "형, 멋지다."

형은 두어 마디 잔소리를 더 하고는 씩씩한 발걸음으로 돌아왔다. 도중에 그때까지 한 마디도 끼어들지 않았던 남자가 "어쭈, 당신 양아치 아냐?" 하고 깔보듯 말했다. 형은 걸음을 뚝 멈추고 천천히 돌아보더니 역시나 주눅 든 기색 없이 말했다.

"어쭈, 당신한테는 요만큼도 관심 없거든?"

5분쯤 지나 두 가족은 내키지 않는 기색으로 가게를 나섰다. 떠날 때 머리카락 염색이 다 빠진 한 여자가 아이를 업으면서 "정신 나간 거 아냐?" 하고 투덜거리자 슌페이는 그 뒤에 대고 가운뎃손가락을 세웠다.

"형, 형. 잘 봐. 분명 경차다. 게다가 내부 장식은 천박할 거야."

간절한 마음으로 주차장을 바라보고 있으려니 운전대 앞면에 헝겊인형을 잔뜩 쌓은 경차 두 대가 연달아 나왔다. 슌페이는 폭소를 터뜨리며 다시 한 번 창에 대고 손가락을 세웠다.

"그만해. 볼썽사나워."

형은 조용히 유리컵에 입을 댔다. 수면 부족과 숙취로 슬슬 한계였지만 슌페이도 속이 후련해져서 맥주를 주문했다.

"그러고 보니 둘이서 건배하기는 처음이지?"

슌페이가 잔을 기울이자 형은 "그런가?" 하고 고개를 갸웃거리며 잔을 부딪쳤다.

"오늘은 어땠어?"

슌페이는 맥주를 단숨에 들이켜고 말문을 열었다.

형은 태연한 얼굴로 "실은 면접 좀 보느라." 하고 이상한 소리를 했다.

무슨 말인지 몰라 고개를 갸웃거리자 형은 "아, 아버지 얘기였어?" 하고 민망한 듯 말을 바꾸었다.

"진짜, 아버지는 정말 도움이 안 돼. 솔직히 이번만큼은 정말 실망스러웠어."

깊은 한숨 뒤에 형이 꺼낸 이야기는 건강보험 문제였다. 회사 상사에게 '고액요양비 제도'의 존재를 전해들은 형은 재빨리 구청에 문의했다고 한다. 규정은 까다로웠지만 일반적으로 아버지 연령대라면 전년도 소득이 600만 엔 이하일 경우 매달 의료비 부담은 약 8만 엔, 600만 엔을 초과하는 경우에도 최대 15만 엔만 부담하면 된다는 사실을 알았다.

어머니의 치료비가 얼마나 들지도 모르고, 당장 내야 할 비용에도 고심하던 와카나 가에 있어 분명 고마운 이야기였다.

"하지만 뭔데? 어차피 좋은 얘기는 아니겠지?"

슌페이가 일부러 익살스럽게 말하자 형은 작게 고개를 끄덕였다.

"아버지 작년 수입, 602만 엔이래."

"뭐?"

"소득신고를 직접 하고 있단 말이야. 그렇게 빚 때문에 고생하면서, 2만 엔쯤 어떻게든 할 수 있었을 텐데. 그런데 융통성 없게 기준 금액 이상으로 신고를 해서."

"아니, 그건 결과론이잖아. 그 우둔한 성격이 아버지다운 거고, 8만 엔하고 15만 엔이면 차이가 크긴 하지만 그걸로 탓하면 좀 불쌍해."

"알아. 그게 다가 아니야. 그게 아니라고."

형은 몇 번이나 말을 꺼내려다가 단숨에 맥주를 들이켰다.

"아버지, 보험료를 엄청나게 체납했어. 구청 직원이 조사해보더니 1년쯤 밀렸다는 거야. 아슬아슬하게 유효기한 내어서 3할만 먼저 내고 유지했지만, 고액요양비 사전 신청은 불가능하다고 설교를 들었어."

"그래서 결국 어떻게 됐다는 거야?"

"앞으로 들 병원비는 백만 엔이든 천만 엔이든 일단 전액 지불해야 한대. 차액을 돌려받는 건 한참 후고, 그 반환금에서 체납금을 제한다는 거야. 정말, 뭘 하고 있는 건지."

그래도 여전히 아버지를 탓하면 불쌍하다고 생각했다. 이런 사태를 예상하지도 못했을 테고, 설마 일부러 체납했을 리도 없다.

머리로는 그렇게 이해하는데 마음은 조금 형 쪽으로 기울었다.

가족들이 열심히 가느다란 실에 매달릴 때마다 아버지가 어이없이 뚝 끊어버린다. 그런 느낌이었다.

"아직 뭐가 더 있는 눈치인데?"

슌페이는 말을 끝내고도 후련해 보이지 않는 형을 다그쳤다. 형은 순간 깜짝 놀란 표정을 짓더니 바로 힘없이 고개를 저었다.

"오늘 낮에 어머니가 갑자기 과자 통을 가져다달라고 난리를 쳐서 아버지가 허둥지둥 집에 갔었대. 결국 과자 통도 찾지 못했고 돌아오는 길에 속도위반 단속에 걸렸다는 거야."

"그게 뭐야? 딱지를 끊었단 말이야?"

"벌금 1만5천 엔."

"이런 판국에?"

"응. 게다가 젊은 경찰한테 꽤나 잔소리를 들었나봐. 부인이 아플 때 당신까지 사고라도 당하면 어쩔 거냐고."

"하! 정말 기도 안 차는 얘기네."

슌페이는 비꼬는 게 아니라 순수하게 웃음을 터뜨렸지만, 또 돈이라도 뜯겼는지 형은 쓸쓸한 표정으로 손거스러미를 씹었다. 어딘가 눈에 익은 동작이었다.

"있지, 형. 하나만 묻고 싶은데 괜찮아?"

실컷 웃은 뒤에 슌페이는 눈을 치뜨고 형을 바라보았다. 오래전부터 궁금했던 게 있었다.

"아버지는 결국 싸웠던 걸까, 도망쳤던 걸까? 나, 처음에는 당연히 도망쳤던 거라고 생각했어. 가족들에게 빚이 있다고 털어놓는 게 얼마나 힘든 일이겠어? 그걸 쭉 회피했던 거라면 역시 도망쳤던 게 아닐까. 하지만 가족을 끌어들이기 싫어서 그랬다면 역시 싸웠다는 뜻 아닐까? 그렇다면 역시 아버지는 결국 우리한테 엄청난 폐를 끼치게 된 걸 걱정하고 있을 거야."

손가락을 문 채 형은 슌페이를 뚫어져라 쳐다보았다. 이상한 물체라도 보는 듯한 얼굴이었다.

한참 시선이 얽힌 끝에 형은 한숨을 푹 내쉬었다.

"넌 굉장하구나. 정말 반대야. 아버지라면서 어째서 혼자 해결하지 않는지, 난 그게 더 불만스러웠어."

형은 감탄하는 건지 어이없어하는 건지 모를 표정으로 웃었다.

"넌 나보다 훨씬 가족에게 기대를 품고 있는 건지도 모르겠다."

"기대? 내가?"

슌페이는 웃음을 터뜨렸지만 형은 표정 하나 바꾸지 않았다.

"그래. 낭만주의자인가 싶을 정도야."

그렇게 말하고 형은 눈길을 슬며시 떨구었다. 한동안 손가락을 조물거리다 어느 한 점을 뚫어져라 노려본 끝에 마음을 정리한 듯 고개를 들었다.

"싸웠는지 도망쳤는지는 알지도 못하고 관심도 없어. 다만 나는 아버지가 늘 불만스러웠어. 하지만 이번에 아버지를 보고 유일하게 부러웠던 점도 있어. 지금도 개그 프로그램을 보면서 웃는다는 거야. 밥도 안 넘어간다면서 개그를 보고 폭소를 터뜨린다니까. 그 무던한 신경이 조금 부럽기도 하고, 진심으로 대단하다고 생각해."

"확실히 그래. 왠지 아버지는 선로에 뛰어들진 않을 것 같아."

"안 그러겠지."

"왜일까? 뛰어드는 사람하고 뭐가 다른 걸까?"

"글쎄. 가족이 제대로 굴러가고 있기 때문일까."

"우리 가족이 굴러가고 있는 게 맞긴 해?"

"당연하지. 집에 돌아올 생각을 안 했던 네가 이렇게 몇 번씩이나 집에 왔잖아. 뭘 하는지는 몰라도 혼자서 돌아다니고, 싫어하는 나하고 해결책을 찾아내려고 맥주까지 마시고. 그것만으로도 충분히 잘 굴러가고 있는 거야."

"음, 그런가? 아니, 잘 모르겠어. 딱히 가족을 위해서 그러는 건 아니지만."

왠지 수긍하지 못하는 슌페이를 바라보며 형은 자그맣게 웃었다.

"전에 네가 노블레스 오블리주라는 말을 했지. 고귀한 의무. 나, 요즘 그게 굉장히 좋더라. 가족 중 누군가가 힘들다면, 역할 같은 건 따지지 말고 힘 있는 누군가가 어떻게든 하는 거야. 주변에 큰소리로 힘들다고 말할 수 있는 사람만 있어도 상황은 어떻게든 굴러가. 부모님이 빚을 지던 시기에는 그게 불가능했지만, 어머니가 쓰러진 후에는 싫어도 그럴 수밖에 없었지. 그랬더니 이유는 몰라도 조금씩 굴러가게 되었잖아?"

"뭐야, 형. 오늘은 정말 짱인데?"

무심코 흘린 소리에 금세 부끄러워져 황급히 말을 바꾸었다.

"그보다 그거 내가 낸 의견이잖아?"

"그러니까 네가 한 말이라고 했잖아."

"내 의견을 하나만 더 덧붙이자면, 아버지는 조금 더 노력해줘야 해."

"그래, 그것도 동감이야. 슬슬 아버지가 나설 차례지."

"요즘은 오히려 무슨 생각을 하고 있는지 더 모르겠다니까."

"뭔가 열심히 현실을 타파하려고 애는 쓰고 있어. 헛돌고 있긴 하지만."

"어쨌든 텔레비전이나 보면서 웃고 있으면 안 되지."

겨우 몇 초 눈이 맞았을 뿐인데 오랜만에 형과 함께 웃었다. 그 때, 주방에서 사람이 나와서 미안한 눈치로 폐점 시간을 알렸다.

당연하다는 듯 계산하는 형에게 "형은 괜찮은 거지? 형수가 한 번도 오질 않는데." 하고 물었다. 형은 태연히 "실은 오늘 위험했어." 라고 대답했다.

"네가 밥 먹자고 불러주지 않았다면 지금쯤 긴자 술집에 갔을 거야. 긴자에서 시작해서 어디까지 굴러 떨어졌을지 모르지. 네가 모처럼 붙잡아줬으니 앞으로 어떻게 할지, 다시 한 번 미유키하고 찬찬히 의논해볼 거야."

무슨 뜻인지 통 알 수 없었지만 깊이 알고 싶지도 않았다. 반대로 형이 물었다.

"그보다 네가 할 말은 뭐였어?"

"아, 그러고 보니."

가게에서 나오고 나서야 슌페이는 암 보험과 다카나와의 병원에 대해 설명했다. 형은 깜짝 놀란 눈치로 눈을 휘둥그레 떴지만 곧바로 앞으로 고개를 돌리고 "그렇구나. 고마워. 드디어 아버지가 나설 차례네."라고 혼잣말처럼 중얼거렸다.

눈앞에 펼쳐진 별이 빛나는 하늘을 함께 바라보며 슌페이는 힘차게 고개를 끄덕였다.

마음 한구석에서 아버지에게 기대를 품고 있는 자신이 있다. 흔해빠지고 시시한 가치관이라고 생각은 하지만, 묘하게 자랑스럽기도 했다.

8

아버지는 일찌감치 자리에 누워 있었다. 병에 걸린 게 거짓말처럼 새근새근 자고 있는 어머니 곁에서 작게 코까지 골고 있다.

2층으로 올라가는 형을 지켜보던 슌페이는 카운터 뒤에서 파란 과자 통을 꺼냈다. 어머니가 가져와달라고 부탁했고, 슌페이가 까맣게 잊었고, 아버지가 찾아내지 못했던 물건이다.

안에는 사진이 뭉텅이로 들어 있었다. 두 사람의 결혼식 사진부터 순서대로 형과 슌페이가 태어난 날에 찍은 사진, 초등학교 입학부터 미요시로 이사 온 날에 찍은 사진까지, 처음 보는 사진들이 줄줄이 나왔다.

한동안 멍하니 사진을 바라보는데 바닥에 하얀 봉투가 보였다. 슌페이는 그게 무엇인지 금세 눈치챘다. 집안을 샅샅이 뒤졌지만 찾지 못했던 보험증서다. 아무래도 어머니는 잠재적으로 봉투의 존재를 떠올렸던 모양이다.

다이니치 생명이라고 찍힌 봉투 안에는 보험증서와 함께 아버지 앞으로 써놓은 메모가 있었다. 보험 종류는 완전히 착각한 모양이지만 짧은 말 속에 어머니의 마음이 담겨 있었다.

만약 내게 무슨 일이 생기면 이걸로 **장례식**을 치러주세요.
아이들에게 짐이 되고 싶지 않아요.

보험 내용을 꼼꼼히 살펴보고 사진 뭉치를 바라보는 사이 어느새 꾸벅꾸벅 졸고 말았다.

다시 정신을 차렸을 때는 벌써 새소리가 들렸다. 거실의 작은 창으로 희미하게 들어오는 아침 햇살을 받으며 슌페이는 이변을 금방 눈치챘다.

"아버지! 언제부터야?"

주방을 뒤지던 아버지가 어깨를 움찔 떨었다.

"아니, 조금 배가 출출해서, 먹을 걸 좀."

"누가 그런 걸 물었어? 언제부터 그런 짓을 했냐고 묻잖아!"

"오늘로 사흘째······."

"하, 안일하게 운동 좀 해놓고 대단한 발전이라도 한 것처럼 착각하지 마."

현실을 타파하기 위해 달리기라도 시작한 모양이다. 운동복 차림의 아버지가 쩔쩔매며 우두커니 서 있었다.

달리기나 한다고 딱히 잔소리할 생각도 없고, 발전을 바라는 것도 아무 문제없다. 하지만 아버지는 언제나 중요한 부분이 늘 어긋나 있다.

"차림은 또 왜 그 모양이야?"

아버지는 쭈뼛쭈뼛 입고 있는 운동복을 붙잡고 고개를 갸웃거렸다.

"옷장에 있던데. 역시 너무 화려한가?"

그 태평한 말투가 묘하게 잘 어울려 슌페이는 웃음을 터뜨렸다. 확실히 화려하다. 너무 화려하다.

아버지가 태연히 입고 있는 운동복은 슌페이가 고등학교 때 잠깐 빠졌던 브루스 리의 노란 일체형 운동복이었다.

"아아. 그래도 행운의 색이네."

점을 떠올리고 혼자 신나게 웃고 있는 슌페이를 아버지는 이상하다는 듯 바라보았다. 슌페이는 그런 아버지를 무시하고 "바나나라면 있는데." 하고 또 다른 행운을 가방에서 꺼내며 머리에 수건을 둘렀다. 온통 노란 아버지와 함께 집을 나섰다.

아버지가 달리는 이유는 왠지 짐작이 갔다. 저도 모르게 그만 비난하고 말았지만 아버지는 역시 바뀌고 싶은 것이다. 한 가정의 가장으로서, 어머니의 반려로서, 이대로 주저앉아 있을 수는 없다.

현실을 타파하고 싶다. 그러고 싶지만, 무엇부터 시작해야 할지 모르겠다. 그러면 일단 달리기라도……

기가 막힐 정도로 단편적인 생각이지만 슌페이도 그런 경험이 있다. 중학교 때, 좋아하는 여자아이에게 고백도 못 하고 자위만 해댔지만 그래도 답답한 마음을 떨쳐내지 못했다. 정신을 차렸을 때는 그는 이미 미요시 거리를 전속력으로 달리고 있었다.

내가 아버지라면 어떻게 할까? 그런 일념으로 생각나는 대로 입을 열었다.

"있지, 아버지. 잠깐 여행이라도 다녀와."

"여행?"

"그래. 어머니하고 갔던 신혼여행지도 좋고, 어디든 추억이 깃든 장소라도 좋으니 한 번 자신과 맞서고 와. 거기서 바닥을 치고, 그런 다음 돌아와서 당당하게 아버지 역할을 해줘."

"아니."

"됐으니까 다녀오란 말이야. 빨리 발돋움하고 싶지? 그럼 할 일은 뻔하잖아. 운동을 하거나, 싸움을 한판 하거나, 그것도 아니면 여행을 떠나 자신과 맞서야지."

슌페이는 무심코 멈춰 서서 자기보다 훨씬 작은 아버지의 어깨를 붙잡았다. 예전에는 무서워했던 사람이다. 회사에서 쌓인 울분을 집에 가져와 어머니에게 거만하게 화풀이하는 모습을 본 적도 있다. 하지만 그런 허세는 이 나라의 경기와 함께, 와카나 가의 저축과 함께 홀연히 사라졌다.

아버지는 힘없이 고개를 저으며 서글픈 목소리로 말했다.

"아니, 그런 문제가 아니야."

"뭐가?"

"돈이 없어."

"뭐?"

"여행을 가고 싶어도 돈이 없어."

슌페이는 순간 어이가 없었지만 금방 씩 웃으며 말했다.

"돈이 있으면 가겠단 말이지? 그럼 내가 마련해줄게. 그 대신 돌아오면 우리 집은 아버지가 책임지는 거야."

그런 말을 하면서도 슌페이는 지금 상황에서 아버지가 진짜로 여행을 떠날 줄은 몰랐다.

보스턴백을 어깨에 멘 아버지가 "돈 준다면서."라고 말한 건은 그날 낮이었다.

얼이 빠진 형과 슌페이에게 "내일 돌아오마."라는 말만 남기고 자리에 몸져누운 어머니를 남겨두고, 아버지는 행선지도 알리지 않고 떠났다.

그 표정을 보아도 속마음은 헤아릴 수 없었지만, 슌페이는 잠자코 아버지의 뒷모습을 배웅했다. 어머니를 남겨두고 선로에 뛰어들 사람도 아니고, 아버지가 바뀌길 바라는 것도 진심이었다.

하지만 슌페이가 잠자코 아버지를 배웅할 수 있었던 가장 큰 이유는 가방 속에 브루스 리의 운동복이 슬쩍 보였기 때문이다. 행운의 색인 노란 운동복은 슌페이에게 아버지가 새사람이 되어 돌아오리라는 커다란 희망을 안겨주었다.

그날의 행운의 색이 사실은 아버지, 슌페이 둘 다 '파란색'이었음을 깨달은 것은 그로부터 몇 시간 후의 일이다.

4장

아버지의 위엄

1

만약 인생을 새로 시작할 수 있다면 어느 시점으로 돌아갈까?

수평선 조금 위에 떠 있는 보름달이 해수면을 비추어 지금 서 있는 벼랑 아래까지 '문로드'가 뻗어 있다. 그 옛날과 조금도 다르지 않은 풍경을 바라보며 와카나 가쓰아키는 생각했다. 손에는 그 시절엔 없었던 휴대전화가 들려 있다.

어린 시절 생활은 무엇 하나 부족함이 없었다. 이불 도매상 점원으로 호쿠리쿠에서 기후로 나온 가쓰아키의 아버지 간자부로는 주인집 딸 지요코와 사랑에 빠져 거의 쫓겨나다시피 독립, 20대 때 자립했지만 군대에 이불을 납품한 덕에 금방 회사를 키웠다.

사업 규모가 커지면서 두 사람은 차례로 아이를 낳았다. 가쓰아키 위로는 네 명의 형과 한 명의 누나가 있다. 모두 2년 간격으로 태어났지만, 가쓰아키만 바로 위의 형과 여덟 살이나 터울이 있었다.

간자부로가 마흔여섯, 지요코가 마흔 때 낳은 아이다.

"울보, 넌 실수로 태어난 아이야."

형들은 늘 그런 소리를 했다. 부모가 계획적으로 출산한 것을 고려하면 가쓰아키가 예상치 못한 아이였다는 사실은 분명했다.

하지만 형제들의 말은 쉽게 웃어넘길 수 있었다. 그만큼 가쓰아키는 가족 누구에게나 사랑받았다. 큰형부터 셋째 형까지는 모두 부모 같았고, 가장 나이 차가 적은 넷째 형은 늘 좋은 의논 상대였다.

'울보'는 형들이 붙여준 별명이었다. 금방 울음을 터뜨린다며, 철든 후에도 그렇게 불렀다.

보통 이상으로 떠들썩한 가족 사이에서 아무 불만도 없이 자랐지만, 유일하게 아버지만은 어떻게 대해야 할지 몰랐다. 젊고 활달한 친구들의 아버지에 비해 나이도 훨씬 많고 과묵한 간자부로는 가쓰아키에게 언제나 구름 위의 존재였다.

이야기를 나눈 기억은 거의 없지만 아버지는 물론 존경스러운 인물이었다. 여덟 가족이 넉넉하게 살 수 있는 집에는 정원이 있었다. 우아하게 귀를 때리는 정원 연못의 물받이 소리는 가쓰아키의 자랑거리였다. 생각해보면 그 시절에 여섯 아이를 모두 대학교까지 보낸 것은 정말 대단한 일이다. 생활비를 못 받는다는 생각은 해본 적도 없다.

고등학교에서는 등산부 동아리에 열중하느라 공부는 별로 하지 않았다. 형제들이 나고야의 국립대나 교토의 명문 사립대를 졸업하는 가운데 가쓰아키는 홀로 도쿄의 신설 사립대에 들어갔다.

학생 운동이 한창이었던 대학 생활에 중립을 자저할 생각은 없었지만 막 배운 기타를 연주하느라 여념이 없었다. 집에서 보내주는 생활비와 방학을 이용한 백화점 물류 아르바이트로 번 돈만으로 생활하기에 충분했다. 도쿄라는 거리는 기대한 대로 재미있었고, 그럭저럭 괜찮은 친구들과 그럭저럭 괜찮은 하루하루를 보내며, 그럭저럭 괜찮은 연애도 했다.

4학년 가을이 되어서도 생활에 변화는 없었다. 가쓰아키는 취직 전쟁의 물살을 놓쳤다. 느긋하게 손 놓고 있었던 건 아니지만 필요 이상으로 서두르는 일은 더더욱 없었다. 그때까지의 인생이 그랬던 것처럼 현실에 순응했다. 고도성장기 한복판에 있는 이 나라에서 일자리를 얻지 못한다는 건 상상할 수도 없었고, 실제로 지금까지도 흘러가는 대로 내버려둔 결과가 이러니 어쩔 수 없었다.

가쓰아키는 형제 중에서 유일하게 도쿄에서 일하는 넷째 형 유조에게 매달렸다. 유조는 간사이에 본사가 있는 신문사의 도쿄 본사에서 일하고 있었다.

"울보는 세련된 면이 있으니 새로운 업계에서 일해보는 것도 재미있겠지."

유조는 인맥에 의지하려는 가쓰아키를 야단치지 않고 그렇게 첫마디를 꺼냈다.

"새로운 업계?"

귀한 양과자를 입에 넣으며 가쓰아키는 고개를 갸웃거렸다.

인테리어 전문기자라는 직업 때문인지, 유조는 가쓰아키가 듣도 보도 못한 업계를 줄줄이 메모에 적어 내려갔다.

"이게 전부 형이 소개해줄 수 있는 곳이야?"

"네가 원한다면."

가쓰아키는 진지하게 메모의 내용을 음미했다.

"저기, 형. 이 BGM 사업이라는 건 뭐야?"

딱 하나, 외국어로 적힌 업계가 눈에 쏙 들어왔다. 그것을 순수한 흥미로 받아들인 유조는 "확실히 넌 세련된 업계가 잘 어울릴지도 모르겠다."라며 만족스러운 표정으로 고개를 끄덕였다.

"광고대리점이 뭔지 아니?"

"이름은 들어봤어."

"간단히 말하면 그 연장선상에 있는 업계야. BGM은 '백그라운드 뮤직'이라는 뜻인데, 결코 중심이 되지는 않는, 환경에 녹아 있는 음악을 말해. 그런 음악을 직접 제작해서 레스토랑이나 백화점에 파는 게 주된 사업이야. 미국에서는 꽤 유행하고 있다고 들었고, 분명 앞으로 재미있는 분야가 될 거야. 그리고 여기라면 지금 당장 네게 소개해줄 수 있고."

결국 어떤 회사인지 잘 이해하지는 못했지만 '미국'과 '음악'이라는 두 개의 키워드가 가쓰아키의 마음을 단단히 움켜쥐었다.

대학 친구가 다들 포크송에 열을 올릴 때, 가쓰아키는 홀로 컨트리 음악에 열광했다. 카터 패밀리에 찰리 프라이드, 행크 윌리엄스. 그 시절의 미국과 그 전통 음악에는 가쓰아키의 가슴을 이유

없이 설레게 만드는 무언가가 있었다.

대학교를 정할 때도 아버지는 아무 말씀도 없었다. 그래서 어차피 이번에도 그러겠지 했는데, 어리석은 예상은 산산조각 났다. 취직 소식을 알렸을 때, 전화 너머에서 들리는 아버지의 목소리는 몹시 호됐다.

"학창 시절에야 네 마음대로 해도 된다. 하지만 일은 너 하나만의 문제가 아니야. 부양해야 할 가족을 위한 일이기도 하단 말이다. 뭘 파는지도 모르는 그런 회사, 이 아비는 용납 못 한다."

아버지가 진로에 참견하기는 처음이었다. 가쓰아키가 아버지의 충고를 무시한 것도 그때가 처음이었다.

"이 아비가 네게 남겨줄 수 있는 건 그리 많지 않아. 지금이라면 아직 내 인맥으로 일자리를 소개해줄 수 있어. 그러니 돌아오너라, 가쓰아키."

그로부터 10여 년의 세월이 흐르는 동안 아버지가 경영했던 이불 도매상은 대량생산 시대의 풍조에 밀려 실적이 악화되었다. 그때까지 키워온 모든 것을 빼앗기듯 회사를 접은 직후, 아버지는 폐렴이 악화되어 세상을 떠났다. 가쓰아키가 문병을 갈 새도 없었다.

마치 이런 전개를 예상한 것처럼 아버지가 남긴 것은 정말로 얼마 되지 않았다. 재산의 대부분을 빚 때문에 빼앗겼고, 그나마 남은 저택의 상속 문제로 그렇게나 가까웠던 형제들과 그 배우자들의 사이는 순식간에 멀어졌다.

아버지라는 태양을 잃은 순간 주위를 돌고 있던 혹성이 뿔뿔이 흩어진 것 같았다. 가쓰아키는 모든 상속을 포기하고 번거로운 문제를 피했다. 그것을 '도피'라고 비난하는 형도 있었다.

아버지가 가쓰아키를 위해 준비해준 일은 고향 신문사의 사무직이었다. 결코 화려한 일은 아니지만 고향에서는 몇 안 되는 일류 기업의 사원으로 확실히 안정적인 생활을 얻을 수 있었으리라. 원하는 시절로 돌아갈 수 있다면 아버지가 충고해준 그날로 가야 할까?

아니…….

가쓰아키는 작게 고개를 저었다. 절대 그렇지 않다. 그 후의 인생을 기후에서 보내다니, 지금도 상상할 수 없는 일이고, 도쿄에서 보낸 생활은 정말 흥미롭고 재미있었다.

그리고 무엇보다 레이코를 만날 수 있었다. 기후에 있었다면 다른 사람을 만났겠지만, 레이코는 절대 그런 식으로 대체될 수 있는 존재가 아니다.

지난날을 돌아보면 그 만남은 인생 최대의 요행이었다. 그리고 레이코를 만나지 못했다면 태어나지 않았을 고스케와 슌페이는 모든 인생을 걸고 일구어낸, 가쓰아키의 최고 걸작이다.

2

취직 후 처음 몇 년 동안 가쓰아키는 주말이면 롯폰기의 '페기

라이언'이라는 나이트클럽의 무대에 섰다. 물론 프로가 연주하는 곳은 아니고 컨트리 음악이 취미인 사람들의 사교장 같은 곳이었다.

라이브를 시작한 지 1년쯤 되자 가쓰아키에게도 팬이 생겼다. 항상 같이 오는 젊은 두 여성은 가쓰아키가 연주할 차례가 되면 적극적으로 신청곡을 넣었다.

차츰 목례 정도는 나누게 되었지만 좀처럼 이야기를 나눌 기회는 없었다. 그래도 옆에서 보기만 해도 두 사람의 성격을 어렴풋하게나마 알 수 있었다.

술을 벌컥벌컥 들이켜며 담배를 피워대고 신나게 춤을 추는 것은 몸매가 육감적인 한 명뿐이었다.

가녀리고 키가 작은 나머지 한 명은 굳이 따지자면 브레이크 역할로, 늘 난처해 보이는 미소를 띠고 있었다. 이상한 구도라고 생각하면서도 어느새 가쓰아키는 자그마한 여성을 눈으로 좇게 되었다.

그러던 어느 날이었다. 평소보다 가게에 손님이 많았고 가쓰아키는 마지막 순서로, 게다가 처음으로 솔로로 무대에 섰다. 평소 노래는 많이 하지 않지만 그 두 사람이 부추기는 바람에 기분 좋게 몇 곡을 선보였다.

막힘없이 노래를 하고 마지막 곡을 소개할 때였다. 처음 보는 취객이 갑자기 욕설을 퍼부었다.

"아까부터 음침한 노래만 불러대고 뭐야! 그런 건 백인이 부르는 뽕짝이잖아! 일본인이라면 탄광 노래나 한 곡 뽑아!"

순간 어안이 벙벙했지만 가게 안의 술렁거리는 목소리를 지우기 위해 "그럼 신청곡입니다." 하고 기타를 띠리링 울렸다.

손님들이 안도의 한숨을 내쉰 것도 잠깐, 누가 다짜고짜 혼자 덤벼들었다.

"이 영감탱이가! 당신, 지금 뭐라고 했어? 여긴 롯폰기의 나이트클럽이야. 당신 같은 인간은 긴시초 술집에나 가!"

찬물을 끼얹은 듯 고요한 가게에서 육감적인 그 여성이 벌떡 일어섰다. 취객은 순간 눈을 희번덕거렸지만 곧바로 여자에게 다가갔다. 여자도 맞서듯 잭 다니엘 병을 움켜쥐었다.

당장에라도 한판 붙을 듯한 분위기에 직원들과 가녀린 여성이 바로 끼어들었다. 하지만 간발의 차이로 여자가 먼저 팔을 휘둘렀고, 병은 남자의 이마에 정확하게 명중했다.

산산조각 난 유리가 스포트라이트를 반사하며 화려하게 날아올랐다. 잠깐 정적이 찾아왔다가 환성이 치솟자 여자는 테이블에 기어 올라가 깨진 병을 추어올리며 "고마워!"라고 외쳤다. 주정이 정도를 넘어섰다.

가녀린 여자가 뺨을 가리고 웅크리고 있었다. 가쓰아키는 황급히 다가가 여자의 얼굴을 살펴보았다.

"괜찮아요?"

여자는 갈라진 목소리로 곧바로 "괜찮아요."라고 대답했다. 두 사람이 나눈 첫 대화였다.

하지만 그렇게 말하는 여성의 손가락 사이로 피가 흐르는 게 보였다. 사방으로 튄 파편에 다친 모양이다.

"당장 병원으로 가요."

가쓰아키는 아직도 테이블 위에서 깔깔거리는 여자의 팔도 함께 붙잡아 근처 응급병원으로 차를 몰았다. 상해라고 길길이 날뛰는 사람도 없고, 음주운전이라고 잡는 사람도 거의 없었다. 그런 시대였다.

차 안에서 가쓰아키는 비로소 두 사람의 이름을 알았다. 취객의 머리를 내려친 사람이 혼다 아키코라는 여대생이고, 얼굴을 다친 여성은 모리가미 레이코라고 했다.

"둘 다 꽃다운 스물두 살이야."

아키코는 자기가 친구에게 상처를 입힌 줄도 모르고 천연덕스럽게 웃고 있었다.

병원에서 레이코가 치료를 받는 사이 술기운이 깬 아키코는 "내가 말도 안 되는 짓을 저지른 거지?" 하고 그제야 창백하게 질렸다.

아키코는 몇 번이나 소파에서 일어나 공중전화로 누군가와 통화를 하는 등 내내 불안한 기색이었다.

레이코가 뺨을 두 바늘 꿰매는 치료를 받고, 30분쯤 지나 진료실에서 나왔을 때 마치 잰 것처럼 가쓰아키와 비슷한 또래의 남자가 병원으로 달려왔다.

고급스러운 아이비룩 패션에 머리카락을 7대 3으로 가른 남자는 걱정보다 먼저 잔소리를 했다.

"너 뭘 하고 다니는 거야?"

지금도 그날을 생각하면 가슴이 아프다. 그가 아닌 다른 사람이 레이코를 '너'라고 부르는 장면을 목격한 것이다.

"넌?"

남자는 가쓰아키에게도 불쾌한 시선을 던졌다. 가쓰아키는 담담하게 신분을 밝혔다. 도망칠 생각도 없었지만 필요 이상으로 떠들어 레이코를 궁지에 빠뜨릴 생각도 없었다.

무슨 이유인지 그는 가쓰아키에게 상세한 경력까지 요구했다. 다니는 회사부터 직종, 졸업한 대학과 고향집 가업에 이르기까지. 남자는 자기가 설명을 요구해놓고 듣는 내내 지루하다는 표정이었다. 그리고 본인에 대해서는 결국 끝까지 말해주지 않았다.

"우리 대학 의학부 5년 차. 내가 불러내놓고 이런 말을 하기는 뭐 하지만 얼마 전까지 프리섹스의 전도사라고 떠들고 다녔던 저질스러운 녀석이야. 병원 집 도련님이고."

그렇게 가르쳐준 것은 아키코였다. 레이코만 태운 BMW가 사라지는 것을 지켜본 아키코는 발을 동동 구르며 화를 냈다.

"썩을 놈! 우리도 태워가야지! 아아, 열 받아! 이봐, 가쓰아키씨, 술 마시러 가자. 나 아직 술이 모자라!"

"하지만 벌써 시간도 늦었어요."

가쓰아키는 녹초가 되어 보란 듯이 손목시계를 쳐다보았다. 아키코는 전혀 개의치 않는 기색으로 "내일 쉬는 날이니까 괜찮아."라고 대답했다. 그리고 어딘가 심술궂은 눈으로 가쓰아키의 얼굴을 들여다보았다.

"당신도 저 애에 대해 더 알고 싶지? 그러니까 가자. 오늘 신세도 졌으니 내가 살게."

다시 차를 타고 롯폰기로 돌아간 가쓰아키는 아키코의 단골집이라는 호텔 바에 끌려갔다. 대부분의 조명이 어두워 담배 연기만 희미하게 아롱거렸다.

아키코는 주저 없이 칵테일을 주문해 글라스를 기울였다. 가쓰아키는 대체 한 잔에 얼마나 할지 걱정하면서 위스키를 찔끔찔끔 마셨다.

다메이케 쪽으로 뚫린 창문에 도쿄의 밤거리가 펼쳐져 있었다. 곳곳에서 공사 중인 고층 빌딩에서 뭔가가 시작되려는 힘이 느껴졌다. 그 건물들을 굽어보니 대단한 사람이라도 된 기분이었다.

아키코의 독백은 끝날 줄도 모르고 계속되었다. 여섯 살 때 레이코를 처음 만났던 일부터 그 첫인상, 최근의 교류에 이르기까지. 가식 없는 아키코의 말에는 분명 궁금한 점이 많았다.

특히 가쓰아키의 관심을 끈 것은 아버지가 큰 빚을 지고 야반도주하는 바람에 레이코가 사립학교에서 퇴학당했다는 사실과, '페기 라이언'도 실은 레이코가 원해서 다닌다는 이야기였다.

아키코는 당장 잠에 곯아떨어질 것처럼 흐리멍덩한 눈으로 말했다.

"당신이 늘 그 애를 보는 거, 개도 다 알고 있어. 어때, 빼앗아보라니까."

한계는 이미 넘어선 것 같은데 마치 의무라도 되는 것처럼 아키코는 술을 자꾸 들이켰다.

"빼앗다니, 뭘?"

달리 대답할 길이 없었다. 아키코는 가쓰아키의 말을 무시했지만 그제야 망설이는 표정을 보였다.

"직접 연결해준 건 아니지만 그 애한테 아까 그 남자를 소개한 게 나야. 마음이 맞을 리 없는데 어느 틈에 사귀고 있더라고. 다른 여자들은 다 정리했다지만 그런 소릴 믿을 만큼 나도 순진하진 않아."

아키코의 이야기는 오락가락하면서도 조금씩 핵심으로 다가갔다.

"그 애, 뭘 잘못 알고 있어. 빚 때문에 아버지가 사라지고 집도 빼앗기고, 가족이나 친구들하고도 뿔뿔이 흩어졌잖아. 그래서 돈이 곧 행복이라고 철석같이 믿다 보니 옛날부터 이상한 남자만 좋아해. 아니, 딱히 좋아하는 것도 아니야. 고백을 받아도 꼭 그런 놈들하고만 사귄다니까."

"하지만 실제로 그런 남자가 여자를 행복하게 해주잖아? 난 변변한 대학도 못 나왔고, 회사도."

"그딴 게 다 무슨 상관이야? 날 봐, 부모가 정해준 사람하고 결혼할 수밖에 없어. 레이코는 적어도 그런 사람은 없으니 결혼 정도는 좋아하는 사람하고 해야 돼. 돈이 있든 없든 사람을 행복하게 해줄 수 있는 건 결국 사람뿐이니까."

가쓰아키가 아무 말도 못 하자 아키코는 주브로카라는 술을 두 잔 주문했다. 아키코는 분명 가쓰아키가 모르는 세계를 많이 알고 있을 것이다. 처음 보는 술을 앞에 두고 가쓰아키는 괜히 주눅이 들었다.

"그러고 보니 당신, 별명 없어?"

아키코는 뒤늦게 생각났다는 듯 웃으며 화제를 바꾸었다.

"어떻게 불러야 할지 몰라서. 가쓰아키 씨라고 부르면 밋밋하잖아."

"하지만 딱히 없는데."

"그래? 그럼 '싱글벙글 씨'라고 불러도 돼?"

"싱글벙글 씨?"

"응, 실은 우리끼리 몰래 그렇게 부르고 있거든. 레이코가 지었어. 늘 싱글벙글 웃고 있으니까 싱글벙글 씨. 진짜 센스 없지?"

과거의 '울보'와는 정반대되는 별명이다. 가쓰아키가 아무 말도 못 하고 있는데 아키코가 단호하게 말했다.

"내가 책임지고 두 사람을 연결해줄게. 레이코가 그렇게 적극적으로 구는 건 정말 드문 일이야. 저런 잘난 도련님한테 귀여운 레이코를 맡길 순 없지. 내가 싱글벙글 씨한테 사랑의 큐피드가 되어줄 거야. 약속할게."

아키코는 정말 그 약속을 지켰다. 레이코가 아키코의 손에 끌려 '페기 라이언'을 다시 찾은 것은 그 사건으로부터 약 한 달 후였다.

두 사람의 등장에 나이트클럽 직원들은 눈썹을 찌푸렸지만 가쓰아키의 마음은 두근거렸다. 한 달 동안 몇 번이나 기대했다가 몇 번이나 체념했는데, 붕대를 푼 레이코의 얼굴을 본 순간 가슴이 펄쩍 뛰어올랐다.

그다음부터는 깔아놓은 레일 위를 달리듯 순조로웠다. 레이코와 가쓰아키의 관계는 점점 깊어졌다. 일주일에 한 번 '페기 라이언'에서 나누는 밀회는 이윽고 주말, 그리고 평일 서로 근무를 마친 뒤, 그렇게 날마다 늘어갔다.

레이코와 사귄 지 석 달쯤 되는 어느 토요일이었다. 어쩐 일로 객석이 한적한 '페기 라이언'에서 연주를 마치고 주차장으로 나가니 귀에 익은 목소리가 들려왔다.

"아, 이 녀석이다. 겨우 찾았네!"

언젠가 병원에서 만났던 그 의대생이 친구들을 끌고 가쓰아키를 에워쌌다.

"이 자식, 감히 남의 여자를 넘봐?"

무리 중 한 명이 위협하듯 윽박질렀다. 가쓰아키가 아무 대답도 않자 느닷없이 뒤에서 누가 걷어찼다.

그걸 신호로 사방팔방에서 주먹이 날아왔다. 네 명의 사내에게 흠씬 맞는 동안 이상하게도 불쾌하지는 않았다. 한 대, 한 대 맞을 때마다 레이코와 떳떳하게 함께 있을 수 있다는 생각에 기쁠 정도였다.

시간이 얼마나 지났을까? 더는 못 하겠다는 듯이 의대생이 입을 열었다.

"야, 무릎 꿇어. 그러면 눈감아주지. 레이코는 포기하마."

레이코라고 부르지 마. 마음속으로 그런 생각은 했지만 그때도 굴욕은 느끼지 못했다. 만일 그 순간에 어떤 감정을 품었다면, 그 것은 오로지 우월감이었다.

이 세상 누가 무릎을 꿇어도 나는 레이코를 양보할 수 없다. 이 정도로 포기하다니, 기가 막힐 정도였다. 가쓰아키는 당장 무릎을 꿇었다. 바로 상스러운 비웃음이 쏟아졌지만 가쓰아키의 인생을 통틀어 최고로 자랑스러운 행위였다.

그런 일이 있은 뒤로 레이코와의 거리는 더욱 가까워졌다. 통신 회사에서 사무 일을 하던 레이코도 결코 벌이가 넉넉하지는 않았 지만 두 사람은 시간과 돈이 허락하는 한 데이트를 즐겼다. 긴자, 신주쿠, 롯폰기, 눈부시게 변화하는 도쿄의 거리는 그 자리에 서 있기만 해도 시대의 숨결을 느낄 수 있었다. 그 시절 도쿄는 정말로 즐거웠다.

"슬슬 결혼하자."

그렇게 말한 것은 가쓰아키가 스물일곱 살 때였다. 에릭 클랩튼 콘서트를 본 뒤에 찾아간 아카사카 도큐호텔 라운지에서였다.

상상 이상으로 긴장하는 바람에 그만 큰소리가 튀어나왔다.

가게 안에는 마침 그 무렵 거리에 갑자기 늘어난 폭력배들이 있 었는데 그중 한 명이 "좋다! 멋져, 형씨!" 하고 뒤에서 환성을 질렀 다.

순간 또 말썽에 휘말리나 싶어 긴장했는데, 마흔 정도 되는 험상

굿은 인상의 남자가 "나 이런 거에 진짜 약하단 말이야." 하고 환하게 웃으며 갑자기 웨이터를 부르더니 샴페인을 주문했다. 가쓰아키와 레이코가 거절할 새도 없이 그 자리에서 술판이 벌어졌다.

딱 보기에도 그쪽 사람으로 보이는 남자들이 줄줄이 다가와 가쓰아키의 글라스에 쉴 새 없이 술을 따랐다. 구경도 못 해본 고급주를 물처럼 들이부었다. 술을 못 마시는 레이코가 난처해하자 망설이지 않고 대신 잔을 받았다.

"형씨 멋지구먼. 아내가 어려울 때는 그렇게 도와줘야지. 처음에만 멋진 척하는 건 다 가짜야."

무리 중에서 가장 덩치 크고 험상궂게 생긴 남자가 별것도 아닌 일에 감동했다.

"어이, 형씨. 앞으로 일본은 대단해질 거야. 죽어라 일한 놈이 죽도록 돈을 벌 거라고. 좋은 집에 살면서 맛있는 음식을 먹는 거지. 당신도 아내를 호강시켜줘."

그리고 10여 년 후, 생각해보니 미요시에 집을 사기 직전이었다. 가쓰아키는 남자의 얼굴을 신문에서 보았다. 대형 은행과 결탁한 재개발 지역 투기사건 소식이었다.

그때까지의 인생 속에서 접점이 없었던 남자들이 가쓰아키와 레이코를 축복했다. 어쩌면 인생에서 가장 행복한 밤이었는지도 모른다.

적어도 그보다 더 행복한 날이 오리라고는, 그때는 상상도 하지 못했다.

3

기후에서 결혼식을 올리고 도쿄에서 피로연을 열고, 신혼집은 지유가오카에 떡하니 얻었다. 서로 출퇴근에 결코 편리하지는 않은, 월세 4만2천 엔짜리 낡은 원룸 아파트. 가쓰아키의 월급이 9만 엔이었던 시절이다. 확실히 그때부터 집에 집착했다.

신혼여행은 결혼식을 올리고 1년쯤 지난 가을에 떠났다. 레이코는 하와이에 가고 싶다고 주장했고, 가쓰아키는 고등학교 때 합숙을 갔던 신슈의 다테시나에 가겠다고 고집을 부렸다.

식습관의 차이나 음식 맛에 불평을 늘어놓는 가쓰아키의 태도가 조금씩 부부싸움의 원인이 되었던 시기다. 그때도 신슈에 갈지 하와이에 갈지를 두고 믿을 수 없을 정도로 크게 싸웠다.

가쓰아키가 다테시나에 가고 싶었던 이유는 학창 시절에 보았던 멋진 운해를 레이코에게도 보여주고 싶었기 때문이다. 결혼식과 새로운 생활에 지출이 많았던 시기이기도 했다. 겨우 5박 여행 때문에 하와이에 갈 여유는 없었다.

아키코를 비롯해 레이코의 친구 중에는 틈만 나면 외국에 가는 사람이 많았다. 남은 남일 뿐, 우리에게는 그녀들에게 없는 행복이 있다고 가쓰아키는 개의치 않았지만 그래도 레이코는 주위와 자신을 비교하며 친구들을 부러워했다.

국내여행과 바닷가라는 절충안으로 행선지는 히가시이즈로 결정되었다. 여관 여주인이 알려주는 대로 날도 밝기 전에 절벽에 올랐다. 달이 해수면에 아름다운 길을 만들고 있었다.

"문로드라는 거야. 아버지가 가르쳐준 몇 안 되는 지식 중 하나지."

하와이가 아닌 점을 끝까지 아쉬워하며 계속 툴툴거렸던 레이코도 이때만큼은 온화한 얼굴이었다.

"지금 행복해?"

압도적인 광경과, 두 사람만의 세상에 취했다. 그런 말이 조금도 부끄럽지 않을 만큼 눈 밑에 펼쳐진 풍경은 압권이었다.

하지만 가쓰아키의 질문에 레이코는 고개를 저었다. 예상치 못한 반응에 어쩔 줄 몰라하자 레이코가 고개를 저으며 살며시 웃었다.

"행복한지 어떤지는 언젠가 죽는 순간에만 알 수 있겠죠. 지금 행복하다는 사람을 난 별로 믿지 않아요. 행복을 하나씩 쌓아올려서, 설령 그게 몇 살 때가 되더라도 난 마지막 순간에 웃으며 눈을 감고 싶어요."

그날 밤, 레이코가 무슨 생각으로 그런 말을 했는지는 모른다. 분명한 것은 그녀가 행복에 대해 남들보다 조금 더 욕심이 많았다는 사실이다.

가쓰아키가 행복하다고 느끼는 모든 일들이 레이코에게는 그저 과정일 뿐이었다. 그녀의 입에서 '행복'이라는 말을 들은 것은 평생 단 한 번뿐이다. 6년에 걸친 불임치료 끝에 겨우 고스케를 얻었을 때였다.

가쓰아키는 레이코 앞에서 많이 울었다. 영화를 봐서, 음악을 들어서, 싸움을 해서, 기쁜 일이 있어서. 고스케가 태어났을 때도 펑펑 울었다. 물론 슌페이가 태어났을 때도 눈물이 났고, 그런 가쓰아키를 레이코는 어이없다는 듯이 타일렀다.

"당신도 참. 아빠가 정신 바짝 차려야지, 이래서야 되겠어요?"

이보다 행복한 일이 또 어디 있다고 그래! 마음속으로 반론하면서도 확실히 조금 과하게 울었나 싶어 그만 수긍하고 말았다.

가쓰아키의 손 안에서 슌페이는 잘 울었다. 레이코가 안으면 까르륵 웃으면서, 가쓰아키가 안는 순간 울음을 터뜨렸다.

병원 입원실에서 고스케가 필사적으로 발돋움을 해 펑펑 우는 슌페이의 얼굴을 들여다보았다.

"불쌍해라. 우리가 지켜줘야겠다."

벌써부터 형 노릇을 하는 고스케를 보며 가쓰아키는 멍하니 생각했다. 아아, 그래. 내가 정신 바짝 차려야지. 가족 앞에서는 울면 안 된다. 하다못해 가족 앞에서는 '싱글벙글'해야지.

물론 다른 평범한 가족처럼 문제는 있었다. 하지만 슌페이가 반항기에 접어들었을 때도, 고스케가 방에 틀어박혔을 때조차 아이들이 성장했다는 생각에 가쓰아키는 기뻤다. 아이들이 집을 떠난 것도, 그때까지 들인 그의 노력이 결실을 본 것 같아 기뻤다. 가쓰아키는 늘 행복했다.

미요시에 집을 산 것도 조금도 후회하지 않는다. 레이코는 마치 가쓰아키가 독단으로 집을 구입한 것처럼 타박했다. 고스케는 "분수에 맞지 않는 집을 샀어."라고 비난했고 슌페이도 덩달아 "좋은 시절을 너무 믿었어!"라고 부채질했지만 평생 한 번의 그 결단을 절대 후회하고 싶지 않았다.

어느 틈엔가 눈덩이처럼 커진 빚은 물론 괴로웠다. 이 정도겠지 하고 계산했던 지출은 늘 예상을 뛰어넘었고, 당연히 들어올 거라 믿었던 수입은 점점 줄어 분명 갚을 수 있었던 빚인데 좀처럼 줄어들지를 않았다. 레이코에게 의지하는 것도 언제부터인가 당연한 일이 되었다.

하지만 그런 생활에서 반드시 빠져나갈 수 있으리라 믿었다. 빚을 전부 갚고, 장지가 누렇게 바랜 전망창을 바라보며 "그때는 힘들었지." 하고 레이코와 웃는 날이 오리라 믿었다.

만일 인생을 새로 시작할 수 있다 해도 어느 시점으로도 돌아가기 싫은 건, 정말로 패배를 인정하기 싫어서 부리는 괜한 고집일까?

레이코가 말했던 "행복한지 어떤지는 언젠가 죽는 순간에만 알 수 있겠죠."라는 말은 그런 생활 속에서 오히려 가쓰아키에게 용기를 주었다.

하지만 먼 훗날일 줄 알았던 '언젠가'가 갑작스럽게 눈앞에 들이닥쳤다. 레이코가 발병한 뒤로 지난 일주일은 살아도 산 것 같지 않았다.

"웃어요, 여보."

병원에서 집으로 돌아와 여전히 눈의 초점이 맞지 않는 레이코가 그렇게 말한 것은 그저께 밤이었다. 웃는 법을 떠올리려고 열심히 애쓰던 찰나, 슌페이가 여행이나 다녀오라는 말을 해주었다. 고스케에게도 의논을 해봐야겠다 싶었는데 슌페이는 형하고도 이미 얘기가 끝났다고 덧붙였다.

결국 나는 레이코가 아니면 구원받을 수 없고, 아이들이 아니면 살아갈 수 없다. 가족이 없었다면 집도 사지 않았겠지만 가족이 없었다면 그렇게 열심히 살지도 못했다. 슌페이가 종종 말하는 '가족 때문에' 그러는 게 아니다. 가족의 행복이 곧 자신의 행복이라고 믿는 '나 자신 때문에' 그런 것이다.

몇십 년 만에 산 담뱃갑을 뜯고 카페에서 받은 성냥으로 불을 붙였다. 느긋하게 토해낸 연기는 바닷바람에 흩어졌다.

그가 레이코에게 해줄 수 있는 일은 한 가지뿐이다. 설령 '언젠가'가 다음 주라 해도, 5년 후라 해도, 30년 후라 해도, 당장 내일이라 해도 그렇다. '행복했다'고 웃으며 떠날 수 있게 해주는 일뿐이다.

문로드가 사라지고 밤이 환하게 밝아갔다. 이즈의 섬들이 수평선 위로 모습을 드러내고, 붉게 타오르는 태양이 떠올랐다. 희망만으로 가슴이 벅찼던 그때와 조금도 다르지 않은 광경이다.

가쓰아키는 입술을 깨물었다. 그때, 휴대전화가 울렸다. 연달아 문자가 세 통이나 들어왔다.

때가 때이니만큼 누가 보냈는지, 어떤 내용인지 걱정부터 들었다. 잠시 망설였지만 여행을 떠나기 직전 다소 기운을 차렸던 레이코의 모습을 떠올리고 고개를 저었다.

숨을 들이쉬고 휴대전화를 열었다. 첫 번째 문자는 고스케가 보낸 것이었다.

'아버지, 이제 슬슬 돌아와요. 아버지가 활약할 때야. 꼭 길조심하고.'

가슴이 계속 떨렸다. 다음 문자를 서둘러 열어보니 슌페이가 보낸 것이었다.

'전에 노인네는 얌전히 있으라고 한 거, 잘못했어! 우리 이제 두 손 두 발 다 들었어요!'

그리고 마지막으로 누가 보냈는지 확인도 않고 연 문자는 설마 싶었지만, 레이코가 보낸 것이었다.

'어제는 아이들이 볶음국수를 만들어줬어요. 정말 맛있었어요. 눈을 떠보니 당신이 없어서 너무 불안해요.'

평소 가쓰아키가 데리러 나오라고 보내는 문자에 레이코는 '네' 또는 '알았어요'라는 답장밖에 보내지 않는다. 그렇지 않아도 문자 같은 걸 보낼 수 있는 상태가 아닐 터였다.

그 의문에 대답해주듯 문자 말미에 '여기서부터 슌페이가 →'라는 글이 붙어 있고 이런 설명이 적혀 있었다.

'엄마 말인데 몰라볼 정도로 건강해. 문자도 직접 찍었어요. 한 시간이나 걸렸지만^^'

문자를 처음부터 끝까지 다시 읽고 가쓰아키는 중얼거렸다. "부럽네." 자기만 빼놓고 세 명이 한 지붕 아래에 있다. 분명 농담을 주고받으며 셋이서 웃고 있겠지. 슌페이가 우스갯소리를 하고, 고스케가 잔소리를 하고, 레이코가 생글생글 미소를 짓고 있겠지. 모두에게 구박받는 한 조각만이 가족의 퍼즐에서 빠져 있다.

자, 돌아가자. 가슴을 툭 때리는 무언가에 가쓰아키는 자리에서 일어섰다. 동쪽 하늘에 떠오른 태양이 바다를 새빨갛게 물들였다.

고된 생활에 쫓겨 은혼식도 환갑연도 올리지 못했다. 다음에는 레이코와 함께 이곳에 오자.

"아아, 그게 아니지."

가쓰아키는 혼잣말을 하며 작게 웃었다.

레이코는 이즈보다 하와이를 좋아했지. 그리고 둘만 있는 게 아니라 가족이 와자지껄 모두 모이는 걸 좋아한다.

그것이 예전 가족과 뿔뿔이 헤어진 레이코의, 단 하나의 꿈이다.

4

미요시 역에 내리자 플랫폼에 낯익은 모습이 보였다. 마치 마녀처럼 차려입은 아키코를 본 가쓰아키는 제 눈을 의심했다.

"아, 싱글벙글 씨. 오랜만이야."

아키코가 먼저 말을 걸어왔다.

"이런 곳에서 뭐 하고 있어?"

가쓰아키는 더듬거리며 물었다. 아키코와 레이코는 처음 만난 이후로 40년 세월이 지나도록, 그 사이 가까워지기도 멀어지기도 했지만 지금도 서로에게 가장 친한 친구다.

"슌페이는 오지 말라고 했지만 가만있을 수 있어야지. 그래, 돈은 괜찮아? 나도 치료비 낼 테니까 모자라면 말해."

아키코는 태연히 말했다. 분명 고마운 제안이었지만 가쓰아키는 단호하게 고개를 저었다. 아무리 힘들어도 레이코는 친구에게만은 우는소리를 하지 않았다. 그녀는 친구들과 대등하길 원했다. 학교에서 쫓겨났을 때 느꼈을 열등감을 다시 느끼게 하고 싶지 않다.

가쓰아키는 벤치에 앉아 레이코의 상황에 대해 설명했다.

"다행이다. 좀 더 심각한 표정일 줄 알았어."

가쓰아키를 뚫어져라 쳐다보며 아키코는 한숨을 쉬었다. 갑자기 화제가 바뀌어 잠시 어안이 벙벙했지만 가쓰아키도 곧 쓴웃음을 지었다.

"아이들이 유예 기간을 줬거든."

"유예 기간?"

"응. 생각 많이 하고 왔어. 내가 해야 할 일을 찾은 것 같아."

아키코는 영문을 모르겠다는 시늉을 했지만 곧 뭔가 깨달았는지 미소를 지었다.

"싱글벙글 씨가 어디에서 뭘 깨닫고 왔는지 모르겠지만, 그리 어려운 일은 아니겠지? 아직 부족해. 더 웃어야지. 레이코는 웃고 있는 당신을 좋아했으니까."

상행 전철의 도착을 알리는 안내방송이 나오자 아키코는 천천히 일어섰다. "잠깐 얼굴이라도 보고 가."라는 가쓰아키에게 아키코는 "가족들 다 모여 있을 것 아니야? 역시 그만둘래." 하고 눈길을 떨구었다.

전철에 타기 직전, 아키코는 딱 한 번 뒤를 돌아보았다.

"레이코한테 죽지 말라고 전해줘. 함께 하와이에 가자는 약속도 했고, 싹 바뀐 롯폰기에도 아직 못 가봤단 말이야. 우리는 아직 실컷 놀아보지 못했어."

그렇게 눈을 새빨갛게 물들이고 말했다.

텅텅 빈 셔틀버스를 타고 집에 돌아와 가장 먼저 침실로 뛰어들었다. 레이코는 상반신을 일으키고 필사적으로 일기장에 뭔가를 적고 있었다. 상태는 나쁘지 않은 듯했지만 가쓰아키의 귀가를 기뻐하는 기색도 없고, 손에 든 공책은 위아래가 거꾸로였다.

"시간을 줘서 고맙구나."

옆에 붙어 있던 고스케의 어깨에 손을 얹었다. 고스케는 고개만 두어 번 젓더니 "잠깐 할 얘기가 있는데 괜찮아?" 하고 오히려 가쓰아키에게 물었다. 가쓰아키가 "괜찮아, 무슨 일인데?"라고 대답했을 때 노크 소리가 들렸다.

"아아, 아버지 돌아왔어? 잠깐 시간 돼?"

이번에는 슌페이였다. 그 말에도 강한 의지가 담겨 있는 것 같아 고스케를 돌아보았다. 고스케는 자기는 모르겠다는 듯이 목을 움츠렸다. 두 사람이 할 이야기는 다른 내용인 것 같았다.

침실 옆에 있는 세면소에서 먼저 슌페이와 마주했다.

"나, 이것저것 생각해봤어. 아니……, 그 전에 궁금한 게 있는데."

"뭐나?"

"아빠가 하는 일, 전망이 있어?"

슌페이가 하려는 말은 금방 알아차렸다. 앞으로 다가올 시대는 저작권 관리에 더 엄격해질 테니 결코 전망이 나쁜 사업은 아니다. 지난 10년 동안 확보한 영상이나 음원 콘텐츠는 조만간 반드시 꽃을 피우리라 믿고 있다. 하지만…….

잠시 고민하는 척하다가 가쓰아키는 고개를 저었다. 자식들은 일단 안정된 삶을 선택하길 바랐다. 앞으로 10년은 혼자서도 헤쳐 나갈 수 있다. 함께 일하는 건 그다음에라도 늦지 않다.

"꼭 그렇진 않아. 솔직히 나하고 어머니 둘이서 먹고 살기에도 빠듯해. 너까지 데리고 있을 여유는 없다."

가쓰아키가 대답하자 슌페이는 심술궂게 피식 웃으며 잠깐 생각하는 시늉을 하더니 갑자기 주머니에서 노란 봉투를 꺼냈다.

"나, 엄마한테 이래저래 30만 엔은 빌렸을 거야. 이건 그거하고는 별개로 내가 몇 년 동안 정기적으로 모은 돈이야. 빌린 돈으로 저금하면 의미가 없지만, 언젠가 술집이라도 열고 싶어. 어쨌든 해약했으니 엄마한테 돌려줄게."

슌페이가 억지로 쥐여준 두꺼운 봉투에는 지폐 다발이 들어 있었다. 이런 걸 어떻게 받느냐며 화를 내려다가 그만 말문이 막혔다. 당연히 만 엔짜리 지폐인 줄 알았는데 전부 천 엔짜리였다. 수십만 엔은 될 줄 알았던 봉투는 기껏해야 4, 5만 엔밖에 되지 않았다.

매달 천 엔씩 저금했단 소린가? 농담인지 진담인지 모르겠지만 슌페이는 진지한 얼굴로 말을 이었다.

"솔직히 요즘 세상에 요식업이 어려운 건 이 두 눈으로 질리도록 보아왔어. 그럼 더더욱 쓸모없는 돈이야. 게다가 내 앞날도 꽤 걱정 스럽고."

"그렇다고 이런. 일단 대학교부터 졸업하고 취직을 해서……."

"실은 대학교도 벌써 그만뒀어."

"뭐?"

"아니, 이건 엄마가 아프다거나 아버지가 가난해서 그런 게 아니라 오로지 내 문제야. 학점도 많이 모자라고. 전부터 엄마가 슬퍼하는 게 제일 마음에 걸렸지만, 다행인지 불행인지 마침 저렇게 망가진 상태잖아. 학비를 날려서 미안하긴 하지만."

슌페이는 후련하다는 듯 웃었지만 가쓰아키는 이야기를 따라가기도 벅찼다. 슌페이는 마지막 결정타를 날렸다.

"난 기본적으로 사업가로서의 아버지는 전혀 믿지 않아. 그래서 아버지가 전망이 없다고 한다면 오히려 함께 해보고 싶었어. 아까도 말했지만 인생에서 벽에 부딪혔다는 건 꽤 진심이야. 내 앞가림 정도는 스스로 할 테니 아버지 회사에서 써주면 안 될까?"

"그러니까 그게." 하고 입을 뗀 채로 뒷말이 나오지 않았다. 슌페이는 만족스러운 표정으로 고개를 끄덕이고는 "뭐, 생각 좀 해봐요. 안 된다면 다른 일 찾을 테니까."라는 말만 남기고 종종걸음으로 제 방으로 들어갔다.

제 차례가 왔다는 듯 이번에는 고스케가 침실에서 고개를 내밀었다.

"괜찮지 않아? 저 녀석 성격 완전히 영업사원 스타일이잖아."

그렇게 말하는 고스케도 평소보다 후련해 보이는 표정이다.

"그렇다고 갑자기."

"저 녀석한테는 갑작스러운 얘기가 아닐 거야. 이런 일이 없었어도 언젠가는 말했을걸. 실제로 지금 저 녀석은 꽤 듬직해. 솔직히 말해 아버지보다 훨씬 더. 이번에 처음으로 저 녀석이 있어서 다행이라고 생각했어."

고스케는 낯부끄럽지도 않은지 그렇게 말하더니 이제 자기 차례라는 듯이 고개를 들었다.

"아버지, 파산 신청해요."

한 마디 한 마디 똑똑하게, 하지만 단도직입적으로 고스케는 말했다. 물론 그 의미를 제대로 파악하고 말하는 것이다. 그것은 곧 고스케 자신에게도 부채가 생긴다는 뜻이다.

순간 말문이 막혔다. 갑작스런 제안에 머릿속이 새하얘졌다. 고스케는 스스로에게 말하듯 차분히 되풀이했다.

"맞아요, 파산해야 돼. 해야 할 일이 많으니까, 시간은 좀 걸리겠지만 슌페이나 변호사도 데리고 다시 의논해요. 중요한 건 집이 아니라 가족이야. 난 그걸 착각하고 있었어."

고스케는 가쓰아키의 의견을 원하지 않았다. 그저 복잡한 표정으로 고개를 갸웃거리다 마지막에는 깊이 끄덕이더니 슌페이처럼 방으로 돌아갔다.

아이들이 갑자기 내놓은 희망은 물론 무턱대고 가슴 설레는 이야기는 아니었다. 문득 고개를 돌리자 세면소 거울에 초췌한 초로의 남자가 비쳤다. 눈 밑은 시커멓고, 뺨은 홀쭉하게 들어갔으며 굵은 주름이 파인 남자의 얼굴에 '싱글벙글 씨'라 불렸던 시절의 그림자는 없다.

웃어요, 여보.

레이코의 말을 시작으로 절벽 위에서 다진 각오, 역에서 아키코가 남긴 전언이 차례로 뇌리를 스쳤다.

웃어, 웃어, 괜찮으니까 웃어. 거울 속 남자에게 명령했다.

그냥 웃어! 아이들의 성장을 똑똑히 보았다. 이렇게 기쁠 데가 또 있을까?

어색한 웃음을 억지로 지어내며, 다시 침실 문을 열었다. 하지만 여전히 일기장을 거꾸로 든 레이코 앞에 서니 거짓 표정은 힘없이 무너졌다.

흘러넘치는 눈물을 닦을 여유도 없이, 가쓰아키는 레이코를 가슴에 품었다. 여보, 당신은 지금 행복하지 않아? 모두 한집에 있어. 아이들이 우리를 받쳐주고 있어. 당신, 그것만으로는 아직 행복하지 않은 거야?

그 물음에서 달아나듯 레이코는 가쓰아키의 팔에서 훌쩍 빠져나갔다. 온화한 표정 그대로 창문을 바라본다. 바람에 흔들리는 커튼 자락 사이로 미요시를 둘러싼 산자락이 보였다.

레이코는 다시 뭔가를 공책에 적기 시작했다. 그 모습을 멀거니 바라보면서, 가쓰아키는 다시 한 번 억지로 웃었다.

그러자 희미하게나마 레이코의 표정에도 변화가 있었다. 이번에는 보란 듯이 환하게 웃어 보이자 그에 호응하듯 레이코도 활짝 웃었다.

레이코가 앞으로 얼마나 살 수 있을지 짐작도 가지 않았다. 하지만 남은 시간이 정해져 있다는 것만은 절대적인 사실이다.

울고 있을 시간이 없다. 남은 시간은 다 함께 웃으며 보내자.

레이코에게 마지막으로 웃어 보이며 가쓰아키는 홀로 각오를 다졌다. 자, 내 차례다.

5

슌페이가 '분명히 일본여자의대 교수하고 뭔가 있다'고 묘사한 여의사는 아니나 다를까 숨이 턱 막히는 미인이었다.

서른다섯쯤 되었을까? 슌페이가 말한 것처럼 다양한 관계가 연상되는 한편, 미안한 생각이지만 이렇게 젊은 사람에게 맡겨도 괜찮을까 하고 불안하기도 했다.

"말씀으로 들은 것보다 상태가 양호해 보이네요."

기미지마라는 그 의사는 한 차례 설명을 마치고 레이코에게 미소를 던졌다. 가쓰아키와 슌페이 사이에 낀 레이코는 힘없이 고개를 끄덕였다.

"선생님, 저는 제가 왜 여기에 있는지 잘 모르겠어요. 요 며칠 사이에 있었던 일을 거의 기억 못 해서."

"편찮으신 거니까 어쩔 수 없는 일이에요."

"그걸 믿을 수가 없어요. 제가 병에 걸렸다는 게 아직 믿기지 않아서."

눈에 힘은 없지만 대화만 들으면 아프다는 말이 거짓말 같다. 실제로 미요시 병원에서 나와 이 다카나와다이 중앙병원에 입원하기까지 사흘 동안 레이코의 상태는 극적으로 정상 수준까지 돌아갔다.

뜬금없는 소리를 하는 일도 거의 없었다. 오늘 아침에도 뭐가 먹고 싶은지 물었더니 냄비우동이라고 얼른 좋아하는 음식을 대답했다. 그때의 미소는 가쓰아키가 옛날부터 알고 있는 표정이었다. 아침부터 웬 냄비우동인가 싶어 불안하기는 했지만 이미 완치된 게 아닌가 착각할 만한 힘이 있었다.

"선생님, 저 암이죠? 무슨 병인지 다들 가르쳐주질 않아요. 저 죽는 거죠?"

기미지마에게 다소 마음을 연 레이코는 비난 어린 목소리로 물었다. 몰래 고개를 젓는 가쓰아키를 흘깃 쳐다보며 기미지마는 난처한 표정으로 한숨을 쉬었다.

"지금 단계에서는 아무 말씀도 드릴 수 없어요. 검사를 하고 왜 아픈지 원인을 찾아내야죠. 어떤 병이든 결국에는 낫는다는 믿음이 중요하니까요."

그래도 불만스럽게 고개를 갸웃거리는 레이코를 슌페이가 데리고 나갔다. 가쓰아키는 혼자 진료실에 남았다.

"와카나 씨, 일단 암이라는 사실을 제대로 설명해야 합니다. 요즘 의학계에서 환자에게 병명을 알릴지 말지는 토론 대상도 아니에요."

"그 말씀도 듣기는 했지만."

"어쨌든 언젠가는 말해야 하는 사실이니까요."

한숨을 쉬는 기미지마에게 가쓰아키는 고개를 끄덕일 수가 없었다. 레이코의 성격을 고려하면 병명을 알리는 게 도저히 옳은 선택 같지 않았다. 병에 대한 그녀의 두려움은 보통이 아니다. 금세 고민에 빠지는 성격을 고려하면 좋은 방향으로 작용할 것 같지 않았다.

"뭐, 그 점은 가족 문제이니 굳이 참견할 생각은 없습니다만."

기미지마는 이야기를 끊고 향후 계획에 대해 설명했다. 앞으로 검사할 MRI 결과를 보고 사흘 후에 생검술이라는 수술을 할 예정이라고 했다. 측두부에 콩알만 한 구멍을 뚫고 암세포의 일부를 채취해 검사하는 방법이다.

'머리에 구멍을 뚫는다'는 말에 갑자기 불안해졌지만 기미지마가 "괜찮습니다. 그리 어려운 수술이 아니에요." 하고 힘차게 말했다.

어지간히 표정이 굳어 있었던가 보다. 이제야 제대로 된 치료를 받을 수 있다. 간신히 여기까지 왔다. 가쓰아키는 스스로를 타일렀다.

레이코의 병실은 도쿄타워가 한눈에 보이는 최상층 1인실이었다. 다인실에 빈자리가 부족한 데다 실어증 재발로 다른 입원 환자에게 줄 수 있는 영향을 고려했다. 결국 슌페이에게 받은 5만 엔이 도움이 되었다.

도쿄의 화려한 네온사인에 레이코는 처음에는 철없이 감동했다. 하지만 야경을 실컷 구경하고 충분히 즐기고 나서 별안간 얼굴을 찌푸렸다.

"여보, 뭔가 이상하지 않아요? 왜 이렇게 좋은 병실에 들어온 거죠? 나 죽는 거 아니에요? 그래서 이런 방에 넣은 거죠? 저승길 선물인 거죠?"

아이들은 순간 어이없는 표정을 지었지만 망가진 어머니의 상태를 아는 지금의 두 사람은 그 정도 일에는 충격받지 않았다.

"아, 진짜 귀찮게 구네. 당연히 다른 방이 꽉 차서 그런 거지. 누가 좋아서 이런 방으로 정했겠어? 다른 방이 비면 2초 만에 바꿀 거야."

슌페이가 껄껄 웃으며 말하자 고스케도 난처한 듯 눈썹을 찌푸렸다.

"아니. 절반은 아버지 때문에 그런 거야. 매일 미요시에서 올라올 수도 없고, 1인실이면 눈치 보지 않고 잘 수도 있잖아. 호텔 대신이라고 생각해."

도시락을 먹고 나자 먼저 슌페이가 데이트 약속이 있다는 거짓말 같은 말을 남기고 떠났고, 잠시 후 고스케가 내일 또 오겠다며 일어났다.

둘만 남자마자 실내에는 적적함이 찾아왔다. 뒤를 돌아보니 레이코는 가쓰아키에게 등을 돌리고 다시 창문 쪽을 바라보고 있었다.

가쓰아키는 잠시 멍하니 있다가 레이코의 곁으로 다가가 똑같이 창밖을 바라보았다. 한 폭의 배경처럼 펼쳐진 호텔 정원이 밤안개에 젖어 있었다. "예뻐요." 그렇게 말하는 레이코의 어깨를 끌어안았다. 레이코는 모르는 척 창밖을 한참 바라보았다.

밤 9시가 지나 레이코가 조용히 새근거리며 잠들었을 때, 병실을 안내해주었던 간호사가 찾아왔다.

"늦은 시간에 죄송합니다. 기미지마 선생님께서 찾으시는데 진료실로 가보시겠어요?"

"어, 제가 가면 되는 겁니까?"

"네. 어머님은 제가 보고 있을게요."

미소 띤 간호사의 배웅을 받으며 진료실로 가자, 기미지마는 전광식 화이트보드를 진지한 표정으로 바라보고 있었다. 볼펜으로 사진을 짚어가며 복잡한 표정으로 고개를 갸웃거리는 그녀는 가쓰아키가 온 줄도 모르고 있었다.

"저, 선생님?"

가쓰아키는 쭈뼛쭈뼛 말을 걸었다. 기미지마는 허를 찔린 듯 어깨를 움찔 떨었다.

"아아, 와카나 씨. 이렇게 불러내서 죄송합니다."

화장도 지우고 눈 밑도 어두워서 그런지 기미지마의 얼굴에 낮에 보았던 요염한 분위기는 조금도 없었다. 기미지마는 정신을 가다듬으려는 듯 고개를 흔들었다.

"대단히 죄송하지만 사흘 후로 예정된 수술을 모레로 변경하고 싶은데 괜찮을까요?"

"네, 네. 물론 저희는 상관없습니다만."

"조금 예상치 못한 사태가 생겨서요."

"예상치 못한 사태라니요?"

"네. 어머님 상태가 저희 예상보다……. 아니, 설명보다 먼저 이쪽 사진을 좀 보시죠."

기미지마는 화이트보드의 전원을 다시 켰다. 거기에 비친 것은 조금 더 선명하게 찍히긴 했지만 미요시에서 몇 번이나 보았던 뇌의 단면 사진이었다.

"오늘 찍은 어머님의 MRI입니다. 아시겠어요?"

가쓰아키는 돋보기를 쓰자마자 알아차렸다. 확실히 종양 수가 줄었다. 아니, 이미 어느 것이 종양인지 모를 정도였다.

기적이 일어난 건가? 초조한 마음을 억누르고 가쓰아키는 되물었다.

"그림자가 거의 사라졌네요?"

"그렇습니다. 아마 전에 있던 병원에서 처방한 스테로이드의 효과인 것 같습니다."

"그건 저희가 기뻐해도 되는 결과입니까? 그러니까, 아내가 쾌차하고 있다는⋯⋯."

"아닙니다, 와카나 씨. 대단히 죄송한 말씀이지만 이건 일반적으로는 좋은 상황이라고 말씀드릴 수 없습니다. 앞으로 받을 생검술은 뇌 안에 생긴 암세포의 일부를 채취하는 수술입니다. 이 단계에서 종양이 작으면 당연히 그만큼 검출이 어려워져요. 어머님의 MRI를 보면 종양이 상당히 축소되어 수술이 어려워질 거라고 말씀드릴 수밖에 없습니다. 그러니."

"자, 잠깐만요. 지금 하신 설명에 몇 가지 여쭐 게 있는데, 말씀드려도 될까요?"

가쓰아키는 필사적으로 펜을 굴리며 말을 끊었다. 기미지마는 "물론입니다." 하고 두어 번 고개를 끄덕였다.

"먼저 지금 이 상황이 계속될 가능성은 없는 겁니까? 실제로 종양은 거의 사라진 거지요? 아내의 상태도 굉장히 좋아 보이는데요. 그럼 무리해서 그 생검인가 하는 수술을 할 필요는."

"아니요. 그렇지 않습니다. 스테로이드라는 약물은 근본적인 해결을 기대할 수 없어요. 말하자면 충치 때문에 아플 때 먹는 진통제 같은 겁니다. 일시적인 통증에서 벗어날 수는 있겠지만 충치가 낫는 건 아닙니다."

"그럼 지금 정상적인 저 모습은 그저 일시적인 현상이라는 겁니까? 금방이라도 원래대로 돌아간다고요?"

"유감스럽지만……."

"그럼 왜 미요시 병원에서 그런 처방을 내린 겁니까? 치과까지 가서 진통제만 받아오는 것과 똑같은 꼴 아닙니까?"

"실어증에 스테로이드를 처방하는 건 일반적으로는 잘못된 처방이 아닙니다. 다만 악성 림프종이 의심될 경우, 최근에는 스테로이드를 처방해서는 안 된다는 의견도 있습니다. 무엇보다 세포를 먼저 채취하지 않으면 이번처럼 수술이 어려워질 수도 있으니까요."

"그럼 오진이라는 겁니까?"

"옹호할 생각은 없습니다만 아직은 사례가 적은 질병인 것도 사실입니다. 설사 중추신경계 림프종이라고 판단하지 못했어도 탓할 수는 없습니다. 특히 지방병원이면 아무래도."

가쓰아키는 어느새 눈앞의 의사를 탓하듯이 따지고 있었다.

"그래서 실제로 아내가 수술할 수 있는 겁니까? 어려워진 건 사실이라는 거지요?"

"네. 그래서 오시라고 한 겁니다."

기미지마는 말을 꺼내기 어려운 듯 미간을 찌푸렸지만 조용히 설명했다.

"방금 전에도 설명드린 것처럼 생검술은 세포의 일부를 채취해 질병을 알아내는 방법입니다. 대부분의 경우 단순한 수술로 끝나지만, 어머님의 경우에는 종양이 조금 깊은 부위에 집중되어 있는 데다가 거의 사라진 상태라 상당히 어려운 수술이 될 것 같습니다."

이야기가 갑자기 끊겼다. 가쓰아키의 시선을 피하듯 기미지마는 다시 화이트보드를 보고 있었다.

"이건 제 역량 문제입니다."

대답인지 혼잣말인지 모를 소리를 하며 기미지마는 망설임을 떨쳐내듯 가쓰아키를 돌아보았다.

"수술은 일본여자의대 기노시타 교수가 해주실 겁니다."

"네?"

"아드님은 만나보셨을 텐데, 실력만큼은 제가 장담합니다. 아까 전화로 소견을 전하고 의논했더니 모레 저녁이라면 가능하다는 대답을 받았습니다. 빠르면 빠를수록 확실한 결과를 얻을 수 있으니 저도 바라마지 않던 일이라."

"하지만 그런 일이 가능한 겁니까? 계열 병원도 아니라면서요?"

"전남편입니다."

기미지마는 주저하는 기색도 없이 말했다.

"저희 손에 벅찬 수술이나, 그쪽에 손이 모자랄 때 서로 돕는 건 생각보다 흔한 일이에요. 다만 어떤 명의가 집도하더라도 백퍼센트 안전한 수술은 없습니다. 특히 뇌수술의 경우 조금이라도 신경을 건드리면 기억에 악영향을 줄 가능성도 있어요. 이번에는 특히나 어려운 수술인 데다가 수술하지 않는다는 선택도 있으니, 먼저 이걸 잘 읽어보시고 아드님들과 찬찬히 의논하신 다음 사인해주시겠어요?"

기미지마는 다시 딱딱한 표정으로 돌아가더니 책상에서 프린트 종이를 집었다. 종이에는 '책임'이나 '불의의 사고'라는 생생한 단어가 춤추고 있었다.

언젠가 컴퓨터 바이러스 때문에 데이터가 전부 날아갔다고 레이코가 난리법석을 떨었던 일이 떠올랐다.

"인간의 뇌는 참으로 정밀한 기관이군요. 마치 컴퓨터 같아요."

기미지마가 가쓰아키의 말에 조용히 동의했다.

"이런 일을 하다 보면 종종 그런 생각이 들어요. 뇌가 CPU라면 질병은 바이러스 그 자체, 기억은 데이터겠지요. 기술자가 바이러스를 제거하고 컴퓨터를 수리하는 것처럼, 저희 의사도 나쁜 세포를 제거하지요. 단 한 가지 차이는 컴퓨터는 바꿀 수 있지만 사람은 그럴 수 없다는 사실입니다. 꼭 그런 이유가 아니더라도 최선을 다하겠습니다."

선언하듯 말하며 기미지마는 고개를 살짝 숙였다.

"아니, 천만의 말씀입니다. 저희는 선생님밖에 믿을 사람이 없는 걸요."

가쓰아키는 더욱 깊이 머리를 조아렸다. 진료실을 나갈 때 뒤에서 기미지마의 목소리가 들려왔다.

"와카나 씨, 수술이 끝난 뒤라도 좋으니 역시 아내분께 병명을 알리는 게 어떨까요? 저도 여러 환자를 보아왔지만 와카나 레이코 씨는 약한 분이 아닙니다. 아내분은 병에 맞서 싸울 수 있는 조건을 충분히 갖추고 계세요."

"조건?"

"네. 와카나 레이코 씨는 혼자가 아니니까요. 함께 싸워줄 가족이 있다면, 저 같으면 병명을 알고 싶을 거예요. 소외당하고 싶지 않거든요. 암이란 건 물론 두려운 질병이지만 자신의 삶이나 주위와의 관계를 다시 돌아본다는 점에서 나쁜 면만 있는 건 아니라고 생각해요. 아내분은 혼자가 아닙니다. 함께 싸워줄 사람이 있잖아요. 조건을 갖춘 분이에요."

기미지마는 단호하게 말했다. 가쓰아키도 암 판정을 받으면 분명 똑같은 생각을 할지 모른다. 하지만 레이코는 결코 강한 여자가 아니다. 병명을 알면 우울해할 게 불을 보듯 뻔했다.

"죄송합니다. 괜한 참견을."

머뭇거리는 가쓰아키를 본 기미지마가 서운한 듯 미소를 지었다.

이번에야말로 등을 돌린 기미지마에게 고개를 숙이고, 가쓰아키는 진료실을 뒤로했다. '함께 싸워주는 사람'이라는 말이 머릿속에서 한참동안 떠나지 않았다.

6

수술 당일은 아침부터 찬바람이 불었다. 하얀 입김을 토해내며 회사에서 병원으로 돌아가니 슌페이가 마침 엘리베이터를 타고 내려왔다.

"앗, 아버지도 왔네."

슌페이도 가쓰아키를 알아보고 먼저 입을 뗐다.

"말본새하고는. 왜, 수술실 앞에서 기다리면 안 된다고 하더냐?"

"볼일이 좀 있어서. 끝날 때쯤엔 돌아올 거야."

"볼일이라니, 오늘 같은 날은 함께 있어야지."

"오늘 같은 날은 무슨, 실컷 같이 있었잖아."

"무슨 볼일인데?"

"그냥 좀 이것저것."

태평히 웃는 슌페이에게 그 이상 아무 말도 할 수 없었다.

"엄마 상태는 어떠니?"

"역시 불안한 모양이야. 일부러 다른 병원에서 명의가 와준다고 했더니 역시 큰 수술이구나, 하면서 낙담하더라고. 이제는 무슨 말을 해도 겁먹을 거야."

"그래……. 아무래도 병명을 제대로 말해주는 게 나을까?"

가능하면 혼자 판단하고 싶어 아무에게도 의논하지 않았다. 슌페이는 익살스럽게 혀를 내밀었다.

"솔직히 난 말 안 하는 게 낫다고 봐. 엄마가 그렇게 강하진 않잖아. 기본적으로는 아버지 판단에 맡기겠지만."

가벼운 걸음으로 떠나는 슌페이를 보내고 병실로 들어갔다. 레이코는 침대에 앉아 일기장에 뭔가 적고 있었다. 물론 공책은 제대로 펼치고 있다. 안색도 나쁘지 않았다.

"몸은 괜찮아 보이네. 뭘 적고 있어?"

가쓰아키는 태연한 얼굴로 물었지만 레이코는 허둥지둥 공책을 서랍에 넣어버렸다. 요 며칠 계속 이런 상태다.

"재산 분배에 대해 써놓는 거예요. 무슨 일이 있을지 모르잖아요."

오늘은 농담할 기력도 있는 모양이다. 다카나와로 옮긴 후로 레이코는 차츰 기운을 되찾아가고 있다. 의식이 맑아지기 시작한 때에 수술을 받아야 하다니, 가여운 마음도 없지 않았다.

수술 시간이 다가오자 딱딱하게 긴장한 간호사 몇 명이 병실로 들어왔다. 먼저 받은 동의서에는 '장애가 발생할 가능성'에 대한 내용이 잔뜩 적혀 있었다. 간호사는 "그렇게 걱정하지 않으셔도 돼요."라고 다독여주었지만 가쓰아키는 드디어 시작이라는 생각이 강하게 들었다.

역시 불안해하는 레이코의 머리에 간호사들이 공사 현장에 세우는 철골 같은 기구를 씌웠다. 머리를 고정하고 암세포의 위치를 짚어내기 위한 도구라고 했다. 눈으로 볼 수 없는 세포의 위치를 장기판 눈금처럼 가로세로로 표시해준다고 한다.

레이코는 이동침대에 누워 수술실로 옮겨졌다. 귀중품을 정리하고 뒤를 쫓아가자 문이 덜컥 열렸다.

"아, 와카나 씨. 먼저 소개해드릴게요."

복잡한 표정의 기미지마 뒤에 백의를 입은 장년의 남자가 서 있었다. 오늘 집도의겠지. 다시 말해 기미지마의 전남편이다. 그러고 보니 슌페이에게 두 사람의 관계를 알려준다는 게 깜빡했다.

"일본여자의대 기노시타라고 합니다."

"와카나 가쓰아키입니다."

짧은 인사를 나누자 기노시타는 온화하게 웃었다. 그것은 환자 가족을 무의미하게 격려하는 행동이 아니라 진심에서 우러나온 친애의 미소로 보였다.

"훌륭한 아드님을 두셨더군요."

기노시타가 불쑥 말했다. 이번 일이 아니었다면 바로 부정했을 것이다. 가쓰아키는 잠시 할 말을 잃었지만 곧 가슴을 당당히 폈다. 우리 아이가 이렇게 훌륭하게 자랐다고, 줄곧 누군가에게 자랑하고 싶었다.

예정 시각인 오후 5시가 조금 넘었을 때, 수술실 램프에 불이 켜졌다.

이르면 30분 만에 끝난다고 간호사가 그랬지만 눈 깜짝할 사이에 5시 반이 되고, 6시가 다가가고 있었다. 심야 같은 정적에 파묻힌 채로, 수술이 끝날 기미는 좀처럼 없었다.

"미안, 미안. 늦었어요. 아직 안 끝난 거야?"

올려다보니 양복 차림을 한 고스케가 서 있었다.

"일찍 왔구나. 회사는 괜찮고?"

"오늘은 일 때문에 나간 건 아니었어."

"양복 차림인데? 그럼 무슨 일로?"

"그냥 뭐 이것저것."

"뭐야, 너도 비밀이냐."

"응? 너도라니 뭐가?"

고스케는 이상하다는 듯 고개를 갸웃거리다가 바로 화제를 바꾸었다.

"그보다 어머니 상태는 어때요?"

고스케는 가방에서 꺼낸 물을 단숨에 들이켜고 되물었다. 가쓰아키는 수술 전 레이코의 상태를 대강 설명했다.

고스케는 손목시계를 흘깃 보고 고개를 갸웃거렸다.

"한 시간 지났네. 잘돼야 할 텐데."

침도 삼키기 거북한 긴장감 속에서 시간만 자꾸 흘렀다.

"그 얘기, 조금만 더 기다려."

한참 후에 고스케가 뜬금없이 말을 꺼냈다. '그 얘기'가 무엇인지는 묻지 않아도 알 수 있었다.

"그래, 고스케. 새아가 좀 한 번 만날 수 없을까? 나도 미유키한테 제대로 사과하고 싶구나."

"그러면 나도 고맙지. 하지만 정말 조금만 더, 그래, 다음 주에는 자리를 마련할 수 있을 거야. 나도 나름대로 잘 풀어볼 테니 미안하지만 조금만 더 기다려줘요."

수술을 시작한 지 두 시간이 지나 마침내 7시가 지났을 때, 갑자기 '수술중'이라는 불빛이 꺼졌다. 다시 긴장감이 온몸을 감쌌다. 그로부터 몇 분 더 팽팽하게 긴장된 시간이 흐른 뒤에야 겨우 자동

문이 열렸다.

먼저 땀을 닦으며 나온 것은 기노시타 교수였다. 아까 인사했을 때와 동일 인물이라는 게 믿기지 않을 정도로 딱딱하게 굳은 표정이었다. 가쓰아키 쪽은 쳐다보지도 않고 빠른 걸음으로 떠나는 기노시타의 뒤를 간호사 몇 명이 따랐다.

기미지마는 마지막으로 모습을 드러냈다.

"저, 선생님."

그 표정에서 결과를 읽어낼 수는 없었다. 가까이 다가가자 기미지마의 발그레한 뺨이 보였다.

일어선 가쓰아키를 흘깃 보고 기미지마는 정신을 차린 듯 깊이 고개를 숙였다.

"예상대로 악성 림프종이었습니다. 중추신경계 악성 림프종이에요. 어머님, 나을 겁니다."

의사는 보통 절대 말꼬리를 잡힐 만한 소리는 하지 않는 법인데 기미지마는 불쑥 그렇게 단언했다. 할 말을 찾지 못하는 가쓰아키에게 기미지마는 곧 고개를 저었다.

"아니, 죄송합니다. 무엇을 완치의 기준으로 삼을지, 문제는 아직 남아 있지만 적어도 치료할 여지는 있습니다. 오늘내일 당장 큰일이 나는 건 아닙니다."

천천히 그 말이 뜻하는 바를 곱씹었다. 마음의 응어리가 싹 씻겨 나가고, 마음속 깊은 곳에 화살이 푹 꽂히는 느낌이었다.

"예상보다 종양이 더 작아서 어려웠지만 수술은 성공적이었습니

다. 어머님은 행운이 따르는 분이에요. 괜찮습니다, 분명 나을 겁니
다."

이번에는 확실하게 절제된 표현이었다.

가쓰아키는 아직 인사를 못했다는 것을 깨달았지만 그때 마침
머리에 붕대와 망을 쓴 레이코가 수술실에서 실려 나왔다.

눈은 굳게 감고 있고 코에는 흡입기가 꽂혀 있다. 그 모습에 마음
이 약해졌지만 기미지마가 "이대로 병실로 돌아가시면 됩니다."라
고 한발 먼저 설명해주었다.

기미지마는 하얀 모자를 벗고 어깨를 주무르며 엘리베이터 쪽
으로 사라졌다. 레이코가 누운 이동침대를 밀던 담당 간호사가
"정말 다행이에요. 축하드립니다!" 하고 구김살 없이 웃었다.

암 판정을 받은 사람한테 '축하'라니 이상한 소리지만 가쓰아키
도 "고맙습니다." 하고 환하게 웃었다.

고스케도 남 일처럼 가쓰아키의 등을 두드렸다. 마치 그가 목숨
을 건지기라도 한 듯한 그 축복 어린 행동에 가쓰아키는 그만 웃고
말았다. 아니, 하지만 실제로 그랬다. 그가 살아난 것이나 마찬가지
였다.

고스케를 집으로 돌려보내고 가쓰아키는 좀처럼 눈을 뜨지 않
는 레이코의 손을 계속 붙잡고 있었다. 그 사이 쭉 마음에 걸리는
일이 있었다. 귀중품을 돌려놓을 때 눈에 들어온, 레이코의 일기장
이다.

레이코는 틈만 나면 공책에 뭔가를 적었다. 의식이 오락가락할

때는 별로 신경 쓰지 않았지만, 정신이 돌아온 뒤에도 기록은 계속되었고 차츰 궁금해지기 시작했다.

거꾸로 들고 있던 공책에 뭘 적었을까? 물어봐도 얼버무릴 뿐, 레이코는 대답해주지 않았다.

수많은 관을 매단 채 레이코는 깊은 잠에 빠져 있다. 아내의 생각을 헤아리는 게 남편의 도리 아닐까? 이기적인 핑계를 떠올리며 급기야 공책에 손을 뻗으려는 순간이었다.

"어이, 거기 무슨 짓이야!"

날벼락 같은 고함이 병실에 울려 퍼졌다. 어깨를 움찔 떨며 황급히 뒤를 돌아보자 언젠가 주방을 뒤질 때 그랬던 것처럼 슌페이가 손가락질을 하며 웃고 있었다.

"나잇살은 먹어가지고 남의 사생활을 훔쳐보면 안 되지. 가족이라는 핑계로 일기를 훔쳐보는 건 반칙이잖아."

슌페이는 얄미운 소리를 하면서도 바로 시선을 침대로 떨어뜨리더니 대번에 긴장한 표정으로 레이코 옆에 앉았다.

"……성공한 거지?"

슌페이는 이불 틈새로 비어져 나온 레이코의 손을 움켜쥐었다. 눈을 발갛게 물들이면서 마치 레이코 본인에게 대답을 바라는 듯한 말투로 말했다.

"예정보다 시간은 걸렸지만, 악성 림프종이 틀림없다는구나. 치료도 할 수 있대. 지금 기미지마 선생님이 다음으로 받아줄 병원을 찾아주고 계신다."

"그래? 다행이다. 정말 다행이야, 아버지."

그렇게 몇 마디 토해낸 순간, 슌페이는 울음을 터뜨렸다. 끅끅거리며 필사적으로 오열을 참고는 있지만 눈물은 끝없이 흘러내렸다. 그러고 보니 어렸을 때, 고스케보다 슌페이가 더 울보였다. 가쓰아키의 품 안에서 늘 울기만 하던 그 시절의 모습이 되살아났다.

복도로 나가 캔 커피로 건배를 한 뒤 슌페이가 입을 열었다.

"엄마한테는 미안하지만 나, 이번에 정말 즐거웠어. 병에 대해 공부하고, 빚에 대해서도 조사하고, 병원도 찾고, 해결책을 찾아내고. 그게 전부 엄마가 살아나는 거랑 직결되잖아. 마치 현실에서 롤플레잉 게임을 하는 것 같았어. 동료도 있었고, 그런 의미에서는 드래곤퀘스트 3 같았어."

슌페이는 하고 싶은 말을 다 쏟아내더니 그제야 쑥스러운 듯 얼굴을 찌푸렸다. '드래곤퀘스트'가 뭔지도 모르겠고 '3'은 대체 무슨 소리인지 감도 오지 않았지만 가쓰아키는 끼어들지 않았다.

슌페이도 가쓰아키에게 개의치 않고 선선히 말을 이었다.

"전에 형이 지금 우리 가족은 제대로 굴러가고 있다고 했어. 괴로운 일을 괴롭다고 털어놓고서야 겨우 가족이 굴러가기 시작했다고. 나, 그게 정답이라고 생각해. 괴로운 일을 담아두기만 하는 건 결국 문제를 뒤로 미룰 뿐이야. 모처럼 가족이 가까이 있는데 속을 내보이면 어때서. 함께 고민해주는 것만으로도 족해. 우리 가족을 밑바닥에서 올려다봤더니 그런 생각이 들었어."

그러니, 하고 중얼거리며 가쓰아키는 조심스럽게 고개를 저었다.

"하지만 그런 소리를 하면서 정작 그 녀석은 고민을 말해주지 않는구나. 고스케 녀석, 정말 괜찮은 거겠지?"

"아니, 형은 형대로 필사적으로 애쓰고 있는 모양이야. 다만 고민을 드러낼 상대가 우리가 아닌 거겠지. 나하곤 달리 형한테는 우리 말고도 가족이 있잖아."

슌페이는 그 이상 질문은 받지 않겠다는 듯 자리에서 일어났다. 마지막으로 씩 웃는 그 표정에는 어딘가 의미심장한 뉘앙스가 담겨 있었다.

가쓰아키도 그 이상 묻지 않았지만 슌페이의 의도는 똑똑히 알아들었다. 아니, 그런 줄만 알았다.

7

레이코에게 병명을 알린 것은 이튿날 낮이었다. 레이코가 눈을 뜨고, 아들들이 둘 다 자리를 비운 틈을 노려 가쓰아키는 툭 터놓고 말했다.

"림프종이라는 암이었어. 하지만 치료할 수 있는 병이야. 훌륭한 선생님도 만났고, 아이들도 곁에 있어. 당신은 다 나으면 뭘 할지만 생각하면 돼."

주저할 이유는 없었다. 슌페이의 '문제를 뒤로 미룰 뿐', '속을 내보이면 어때서'라는 말이 등을 힘껏 밀어주었다. 병명을 알리지 않는다는 선택지는 가쓰아키에게 이미 있을 수 없는 일이었다.

물론 슌페이도 그럴 셈인 줄 알았다. 하지만 정작 본인은 "어, 정말? 알릴 거야? 뭐? 지금?" 하고 눈을 휘둥그레 떴다.

가쓰아키도 그만 입을 떡 벌리고 말았다. 아무래도 서로 생각이 달랐던 모양이지만, 확신은 굳건했다. 실제로 처음에는 충격을 받았는지 얼굴이 창백했던 레이코도 "그래, 그렇겠죠. 그럼 힘내야겠네." 하고 누구에게랄 것 없이 중얼거렸다.

아이들은 뜻밖이라는 듯 서로 눈짓을 주고받았지만 가쓰아키는 당연하다고 생각했다. 아들들이 죽을힘을 다해 애써주고 있다. 그런데 축 늘어져 있다면 벌을 받을 것이다. 구멍이 뚫린 옆머리를 만져보며 레이코는 "좋아, 힘내야지." 하고 몇 번이나 중얼거렸다.

생검술을 받은 지 꼭 2주가 되던 날, 레이코가 옮길 병원이 정해졌다. 기미지마가 소개해준 곳은 도쿄 쓰키지에 있는 일본 암센터였다.

"뇌신경과만 해도 수백 명의 환자가 줄을 섰다는 소문인데, 희귀한 병이라 어떤 의미에서는 운이 좋았어요."

얄궂게 웃는 기미지마에게 가쓰아키는 진심으로 안도했다. 물론 이 나라 최고의 암 전문가들에게 치료를 받는다는 것도 큰 이유였지만 그것만이 아니었다.

"거봐, 알리길 잘했지? 암센터라잖아?"

가쓰아키가 가슴을 쭉 펴고 말하자 슌페이는 어이없다는 얼굴로 "결과론이잖아." 하고 껄껄 웃었다.

미요시로 며칠 돌아가 있다가 주말이 지나길 기다려 아침 일찍 암센터에 입원했다. 처음 만난 오카다라는 주치의는 지금까지 보았던 어느 의사와도 타입이 달랐다.

"허, 정말 스테로이드로 종양이 이 정도까지 사라지는군. 이렇게 작은 암세포에서 샘플을 적출하다니, 그 여자의대 교수도 실력이 좋네."

오카다는 진심으로 감탄한 듯 칭찬하더니 바로 뇌 영상을 내던지고 차례로 향후 치료에 대해 설명했다.

일주일 입원과 일주일 자택 치료를 하나의 주기로, 그것을 다섯 번 반복한다. 수술은 하지 않고 메토트렉세이트라는 항암제를 대량 투여해 경과를 지켜본다. 모든 과정을 마친 단계에서 뇌 전체에 방사선 치료를 한다. 아마 머리카락은 다 빠지겠지만, 요즘 가발 기술은 놀라울 정도다.

수술을 하지 않는다는 말에 눈을 빛낸 것도 잠시, 머리가 빠진다는 한 마디에 레이코는 만화처럼 고개를 떨구었다. 그렇지 않아도 '암센터'라는 이름에 우울해하던 레이코가 줄줄이 질문을 쏟아냈다. 가쓰아키는 메모하는 것만으로도 벅찼다.

"선생님, 제 병은 나을까요?"

"뭐, 어머님 기력에 달린 문제죠. 나머진 하느님만 아는 일이고."

"역시 담배 때문일까요? 젊었을 때 피웠는데."

"글쎄요. 림프종하고 담배는 직접적인 연관성은 없는데. 하지만 난 절대 안 피워요. 백 살까지 살 거니까."

"아아, 그런가요. 저도 백 살까지 살고 싶어요."

"그럼 같이 힘내자고요. 맛있는 밥에 아름다운 풍경. 살아 있으면 즐거운 일이 가득하니까."

"괴로운 일도 있는걸요."

"그래요? 난 잘 모르겠던데. 즐겁잖아요. 그렇게 생각하면 끝이 없어요. 괴로운 일도 즐겨야지."

한 마디로 별난 의사였다. 마흔다섯 살쯤 되었을까? 껄껄 호탕하게 웃고 환자에게 빈말은 하지 않지만 그렇다고 냉담하게 굴지도 않는다. 그런 태도는 레이코가 MRI 촬영 때문에 진료실에서 나가 혼자 남은 가쓰아키에게도 마찬가지였다.

"솔직히 말씀해주십시오. 집사람은 앞으로 얼마나 살 수 있습니까?"

각오를 굳히고 묻는 가쓰아키에게 오카다는 익살스럽게 어깨를 움츠렸다.

"역시 어머님 노력에 달린 문제죠. 일반적으로는 40개월이 평균이라고 하는데, 신기록을 갱신할 각오로 힘내봅시다. 앞으로 살날이 얼마나 남았는지 생각해본들 무슨 소용입니까? 어차피 모두들 남은 시간은 정해져 있는걸요."

오카다는 태연히 말했다. 하지만 그 눈동자에는 희미하게 서글픈 빛이 깃들어 있는 듯도 했다. 사람의 생사에 보다 직접적으로 관계된 질병을 다루는 전문의다. 그 나름대로 마음의 방패는 필요할 것이다. 어쩌면 환자와 너무 가까워지지 않으려고 그렇게 구는 걸지도 모른다.

지정된 병실은 16층에 있는 여성 전용 병동이었다. 도쿄 만을 바라보는 창문으로 오다이바 방송국까지 한눈에 보였다. 미요시 병원에서 시작해서, 생각해보면 엄청난 곳까지 왔구나 싶다.

레이코를 데리고 병실로 가니 먼저 짐을 옮기고 있던 슌페이가 같은 방 환자와 수다를 떨고 있었다.

"아, 이제야 왔네. 우리 엄마예요. 마음 약한 소리를 하면 가차 없이 잔소리 좀 해주세요."

슌페이와 이야기하고 있던 초로의 여성은 암 환자라는 게 도저히 믿기지 않을 정도로 쾌활했다.

"유방암으로 입원한 기누가사예요. 잘 지내봐요. 그래, 무슨 치료를 받는다고요? 선생님은 뭐라세요?"

그 밝은 태도에 정신을 못 차리면서도 레이코는 더듬더듬 대답했다.

"와카나 레이코예요. 잘 부탁드려요. 전 항암제 치료를 한대요. 선생님은 괜찮다고 하셨는데."

비수술 치료법에 대해 말하는 레이코의 목소리는 어딘가 자랑스러운 기색이었다. 하지만 기누가사의 요란한 웃음소리가 레이코의 목소리를 지워버렸다.

"아, 수술을 안 한다고요? 그럼 나하고 똑같네. 너무 늦은 거야."

레이코는 간이 철렁한 표정이었다. 가쓰아키는 어떻게 반응해야 할지 몰랐다. 그때 슌페이가 구원의 손길을 뻗듯 큰소리로 웃었다.

"아주머니, 아무리 그래도 너무 심술궂은 거 아니에요? 엄마, 기누가사 아주머니도 물론 치료 중이야. 참고로 엄마 상태도 이미 설명해뒀어."

슌페이가 설명하자 기누가사는 우스워 죽겠다는 듯이 배를 부여잡았다.

"심술이고 뭐고 어쨌든 우리는 환자야. 웃어야 버티지. 안 그래요, 아줌마?"

처음에는 울컥했지만 레이코도 곧 쓴웃음을 지으며 기누가사의 말에 동의했다.

"그러네요. 웃어야 버티죠. 아픈걸요. 괴로워도 웃어야죠."

8

항암제 치료도 두 번째 주기에 들어가자 레이코는 병원 생활에 완전히 익숙해졌다. 장어가 먹고 싶다느니 지루하다느니 하는 말까지는 참을 수 있었지만 "아아, 지루해. 담배 피우고 싶어라."라는 말을 했을 때는 가쓰아키도 그만 버럭 화를 냈다.

눈 밑의 도쿄 만이 불그스름하게 물들어 있었다. 맑은 아침 풍경도, 네온사인이 번쩍거리는 야경도 나쁘지 않지만 저녁 이 시간의 풍경이야말로 16층에서 바라보기에 가장 아름다운 경치라고 가쓰아키는 생각했다.

약속 시간이 다가오자 자리에서 일어섰다.

"그럼 잠깐 다녀올 테니 뒤를 부탁하마."

링거를 맞으며 잠든 레이코를 슌페이에게 맡기고 가쓰아키는 병원을 나섰다. 찾아간 곳은 암센터 근처, 하마리큐 옆에 있는 오래된 카페다.

약속 시간보다 일찍 나갔는데 미유키는 벌써 와 있었다.

"아, 아버님."

얼른 일어서는 미유키에게 손을 내저으며 가쓰아키는 테이블로 다가갔다. 벌써 10년 넘게 입은 트렌치코트를 벗고 자리에 앉았다.

"추운 날에 불러내서 미안하구나. 일은 괜찮니?"

"네. 요즘 겨우 임신부라는 걸 주위에서도 알아주는 것 같아요. 꽤 편의를 봐주네요."

"그래. 하지만 무리하진 말아라. 지금은 건강이 제일이니까."

겨우 한 달 못 보았을 뿐인데 미유키의 배는 제법 불룩했다. 새 가족은 어머니의 배 속에서 쑥쑥 자라고 있는 듯했다.

"저, 아버님. 문병도 한 번 못 가서 죄송했어요."

미유키가 먼저 말을 꺼냈다. 생각해보면 둘이서 만나기는 처음이다.

손이 계속 떨릴 정도로 긴장했다. 하지만 1초도 더 미룰 수 없었다. 미유키 역시 가족이라고 믿는다면, 피할 수 없는 일이다.

"미안하다, 아가야. 정말 부끄러운 얘기지만 들어주겠니?"

미유키는 고개를 끄덕이고 조용히 숨을 들이마셨다. 그런 미유키를 잠깐 바라보다가 가쓰아키는 지난 한 달 동안 있었던 일, 아니, 훨씬 전부터 그들 부부가 저질렀던 실수에 대해 이야기했다.

물론 빚 이야기도 했다. 절대 변명처럼 들리지 않도록, 최대한 사실 그대로 설명했다. 그리고 파산에 대해서도 고백했다. 앞으로 쓰키지까지 통원할 것을 고려하면 이제 그만 미요시에서 벗어나 당장에라도 도쿄에서 집을 찾아야 했다. 미유키나 곧 태어날 아이까지 끌어들이는 게 두려워 여전히 다리가 후들거렸지만 가쓰아키는 오열을 삼키며 하나도 숨기지 않고 털어놓았다.

미유키의 하얀 얼굴에서 속마음을 읽어낼 수는 없었다. 팔다리가 미친 듯이 떨렸다. 컵에 구멍이 났나 싶을 정도로 물이 쏟아졌다.

고스케가 "이제 괜찮아. 자리를 마련할 테니 아무 때나 말해요." 라고 말한 것은 지난주였다. 사실은 고스케를 통하는 게 맞겠지만 그러지 않은 이유는 미유키에게 이 말을 하고 싶었기 때문이다.

"아가, 정말 미안하다."

갈라진 목소리를 쥐어짰다.

"내가 이런 말을 하는 것도 우습지. 1,200만 엔이라는 돈이 얼마나 큰지, 날 믿을 수 없다는 것도 다 안다. 하지만 절대 더는 폐를 안 끼치마. 빚쟁이가 늘 하는 소리 같아 싫다만, 한 번만 믿어다오. 빚은 반드시 내가 갚으마. 그러니 제발 고스케를 버리지 말아다오. 부탁한다."

가슴의 고동을 억누르며 간신히 끝까지 말하고 가쓰아키는 테이블에 이마가 닿도록 고개를 숙였다. 자존심 같은 건 집어던졌다. 진심으로 애원했다.

다시 각오를 굳히고 천천히 고개를 들었다. 미유키의 얼굴에 왠지 희미한 미소가 어려 있었다.

다 식어빠진 홍차를 마시며 미유키는 이상하다는 듯 고개를 갸웃거렸다.

"얼마 전에 도련님도 똑같은 소리를 했어요. 빚은 반드시 자기가 갚겠다고, 그러니까 형을 버리지 말아달라고."

"슌페이가? 언제?"

"한 3주 전에요. 아아, 마침 어머님이 다카나와에서 수술 받으시던 날이네요. 그런 날에 어쩐 일이냐고 물었더니 무서워서 그 앞에서 못 기다리겠다면서 웃더라고요."

미유키는 추억담을 이야기하듯 느릿하게 말하다가 문득 눈을 살짝 내리떴다. 홍차 잔을 받침에 내려놓더니 가쓰아키의 눈동자를 똑바로 쳐다보았다.

"아버님이 전부 말씀해주셨으니 저도 진심을 말씀드릴게요. 솔직히 전 그동안 두 분을 용서할 수 없었어요. 조금만 더 검소하게 살면 될 일을, 고스케나 슌페이 도련님까지 고생시키면서 미안하지도 않나 의심했어요. 그 마음은 지금도 다 사라진 건 아니에요. 아니라고 말씀하시겠지만, 적어도 제 눈에는 그렇게 보였어요."

이야기를 듣는 동안 가쓰아키는 고개를 들 수가 없었다. 반론할 여지도 없었다. 미유키의 얼굴을 차마 볼 수 없었다. 몸속에 든 공기를 바꾸려는 것처럼 심호흡을 하는 소리가 들렸다.

"그렇지만 그런 두 분이 아니었다면 고스케는 태어나지 않았겠죠. 그것만은 사실이에요."

"하지만 그건."

"아버님은 아직 고스케한테 말씀 못 들으셨어요?"

"무슨 이야기 말이냐?"

"그 사람, 저희가 생각하는 것보다 훨씬 강해요. 아니, 이번 일로 강해졌어요. 집안 사정도, 가족 문제도, 안 해도 될 긴자 호스티스 이야기까지 다 털어놓았어요. 그리고 와카나 가족이 망가지게 내버려둘 생각은 절대 없다고, 해결책도 벌써 찾았다고 했어요."

미유키는 그렇게 말하고 다시 컵에 입을 대며 고스케가 한 이야기를 전해주었다. 막연한 숫자로만 생각했던 가쓰아키와 달리, 1,200만 엔이라는 금액을 고스케는 현실적으로 계산했다고 한다. 전기제품 회사에서 일하는 고스케의 연봉은 약 500만 엔. 또래 회사원에 비하면 나쁘지 않지만 물론 1,200만 엔이라는 빚을 떠안기에는 짐이 버겁다.

레이코의 병을 알게 되고 얼마 지나지 않아 고스케는 연봉 900만 엔이라는 조건 하나만 보고 전직 자리를 알아보았다. 그러면 3년, 지금까지의 생활을 유지하면서 3년 만에 빚을 갚을 수 있다는 계산이었다.

그리고 예상보다 훨씬 빨리 고스케는 새로운 회사가 정해질 것 같다고 했다. 최종면접까지 간 것은 외국계 일반 소비재 제조회사였다. 연봉제로 첫해 수입은 900만 엔이 조금 넘는다고 했다.

"요즘 경기도 나쁜데 대표이사의 오판으로 저희 회사는 솔직히 말해 위태로워요. 기대했던 외국 기업과의 합병설도 사라졌고, 언제 매수될지 몰라 회사에서는 매일 전전긍긍하고 있어요. 고스케는 언젠가 회사를 옮길 생각이었을 거예요. 이번 일은 오히려 좋은 계기가 되었을지도 몰라요."

가쓰아키는 아무 말도 듣지 못했다. 슌페이가 의미심장하게 말했던 "형한테는 우리 말고도 가족이 있잖아."라는 말은 이런 뜻이었던 것이다.

중간부터 이야기를 가만히 듣고 있을 수가 없어 가쓰아키는 남들 눈이 있는 곳인데도 어깨를 부들부들 떨었다. 슌페이가 태어났을 때 가족 앞에서 울지 않겠노라 결심한 뒤로 필사적으로 지켜왔던 맹세였다. 그런데 하필 큰며느리 앞에서 눈물을 줄줄 흘리고 있다.

"전 어렸을 때 공포 영화가 너무 싫었어요. 귀신 입장에서 보면 인간이야말로 두려운 존재인데 일방적으로 귀신은 나쁘다며 퇴치하잖아요. 그렇게 생각했는데, 어느새 전 당연하다는 듯이 절 키워준 가족의 모습만 올바르다고 생각했어요. 친정어머니가 절 일깨워주셨어요."

미유키의 목소리도 떨리고 있었다. 침을 꿀꺽 삼키는 소리가 다 들릴 정도였다.

"버리지 말아달라고 할 사람은 저예요. 친정어머니께 얼마나 혼났는지 몰라요. 와카나 집안의 일원이 될 각오도 없으면서 뭐가 결혼이냐고 그러시더군요. 좋은 일만 공유하려 하다니 이기적이라고요. 고스케가 너무 불쌍하다고 하셨어요."

그리고 미유키는 10분 넘게 친정어머니와 나눈 이야기를 털어놓았다. 와카나 가에 부모자식간의 이야기가 있는 것처럼, 미유키와 그 어머니의 정 또한 당연히 강했다. 미유키는 친정어머니에게 시댁에 대한 불만을 털어놓고 공감해주길 바랐지만 오히려 호되게 야단만 맞았다고 했다.

"계속 피하기만 해서 정말 죄송했어요. 용서해주신다면 저도 이제 병원에 찾아가도 될까요? 어머님께서 배를 쓰다듬어주시면 기쁠 거예요."

주위 시선도 아랑곳하지 않고 펑펑 우는 초로의 남자와 배가 불룩한 젊은 여자. 손을 맞잡고 목 놓아 우는 두 사람을 주위에서 어떻게 생각할까? 레이코가 늘 딸을 바랐던 이유를 지금이라면 이해할 수 있을 것 같았다.

둘이서 새빨갛게 물든 눈으로 병원에 돌아가자 때마침 회사에서 돌아온 고스케가 눈을 휘둥그레 떴다.

슌페이는 바로 상황을 이해한 듯 엄지손가락을 치켜들었다. 그 모습에 고스케도 겨우 눈치를 챘는지 고개를 끄덕였다.

가족의 시선을 한 몸에 받은 미유키가 고개를 폭 숙였다.

"어머님, 잘못했어요. 저는 정말."

그 말을 끝으로 입을 다문 미유키의 얼굴을 레이코가 뚫어져라 바라보았다. 사죄일까, 변명일까. 이어질 언동을 모두가 주시하는 가운데, 누가 아니랄까봐 레이코가 엉뚱한 소리를 했다.

"앗, 알겠다. 나 역시 죽는 거지? 죽으니까 미유키가 마지막으로 인사하러 온 거구나. 맞지? 그렇지?"

잠깐의 침묵 끝에 그 자리에 있던 모두가 웃음을 터뜨렸다. 비꼬는 소리로 들렸을까봐 걱정했지만 미유키도 황당하다는 듯 웃고 있었다.

슌페이가 한 걸음 앞으로 나서더니 평소처럼 빙그레 웃었다.

"암, 죽을 거야. 당연히 죽지. 그 팔팔하던 브루스 리도 죽었는 걸. 나도, 형도, 형수도, 아버지는 특히 더 얼마 안 남았어. 다 죽어서 재가 될 거야."

고스케가 뒷말을 이어받았다.

"맞아. 그러니까 모두 필사적으로 행복하게 살아야 돼. 하다못해 살아 있는 동안만큼은."

오른손으로 다정하게 배를 어루만지며 미유키가 코를 훌쩍였다. 새 가족은 어머니의 따스한 배 속에서 무슨 생각을 하고 있을까? 고스케가 미유키의 어깨를 가만히 감싸 안았다. 슌페이는 자랑스럽게 가슴을 폈다.

'앞으로 일주일'이라는 진단을 받은 날로부터 한 달이 지났다. 한 달이라는 시간이 지나, 레이코가 당당하게 퇴원할 즈음이면 벌써 크리스마스다.

무엇이 변했을까. 뭔가가 변했다.

이번 일로 성장한 그들의 새로운 생활이 바야흐로 시작되려는 참이다.

머릿속에서 웅장한 팡파르가 울려 퍼졌다.

한 사람, 한 사람은 작고 미력한 고적대지만 열심히 자기가 맡은 악기를 연주하고 있다.

5장

우리는 가족

1

칸막이를 터도 다다미 열두 장도 채 되지 않는 거실에 웃음이 흘러넘쳤다. 공통의 목적이 있는 것도 아닌데 비교적 최근까지 타인이었던 사람들이 즐거이 함께 웃고 있다. 조금 이상하고, 기이하기도 하다.

이런 광경을 볼 때마다 늘 와카나 아즈사는 그날을 떠올린다. 어느새 4년 반이나 지난, 시리도록 추운 2월의 아침이었다.

전날 밤 머리가 지끈지끈하더니 아니나 다를까 감기 기운이 있었다. 전화기까지 기어가 회사에 못 가겠다고 말하자 점장은 "안돼, 안돼. 상담 약속 잡았단 말이야." 하고 제멋대로 웃어넘겼다.

네리마 역 앞 부동산에서 일한 지도 1년쯤 되었다. 늘 가혹한 노동에 치여 반드시 때려치우고 말겠다고 씩씩거리며 출근하자 예약손님은 약속보다 30분이나 일찍 와 있었다.

비쩍 마른 초로의 남자와 그 아내로 보이는 눈 초점이 흐리멍덩한 여자. 그리고 아즈사가 건넨 명함을 보며 "이름 짱이다!" 하고 폭소를 터뜨린 무례하기 짝이 없는 젊은 남자. 아즈사는 셋 다 이상한 조합이라고 생각하면서도 이 일도 오늘로 끝이라고 스스로를 타이르며 집을 보여주었다.

들자 하니 맨션에는 초로의 부부 두 사람만 들어갈 예정이라고 했다. 쓰키지에 있는 병원에 다니기 편하고, 아픈 사람이 생활하기에 불편하지 않으며, 방은 가급적 많을 것, 그리고 반드시 월세 10만 엔 이하라는 조건으로 부탁하기에 여섯 집 정도 보여줄 예정이었다.

어머니 쪽은 어느 집을 보아도 "어머나, 멋진 집이구나." 하고 우아하게 말했다. 아버지와 아들은 그때마다 뭔가를 확인하듯 얼굴을 마주 보았다. 이변이 일어난 것은 세 번째 집으로, 그때까지 본 집 중에서 가장 오래된 맨션으로 그들을 안내했을 때였다.

"히익!"

비명에 뒤를 돌아보니 아버지의 등에 바퀴벌레가 붙어 있었다. 아즈사도 벌레라면 질색이라 아버지보다 훨씬 커다란 비명을 질러대는, 서글플 정도로 남자답지 못한 아들과 함께 뒤로 물러나는데 어머니 혼자만 느긋하게 벽으로 다가가는 것이었다.

"정말 멋진 집이야. 봐요, 깜찍한 벌레도 사네."

여태껏 살면서 그렇게 황당한 일은 그때가 처음이었다. 어머니가 급기야 벽에 손을 뻗은 순간, 아들과 아버지가 "안 돼!" 하고 동시에 소리를 질렀다. 어머니는 이상하다는 듯 이쪽을 돌아보았다. 왠지 보살 같다. 소녀처럼 티 없는 어머니의 눈을 보고 그렇게 생각했다.

네 번째 집으로 향하는 차 안에서 아들이 사정을 설명해주었다. 그런 것까지 말할 필요는 없다고 말리고 싶은 이야기를 헤실헤실 웃으며 잘도 주절거렸다. 그래서 그런지 평소에는 남의 고생담은 신경도 쓰지 않는데 그때는 마음에 퍽 와 닿았다.

마지막으로 아즈사가 가장 추천하는 집을 보여주었다. 쓰키지 시장까지 오에도 선 전철로 한 번에 갈 수 있고, 역에서 도보 10분, 건축 연한 18년, 월세 9만8천 엔에 방 세 개. 거실은 조금 비좁지만 방도 리폼한 지 얼마 되지 않아 깔끔하고, 걸어 다닐 수 있는 범위에 슈퍼마켓이나 편의점도 갖춰져 있다.

어머니는 테라스에서 보이는 풍경이 마음에 드는 눈치였다. 마침 저녁노을이 드리우고 있었던 것도 좋은 인상을 주는 데 한몫 거들었으리라.

울타리를 사이에 두고 나란히 서자 어머니가 "예뻐." 하고 혼잣말처럼 중얼거렸다. 서쪽으로 펼쳐진 마을이 붉게 물들어 있었다. 구름 사이로 태양이 고개를 내밀어 가까이 자리한 유원지의 놀이기구를 새빨갛게 칠하고 있었다.

"정말 예쁘네요. 저도 이 시간대가 제일 좋아요."

자연스럽게 말이 흘러나왔다. 어머니는 아즈사의 얼굴을 돌아보지도 않고 "하지만 조금 더 지나면 쓸쓸한 시간이 되지." 하고 친한 친구처럼 말했다.

셋 다 이 맨션이 마음에 들었는지 그날 바로 계약을 마쳤다. 신중하게 서류 수속을 끝냈다. 늘 그렇듯 이 가족과의 인연은 거기까지다. 그랬어야 했다.

그로부터 어영부영 2년이 지난, 역시 2월의 추운 어느 날 저녁이었다. 이번에야말로 반드시 때려치우고 말겠다고 씩씩거리며 회사에서 뛰쳐나왔는데 그때 마침 파친코 가게에서 나오는 젊은 남자와 눈이 마주쳤다.

누군지 금방 알아보지는 못했지만 사람을 얕잡아보는 듯한 표정이 눈에 익었다.

남자도 경계하듯 아즈사를 노려보았다. 잠시 생각에 잠기는 눈치였다가 아즈사가 나온 빌딩 간판을 보더니 이번에는 함박웃음을 지었다.

"아, 겐고로마루 씨잖아요! 와카나예요. 왜, 전에 집을 소개해주셨을 때 저희 어머니가 맨손으로 바퀴벌레를 잡으려고 했잖아요, 그 와카나 슌페이예요."

거리에서 촌스러운 이름을 떵떵 부르는 남자에게 울컥 화가 치밀었지만 맨손 일화를 들먹이며 자기소개를 했을 때는 어처구니가 없어 웃음을 터뜨리고 말았다. 감히 운명이라고 부를 정도는 아니지만 아즈사는 슌페이와 재회했다.

인생 최초로 남자가 꾀어내는 말에 넘어가 그날 바로 술을 마시러 갔다. 애 딸린 옛 애인에게 몇 번이나 차였다느니, 큰마음 먹고 연상의 여의사에게 고백했는데 상대도 안 해주더라느니, 어쨌든 참 수다스러운 남자였다.

아즈사도 오래 사귀었던 애인과 헤어진 직후였다. 슌페이와 막 상막하로 실컷 마시고, 실컷 떠들고, 세상 남자들에 대한 불평불만을 쏟아냈다.

첫 만남에서는 둘 다 꽤나 흉한 모습을 보였지만 한 달 후에는 교제를 시작했고, 총각 딱지 때문에 한바탕 소동을 벌였고, 1년 후에는 슌페이가 프러포즈, 그리고 2년 후 결혼. 그 과정에 이렇다 할 드라마는 없었지만 일단 지금 결혼생활에 불만은 없다.

불만은 없지만, 지금이 골인 지점이 아니라는 것도 잘 알고 있다. 슌페이는 결혼 전부터 자주 그런 이야기를 했다.

서로 웃으며 눈을 감을 수 있도록, 즐겁게 분수에 맞게 살자는 게 결혼할 때 맹세한 우선 목표다.

아즈사는 집과 어울리지 않게 큼직한 테이블에 팔꿈치를 괴고 새삼 거실을 둘러보았다. 고스케, 미유키 형님 부부에 그 아들 겐타. 남편 슌페이가 있고, 아즈사가 있다. 어렸을 때 언제나 그녀를 푸근하게 감싸주던 보금자리와는 또 다른 가족이라는 존재. 어쨌든 꿈꿔왔던 **세련된** 성은 손에 넣었다.

시어머니는 무릎도 안 좋고, 치질도 있고, 지금도 걱정거리가 끊이질 않는다. 매일 아즈사에게 전화를 걸지 않나, 돈도 없으면서 새 냄비를 사지 않나, 짜증스러울 때도 적지 않다.

그래도 아즈사가 처음 만난 날로부터 4년 반, 와카나 가의 일원이 된 후로 약 2년. 시어머니는 건강하게 하루하루를 보내고 있다.

2

"엄마. 응? 엄마! 할머니는?"

그 목소리에 정신을 차린 와카나 미유키는 발밑을 보았다. 외아들 겐타가 필사적으로 바지 자락을 잡아당기고 있다.

"병원에 가셨다고 몇 번 말했니? 지금 바빠. 작은아빠 한가한 것 같으니 놀아달라고 하렴."

"싫어!"

"왜 싫어?"

"작은아빠는 담배 냄새나서 싫어."

옆에서 토마토를 썰던 아즈사가 대번에 얼굴을 붉혔다.

"겐타 말이 맞아. 형님도 한 마디 해주세요. 저 인간 담배 끊을 생각을 안 해요. 난 홑몸도 아닌데, 사람을 아주 얕잡아본다니까."

미유키는 쓴웃음을 지으며 걱정스레 "동서는 그만 쉬어. 홑몸도 아니잖아." 하고 말했다. 빈말이라도 안 했다가는 나중에 고생한다. "형님이라는 사람이." 하고 뒷소리라도 들으면 억울하다.

슌페이의 결혼 소식은 커다란 충격과 함께 미유키를 불안하게 만들었다. 그렇지 않아도 사정 복잡한 와카나 가에 타인이 또 한 명 뛰어드는 것이다. 어떤 사람이 나타날지, 슌페이의 연인이라는

252

이유 하나만으로도 솔직히 친하게 지낼 자신이 없었다.

아니나 다를까, 처음 만났을 때부터 노란 염색 머리에 태연히 담배를 피우며 어딘가 경박해 보이는 아즈사와 가까워지기란 어려웠다.

하지만 동병상련이라 했던가. 같은 며느리 처지, 그리고 와카나 집안에 새로 들어온 사이라 그런지 미유키와 아즈사는 놀랄 만큼 죽이 맞았다. 그저 공통의 적을 만들었을 뿐이다. 상대는 물론 시집 사람들이다.

속내를 털어놓는 것도 아니고, 상속 문제라도 터지면 당장 사라질 관계이기는 하다. 하지만 유감스럽게도 아직은 "그런 걱정해보면 소원이 없겠네." 하고 서로 웃을 만한 여유가 있다.

"뭐야, 겐타. 또 작은아빠 얘기했어?"

겐타의 머리를 쓰다듬으며 슌페이가 끼어들었다. 치즈를 집어 먹는 슌페이의 얼굴을 뚫어져라 바라보던 겐타는 "어쩔 수 없네. 내가 작은아빠하고 놀아줘야지." 하고 건방진 소리를 했다.

테라스로 사라진 두 사람을 지켜보며 아즈사가 미유키에게 "출산할 때 특히 주의해야 할 게 있나요?" 하고 물었다.

"음. 어쨌든 주위 의견을 너무 믿지 마."

"주위 의견?"

영문을 모르겠다는 듯 바라보는 아즈사의 시선을 피하며 미유키는 생각에 잠겼다.

"응. 나중에 후회만 할 테니까. 특히 부모님 의견에 주의해."

뇌리를 스친 것은 시어머니가 네 번째로 자택 치료를 받던 기간, 미요시에서 네리마로 이사 온 날의 일이다.

그날 고스케는 출근 때문에, 슌페이는 늦잠을 자는 바람에 미요시에 가지 않았다. 미유키 혼자 어슬렁어슬렁 찾아가보았지만 겐타를 임신한 상태라 도움이 되지 않아, 어쩔 수 없이 시어머니와 글자 그대로 차나 홀짝이고 있었다.

이삿짐센터 직원이 짐을 트럭에 척척 쌓고 현관을 나서자 시어머니는 문득 집을 올려다보았다.

"역시 섭섭하시죠?"

시어머니가 미요시의 집 때문에 한이 맺혔다는 것은 알고 있다. 시어머니가 여기에서 살았던 17년 세월은 오로지 빚에 쫓기는 나날이었다.

그래도 시어머니가 인생을 걸었던 집이다. 정이 들지 않았을 리 없다. 시어머니의 입장이라면 미유키는 분명 섭섭할 것이다.

하지만 미유키의 질문에 시어머니는 무슨 엉뚱한 소리냐는 듯이 눈을 껌뻑거렸다. 한참 생각에 잠겼다가 뭔가 깨달았다는 듯 고개를 저었다.

"아니, 전혀. 속이 다 후련하구나."

"후련해요? 조금도 아쉽지 않으세요?"

"그래. 겨우 고통에서 벗어날 수 있어. 누가 그랬더라? 집이 아니라 가족이 소중하다고 했는데, 그 말이 날 구해주었어."

시어머니는 단호하게 말하며 집을 올려다보았다. 시아버지가 기대듯 그 옆에 섰다. 병 때문이었을까. "안녕, 마이 홈. 우리의 꿈." 하고 시어머니는 부끄러운 기색도 없이 중얼거렸다.

안녕, 가족들아. 이 정도는 돼야지. 미유키는 시어머니와 똑같이 집을 올려다보며 엉뚱한 화풀이를 했다.

짐을 전부 싣고 차에 올라탔을 때, 시어머니의 얼굴이 매서웠다. 미유키는 대번에 깨달았다. 아아, 이것은 분명 복수다. 지금까지 쌓였던 불만이 폭발해 뭔가 험한 소리를 하겠구나 싶어 마음에 방어막을 쳤다.

"사실은 다카오에서 말하고 싶었는데."

시어머니는 그렇게 서두를 꺼내더니 차분히 이야기하기 시작했다.

"너는 아무 생각 말고 많이 먹어. 네가 많이 먹어야 튼튼한 아이가 태어나는 거야. 살찔 걱정은 안 해도 돼. 내가 책임지마. 첫째 때는 금방 원래 몸매로 돌아가는 법이야."

순간 어안이 벙벙했지만 미유키는 곧 환하게 웃었다. 시어머니 말에 힘입어 임신 중에는 무작정 먹었다. 손발이 붓고 턱살이 늘어져 까딱하면 임신중독증에 걸릴 뻔했지만, 그래도 식욕은 가라앉지 않았다.

원래 몸매로 돌아간다던 시어머니의 말은 어느덧 마음의 지주이자 피난처가 되었다. 다행히 심각한 병에 걸리지도 않고, 마음 내키는 대로 먹어댄 덕분에 모두의 소망 이상으로 튼튼한 아이가 나왔다. 하지만……

"저게 뭐야?"

발랄한 목소리에 정신을 퍼뜩 차렸다. 거실로 돌아가 몇 개째인지 모를 귤을 까먹으며 목소리가 들리는 테라스를 바라보았다.

겐타가 가리키는 방향에 유원지의 거대한 놀이기구가 보였다.

"오오, 네 눈에도 벌써 저게 보여? 저건 하늘을 나는 해적이라고 하는 거야. 얼마나 굉장한지 모르지? 작은아빠의 추억이 담긴 놀이기구야."

슌페이가 어쩐지 자랑스러운 목소리로 말하며 겐타를 끌어안았다.

"굉장한 추억? 어떤 건데?"

"작은아빠는 말이야, 고등학생 때까지 숫총각이었거든. 주위에도 다 그런 녀석들뿐이라 마음이 급했어."

"숫총각?"

"그래, 숫총각. 겐타도 숫총각이야. 그래서 친구하고 같이 여자들한테 작업 좀 걸어보려고 저 유원지 수영장에 갔는데, 다들 입만 살았지 결국 아무도 말을 못 거는 거야. 그쯤 되니 물속에 있기도 지겨워져서 친구들하고 탄 게 바로 저거였어."

"우와, 굉장하다! 작업이 뭔데?"

"작업이라는 건 말이지, 여자애한테 친구가 되자고 말을 거는 거라고나 할까?"

"그럼 나도 어제 작업했어! 백합반 리리아한테!"

"오, 진짜야? 잘했다, 겐타! 그럼 다음엔 리리아한테 미팅하자고

해."

"응, 알았어! 근데 미팅은 뭐야?"

"미팅이라는 건 말이지, 어, 그러니까. 너…… 요새 진짜 귀찮다."

처음에는 흐뭇하게 바라보고 있었지만 도저히 잠자코 있을 수 없었다. 미유키는 테라스 창을 열고 슌페이의 뒤통수를 쿡쿡 찔렀다.

"이봐요, 서방님, 우리 애한테 쓸데없는 지식 좀 가르치지 말아요. 안 그래도 요즘 얘가 밖에서 있는 말 없는 말 다 떠들고 다니는데."

"아니, 그건 형수님 댁 교육 문제죠."

슌페이는 재빨리 얄밉게 웃었다. 요즘은 늘 이렇다. 둘이서 이야기할 때, 슌페이는 항상 얄밉게 웃으며 미유키의 팔을 쳐다본다. 그리고 "하지만 지금 형수님 모습이 훨씬 좋아요."라고 잘난 척 떠든다.

슌페이에게 반론할 수 없다는 게 분하다. 하지만 거울 앞에 서면 제 모습인데도 너털웃음이 나올 때가 있다.

젖을 뗀 후에도 식욕은 가라앉지 않아 여전히 마음껏 먹는다. 가녀렸던 그 팔은 대체 어디로 사라졌을까? 책임지겠다던 시어머니의 말은 무엇이었을까?

슌페이가 장난스레 혀를 내미는데 뒤에서 아즈사가 고개를 쏙 내밀었다.

"형님, 이쯤에서 이 인간 확 날려버릴까요? 진짜 사람 얕잡아본 다니까요."

"얕잡아보는 거 아닌데."

"얕잡아보고 있잖아. 임신부한테 담배 심부름을 시키다니, 말이 되는 짓이야?"

슌페이와 겐타가 서로 눈을 마주 보았다. 구박당하는 친구를 위로라도 해주듯 겐타의 눈빛은 상냥했다.

"겐타, 잘 기억해둬. 지금은 여자들의 시대야. 남자에게는 수난의 시대지."

"응, 알았어! 근데 수난이 뭐야?"

"수난이라는 건 말이지. 지금 작은아빠 같은 상태를 말하는 거야."

"흐응, 그래? 아빠! 손가락씨름 하자!"

겐타는 순식간에 슌페이와의 대화에 흥미를 잃고 소파에서 맥주를 마시는 고스케 곁으로 달려갔다. "게 서라!" 슌페이가 외치며 쫓아갔다.

뒤에 남은 아즈사와 눈이 맞자 농시에 웃음이 터졌다. 매번 서로가 공유하는 것을 확인한다. 시집 사람들에게는 절대 말할 수 없는 비밀이다. 둘만 있으면 꼭 하는 얘기가 있다.

"저 사람들, 별로 변한 게 없지? 자기들은 대단히 발전한 것처럼 구는데, 전혀 아니라니까."

시어머니의 병은 분명 큰일이었다. 저마다 병마에 맞서, 그때는 모두 안간힘을 썼다. 하지만 그뿐이었다. 미유키는 물론이고, 아무도 발전하지 않았다.

시어머니는 집이 좁다고 배부른 불평을 늘어놓고, 시아버지도 여전히 나약하니 줏대가 없다. 슌페이는 곧 아버지가 될 사람이 위엄이라곤 찾아볼 수도 없고, 미유키 역시 지금도 사소한 일로 금방 날카롭게 군다.

발전한 사람을 굳이 꼽는다면, 고스케일까? 시어머니가 쓰러진 날로부터 4년 반, 남편은 정말 애를 많이 썼다. 미간에 깊은 주름이 파이고 갑자기 흰머리가 늘었다. 익숙하지 않은 외국계 기업에서 정말 열심히 애써주었다.

"노! 밥, 쏘리! 베리 쏘리, 피터!" 그런 잠꼬대를 들었을 때는 걱정스러워 두들겨 깨웠을 정도다.

고스케는 곁으로 달려온 겐타를 끌어안아 높이 들어 올렸다. 겐타가 "아빠, 남자애일까, 여자애일까?" 하고 아즈사의 배를 가리키며 말했다.

고스케는 웃으며 되물었다.

"겐타는 어느 쪽이 좋아?"

겐타는 진지하게 고민하는 시늉을 하다가 환하게 웃었다.

"나, 여자애가 좋아!"

"왜?"

"당연히 귀여우니까 그렇지! 집안이 밝아질 거야!"

고스케는 입을 헤벌렸다가 잠시 후 "그래. 여자애가 좋구나." 하고 겐타의 머리를 다정하게 쓰다듬었다.

그 모습을 느긋하게 지켜보던 미유키도 미소를 지으며 두 사람 곁으로 다가갔다. 가족이란 뭘까? 죽기 전에는 그 답을 알게 될까?

3

겐타는 어느새 소파에서 새근새근 자고 있었다. 키가 비슷한 미유키와 아즈사는 어깨를 나란히 하고 다시 주방에 섰다.

와카나 고스케는 코로나 맥주를 냉장고에서 두 병 꺼내 유자와 함께 동생에게 건넸다.

"웬 유자? 라임이 아니라?"

눈을 휘둥그레 뜨는 슌페이에게 고스케는 "일본인 입맛엔 이거지." 하고 다시 거실을 돌아보았다. 미요시에서 이사 올 때 가구는 대부분 이웃들에게 넘기고 왔다.

여기로 가져온 몇 안 되는 물건 중에 '진주 귀걸이를 한 소녀' 퍼즐이 있다. 퍼즐은 좁은 집 안에서 기이한 존재감을 자랑하고 있다. 미요시에 살 때는 한 마디도 안 했으면서, 네리마로 이사 와서야 비로소 미유키는 "퍼즐 진짜 크다. 산 거야?"라며 몹시 놀라는 눈치였다.

"형, 아버지한테 일 얘기 들었어?"

병에 입을 대며 슌페이가 말을 꺼냈다.

"조금. 잘 풀리고 있다며?"

"덕분에. 이제야 겨우 월급봉투 구경하게 됐어. 아버지가 뿌린 씨가 겨우 꽃을 피웠다고나 할까."

"오래 걸렸네. 이사도 준비한다며?"

"응, 집도 벌써 다 알아봤어."

"어디?"

"지유가오카."

슌페이는 태연하게 말했지만 고스케는 그만 눈썹을 찌푸렸다. 지유가오카는 아버지와 어머니가 신혼생활을 시작했던 동네다.

"야, 또 월세에 허덕이는 건 아니겠지?"

"우리 맨션은 꽤 싼 편이야. 적어도 부모님이 옛날에 살았던 집에 비하면."

"그래? 전문가가 잘 찾아냈나 보네."

"응, 눈에 쌍심지를 켜고. 집을 얻으려면 역시 그 정도 정성은 들여야지. 저 녀석의 핏발 선 눈을 보고서야 부모님이 왜 실패했는지 깨달았어."

"하하. 뭐, 확실히 그렇지."

고스케가 입을 떼는데 호랑이도 제 말 하면 온다고, 아즈사가 손에 묻은 양념을 핥아 먹으며 끼어들었다.

"요리 거의 다 됐어요."

겐타가 환한 얼굴로 벌떡 일어났다.

"나 배고파 죽겠어!"

슌페이가 피식 웃으며 당연하다는 듯 대꾸했다. "좋아. 먼저 먹자."

미유키가 "그러지 말고 기다려요." 하고 참견했지만 슌페이는 "됐어요, 전화도 안 받는데 뭐. 벌써 이쪽으로 출발했겠지." 하고 재빨리 와인 마개를 땄다.

집에 어울리지 않게 큼직한 테이블을 다섯이서 에워싸고, 저마다 잔에 음료를 따랐다. 와인글라스를 든 슌페이가 주인공인 겐타를 보며 웃었다.

"겐타, 이제 몇 살이지?"

"네 살!"

"오케이. 그럼 네 살이 되었으니 포부 한 마디. 포부라는 건 말이지, 그러니까."

"나 알아, 목표를 말하는 거지? 내 꿈은 닌텐도 선물이랑! 그리고 아즈사 숙모가 튼튼한 여자애를 낳는 거랑! 그리고 하나 더."

"하나 더?"

"응, 모두 행복하게 사는 거!"

원하는 게 있으면 갖고 싶다고 당당하게 말하고, 가족의 행복을 진심으로 바란다. 그리고 어째선지 여자아이가 태어나길 바란다. 전부터 느낀 거지만 겐타는 어머니를 많이 닮았다.

테이블에 웃음꽃이 피자 슌페이가 다시 잔을 들었다.

"그럼 겐타의 네 번째 생일을 축하하며, 건배!"

"건배!"

모두 잔을 차례로 겐타 앞으로 내밀었다. 겐타는 오렌지주스를 단숨에 마시고 재빨리 좋아하는 프라이드치킨에 손을 뻗었다.

"이 애, 완전히 정크 푸드 맛에 빠졌어요. 북유럽 원목 장난감은 거들떠보지도 않고 호빵맨만 본다니까."

미유키가 하소연하자 아즈사가 맞장구치듯 웃었다.

"슌페이하고 똑같은 피를 이어받은 아이니까요. 죄송한 말이지만 아주버님도 북유럽 스타일은 아니잖아요."

"어, 나?"

고스케는 갑자기 도마에 오르는 바람에 와인이 목에 걸릴 뻔했다. 테이블에 다시 웃음꽃이 피었다. 요즘은 특히 아즈사가 대화를 주도하는 경우가 많다.

겐타의 파스타에 손을 뻗던 아즈사가 문득 눈길을 멈추었다.

"어, 저거 어머님이에요?"

시선 끝을 따라가자 그릇 선반 위에 액자가 몇 개 놓여 있었다. 그 안에 확실히 낯선 사진이 섞여 있었다.

"어, 진짜네. 이건 처음 보는데."

제일 가까이 있던 고스케가 사진을 집었다. 중앙에 태어난 지 얼마 안 되는 겐타를 안은 어머니가 있었다. 서로 어깨를 감싸 안은 고스케와 미유키, V 사인을 하는 아버지와 슌페이가 그 옆을 에워싸고 있다. 어찌 보면 평범한 사진이지만, 어머니의 머리카락은 거의 다 빠지고 없었다.

미유키가 옆에서 끼어들었다.

"그렇구나, 동서는 머리카락이 다 빠진 어머님 모습을 못 봤구나."

"네. 처음에 집을 보여드렸을 때는 조금 이상하다 싶긴 했지만, 그때도 머리카락은 있었거든요. 2년 전에 인사드렸을 때는 이미 송송 자라고 있었고."

"처음 입원했을 때 뇌에 방사선 치료를 받으셨거든. 전뇌방사선 요법이라는 건데, 그 치료가 꽤 독한가봐. 다섯 번 반복 치료를 마치고 퇴원했을 때는 그대로여서 다행히 이대로 지나가나보다 했더니만 한꺼번에."

지루한 기색으로 어른들을 쳐다보고 있던 겐타를 보고 아즈사가 웃었다.

"여보, 겐타가 오늘 네 살이 됐다는 건 어머님이 처음 병에 걸리신 것도 그 정도 됐다는 뜻이야?"

"응. 이번 달로 54개월."

태연히 대답하는 슌페이에게 고스케가 물었다.

"뭐야, 너 그걸 세고 있어?"

"그냥, 오카다 선생님이 악성 림프종 환자의 평균 수명이 40개월이라고 했잖아? 그만 버릇이 돼서 카운트다운처럼 한 달씩 세는 거야."

"그렇구나. 신기록을 노려보자고 했지. 기록이 몇 개월이었지?"

시간은 오후 2시가 훌쩍 넘었다. 겐타는 파티에도 이미 질렸는지 아즈사가 선물한 장난감 기차를 가지고 놀기 시작했다.

어른 넷만 남은 거실에서 슌페이가 천장을 바라보다가 입을 열었다.

"음, 그러고 보니 형, 형수."

주절주절 서두를 늘어놓는다. 무슨 말을 하려고 저러나, 뭘 망설이는 걸까?

겨우 마음을 먹은 듯 슌페이는 아즈사를 포함한 세 사람의 얼굴을 번갈아 둘러보았다. 그리고 어렵사리 털어놓은 이야기는 발병과 동시에 어머니가 써내려갔던, 그 뒤집힌 공책에 관한 것이었다.

고스케는 호리호리한 동생의 눈동자를 가만히 바라보며 이야기에 한참 귀를 기울였다. 지금도 동생을 보면 화날 때가 많다. 하지만 1년에 한 번 정도, 이 녀석이 동생이라 다행이라고 생각할 때가 있다.

아마, 그 정도로도 충분할 것이다.

4

지금의 가족이라면 말해도 괜찮다. 그렇게 결심한 와카나 슌페이는 형의 눈을 똑바로 마주 보았다.

미요시, 다카나와, 쓰키지. 여러 병원을 돌아다는 동안 어머니는 공책을 한시도 떼어놓지 않고 품에 끌어안고 있었다. 뭔가 생각난 듯 몇 마디 적는가 싶더니, 때로는 오래된 페이지를 되읽으며 혼자 미소 짓기도 했다.

가족의 사생활에 관심도 없었고, 그게 아니더라도 망가진 어머니가 제대로 된 내용을 쓸 것 같지도 않았다. 실제로 공책을 손에 든 날까지 정말 관심이 없었다.

어머니가 네 번째 입원 치료를 받으러 간 날이었다. 간병은 아버지에게 맡기고 슌페이는 혼자 미요시에서 코앞으로 닥친 이사 준비에 시달리고 있었다. 거실을 대강 정리하고, 방을 싹 치우고 무심코 들어간 부모님 침실 화장대에 공책에 놓여 있었다. 하필 그날따라 어머니는 공책을 두고 갔다.

그때도 딱히 별생각 없이 병원에 가져다주려고 가방에 넣었다.

하지만 쓰키지로 가는 주오 선 전철 안에서 공책을 훔쳐보려던 아버지의 모습이 떠올랐다. 분명 다카나와 병원에서였다. 곧 죽을 것처럼 심각한 표정으로 서랍에 손을 뻗던 아버지는, 슌페이의 불호령에 어깨를 흠칫 떨었다.

그 일만 없었더라면, 하는 게 처음에 떠오른 핑계였다. 이어서 와카나 가를 밑바닥에서 지켜보았던 나만은 괜찮지 않을까 싶었다. 갖은 핑계를 갖다 붙였다. 정신을 차렸을 때 슌페이는 이미 가방에서 공책을 꺼내고 있었다.

앞쪽에는 요리법이나 컴퓨터 사용법이 적혀 있었다. 그런 내용이 몇 페이지 이어진 뒤에, 갑자기 'K'라느니 'Y'라느니 하는 글자와 함께 무기질적인 숫자가 잔뜩 튀어나왔다. 그것이 대부업체 대출금을 나타내는 숫자임을 깨닫기까지, 시간이 걸렸다.

왠지 무거운 마음으로 페이지를 계속 넘겼다. 다음으로 눈에 들어온 글에는 그날 있었던 일, 그날 먹은 음식, 역 이름 등이 하염없이 열거되어 있었다.

기상. 12시. 점심. 쌀밥, 유부 된장국, 시금치나물, 어제 남은 고기감자조림. 맛있었다.

장보기. 뭘 사러 왔는지 기억이 나지 않아 불안하다. 컴퓨터로 내 머리에 대해 조사해보았다. 일단 걱정할 필요 없어 보여 안심.

밤, 카레라이스. 단무지가 없어 애들 아버지한테 잔소리를 들었다.

미요시 → 허키다 → 야마노 →　→ 도도로키.

오사토 →　→　→ 미요시 → 허키다?

애들 아버지가 좋아하는 음식→파인애플. 내가 좋아하는 음식→냄비우동. 고스케가 좋아하는 음식→사과. 산페이가 좋아하는 음식→초밥.

일기인 줄 알았는데, 그 의미가 조금 달랐다. 적혀 있는 글자에서는 초조하고 불안한 어머니의 마음이 배어 나왔다. 필사적으로 정상임을 확인하려 할 때마다 번번이 좌절하는 모습도 엿볼 수 있었다.

오자, 탈자는 말할 것도 없고, 차츰 한자가 줄어들더니 끝내 슌페이가 산페이로 둔갑했다. 그 후 어머니에게 일어난 일을 알고 있으면서도 어느새 간절한 마음은 하나가 되었다. 페이지를 넘기는 손이 멈추지 않는다.

전철이 다마가와를 지나고 공책도 절반쯤 넘어갔을 때, 느닷없이 위아래가 뒤집힌 글자가 튀어나왔다. 공책을 소중히 끌어안고 있던 어머니의 모습이 떠올랐다.

뭘 먹었는지 생각이 안 난다. 슌페이의 이름과 얼굴이 기억나지 않는다. 내가 사라져버린 것 같아 너무 무섭다. 머리가 멍하고, 너무 춥다.

그날을 경계로 공책은 더 이상 일기의 역할을 하지 못했다. 기호의 나열이나 유치원생 수준의 그림이 페이지를 차지했고, 이따금 '산 속 병원'이나 '같은 방 할머니가 무섭다'와 같이 간신히 뜻을 알 수 있는 글자도 섞여 있었지만 대부분 알아볼 수 없었다.

애처로운 마음으로 페이지를 계속 넘겼다. 그러자 중간부터 다시 방향이 제대로 된 글자가 튀어나왔다. 그 글자는 차츰 힘차고,

인간다운 기품이 묻어나기 시작했다. 평범한 대학노트 한 권에 어머니가 겪은 병마의 변천사가 전부 응축되어 있었다.

왠지 마음이 놓여 조용히 공책을 덮으려 했다. 하지만 다음 순간, 또다시 위아래가 뒤집힌 글자가 눈에 들어왔다.

뒤표지 안쪽에 있는 글이었다. 역시 지렁이가 기어가는 듯한 글씨로, 하지만 그때까지 본 어떤 글자보다도 또박또박하게, 이런 말이 적혀 있었다.

너무나, 행복한, 인생이었어요.

붓글씨 연습처럼 글자 왼쪽 밑에 '와카나 레이코'란 이름과 함께 자그맣게 마침표까지 찍혀 있다.

한참이나 종이가 뚫어져라 그 글자를 바라보았다. 정신을 차렸을 때는 승객이 드문드문 있는 전철 안에서 오열을 삼키고 있었다.

그 말을 언제 썼는지, 슌페이는 모른다. 다만 다카나와 병원에 입원한 이후에는 전부 똑바른 방향으로 적혀 있다. 그리고 병원을 옮기기 전 며칠 묵었던 미요시 집에서, 슌페이는 아버지가 어머니에게 하는 말을 들었다.

"당신은 행복하지 않은 거야?"

벽 하나를 사이에 둔 방 안에서, 어머니의 대답은 끝까지 들려오지 않았다. '너무나, 행복한, 인생'이라는 말은 그 물음에 대한 어머니의 대답이 아니었을까?

269

뚝뚝 끊기는 의식 속에서 어머니는 어렴풋이 자신의 '죽음'을 예감한 것이다.

과거에 '행복한지 어떤지는 언젠가 죽는 순간에만 알 수 있다'고 공언했던 사람이 그 문턱에서, 필사적으로 짜낸, 마음에서 우러난 소리.

거꾸로 적힌 그 글자가, 슌페이에게는 그 증명처럼 보였다.

연민을 살 생각은 아니었지만 목소리가 갈라졌다. 이야기를 듣고 있던 세 사람은 차분한 표정으로 슌페이의 이야기에 귀를 기울였다.

"그런 이야기야."

마지막으로 한 사람, 한 사람의 얼굴을 둘러보며 슌페이는 조용히 이야기를 마쳤다. 눈물을 흘리는 사람은 없었지만 방에는 무거운 공기가 가득했다.

모두의 시선이 천천히 형에게로 향했다. 형은 잠시 생각에 잠겼다가 체념한 듯 숨을 토하더니 진지한 표정으로 두 여자에게 물었다.

"음, 내용이야 어쨌든 훔쳐보는 건 좀 그렇지?"

동의를 구하는 고스케에게 두 여자는 금세 짓궂게 씨익 웃었다.

"아우, 무서워. 이제 마음 편히 일기도 못 쓰겠네."

아즈사가 연극적으로 어깨를 떨자 미유키까지 가세해서 "나는 밑바닥에서 다 보고 있으니까 괜찮아! 보여줘! 이러는 거야?"하고 깔깔 웃었다.

"어쭈, 그렇게 나온다 이거지?" 처음에는 슌페이도 함께 웃었지만 다들 너무 끈질기게 놀려대자 차츰 억울해졌다.

그런 동생의 기분을 알아차린 것은 아니겠지만 한바탕 웃은 형이 "그러고 보니 아까 말하려다 깜빡했는데." 하고 화제를 바꾸었다.

형은 표정을 진지하게 가다듬고 미유키를 쳐다보았다. 미유키도 뭔가 눈치챈 것처럼 힘차게 고개를 끄덕였다. 형은 단도직입적으로 말했다.

"얼마 전에 미요시 주택 대출 다 갚았어."

"어, 아아. 그래? 고마워."

"고맙긴 무슨. 너하고 아버지가 맡긴 돈은 일단 손 안 대고 그대로 뒀어. 전부 해서 400만 엔 가까이 돼."

"하지만 그건 우리가 부담할 몫인걸. 3분의 1씩 내지 못해 미안하게 생각하고 있어. 앞으로도 우리는 계속 낼 작정이야."

형은 웃기지도 않는다는 듯이 코웃음을 쳤다.

"난 와카나 가의 장남으로서 내 마음대로 빚을 갚겠다고 결심한 거야. 그때 결심한 덕분에 전직도 할 수 있었고, 생활에 활력도 생겼고, 영어도 꽤 늘었어. 내년에는 맨션도 살 수 있을 것 같고, 슬슬 둘째도 낳을까 해. 그러니까 그 돈은 아버지랑 너한테 돌려줄게."

"아니, 아니, 필요 없다니까, 그런 돈."

"넌 대체 뭘 들은 거야. 돌려준다니까."

"아니, 그러니까."

점점 진짜로 험악해지는 두 사람 사이에 미유키가 끼어들었다.

"그럼 셋이서 나누면 어때요?"

대체 몇 개나 먹어야 속이 풀릴지, 미유키는 귤을 새로 하나 까면서 태연하게 말했다.

"셋이라니 무슨 말이야?"

부루퉁한 형의 말에도 미유키는 움츠러들지 않았다.

"그러니까 돈을 낸 사람들끼리 나눠 가지면 되잖아요. 한 사람당 백만 엔 이상 돌아가죠? 꽤 큰 금액이잖아."

"아이, 멋져요, 형님!" 얼싸 좋다 애교를 부리는 아즈사의 손을 미유키는 눈짓 하나로 뿌리쳤다.

미유키는 잠시 허공을 뚫어져라 바라보다가 뭔가 좋은 수가 떠오른 듯 고개를 끄덕였다.

"아니, 네 명이네. 넷으로 나눠야겠어. 하는 김에 끝자리는 반올림해야지."

그때, 초인종이 울렸다. "앗, 왔다!" 겐타가 환한 얼굴로 소리를 질렀다.

겐타가 달려간 현관 쪽을 보자 어째선지 짜증스러운 표정을 한 아버지가 애써 등을 펴고 있었다.

"할아버지, 할아버지!"

겐타의 목소리에 아버지의 표정은 금세 환하게 풀렸다.

"겐타야, 할아버지가 늦어서 미안하구나. 옛다, 선물이다."

겐타에게 끌려 거실로 들어온 아버지는 손자에게 예쁘게 포장된 작은 상자를 건네주었다.

"만세! 닌텐도다!"

환성이 온 집 안에 메아리쳤다. 하지만 웃음이 온 가족에게 퍼진 순간, 더 큰 목소리가 집 안 가득 쩌렁쩌렁 울렸다.

"정말이지! 진짜 매너 없는 양반이야!"

포장지를 뜯던 겐타가 손을 뚝 멈추더니 쏜살같이 현관으로 달려갔다. 모두의 시선이 다시 현관으로 쏠렸다.

"할머니다!"

마구 잡아끄는 겐타를 따라 어머니는 투덜거리며 거실로 들어왔다.

"다리가 아프다는데 혼자 성큼성큼 가버리질 않나. 항상 그렇다니까. 잠깐도 안 기다려줘. 정말 매너 없어!"

"하지만 다들 기다리잖아."

"그래도 난 환자잖아요!"

"당신은 입만 열면 그 소리지. 멀쩡할 때만 환자 타령이야."

"그보다 결과는 어땠어요?"

억지로 이야기를 끊은 형에게 아버지가 오케이 사인을 지어 보였다.

"문제없단다. 오카다 선생님도 보증해주셨어. 다음에도 또 석 달 후에 검사하자더구나."

"그럼 이걸로 54개월째도 무사히 넘어가겠네. 신기록을 향해 또

한 걸음 전진하는 거야."

영문을 몰라 고개를 갸웃거리는 부모님은 아랑곳하지 않고 미유키와 아즈사가 "거봐." "어쩜 변한 게 없을까." 하고 종알거렸다.

무슨 이야기인지 모르겠지만 아마도 슌페이가 하려는 말과 같을 것이다.

"그보다 두 분 그만 좀 싸워요. 이젠 보는 것도 질렸어."

두 사람이 테이블에 앉아 다시 건배를 한 것도 잠시, 디지털카메라를 손에 든 아즈사가 조심스레 입을 열었다.

"다 함께 사진 찍지 않을래요? 제가 들어간 사진이 하나도 없어서 소외감 든단 말이에요. 어머님 투병 지옥 때도 저만 참전하지 못했고."

"좋아! 찍자, 찍자!"

가장 먼저 찬성한 것은 겐타였다. '투병 지옥에 참전'이라는 표현이 묘하게 어울려 모두 웃음을 터뜨렸지만 반대하는 이는 없었다.

슌페이가 파인더를 들여다보며 셔터 타이머를 맞추었다. 테이블을 둘러싼 여섯 명이 웃고 있었다.

기적 같았다. 어머니만이 아니다. 겐타가, 미유키가, 아즈사가, 아버지가, 형이 있다. 이 집에서 어느 누구 하나 모자라지 않은 것은, 절대 당연한 일이 아니다. 당연하다고 생각해서는 안 된다.

돌이켜보면 어머니가 쓰러지기 전에도 이랬다. 만나면 다들 즐겁게 웃고, 걱정 같은 건 없다는 듯 굴었다. 어머니가 빚을 졌을 줄은 상상도 못했고, 하물며 암에 걸렸을 줄은 꿈에도 생각 못 했다.

사람이 죽음과 등을 맞대고 살아가고 있다는 사실조차, 어머니가 쓰러졌던 그날까지는 잊고 있었다. 어머니가 위기를 넘겼다고 해서 가족의 삶이 즐겁게 막을 내린 것은 아니다. 다음 순간에는 또 누가 쓰러질지 모르고, 누가 큰 빚을 진 게 드러날지 모른다. 그러니 지금만이라도 웃어야 한다.

타이머 단추를 누르고 슌페이는 헐레벌떡 아즈사 곁으로 달려갔다. 볼록한 배에 손을 얹고 아즈사의 귓가에 가만히 속삭였다.

"내년 이맘때면 한 명 더 늘겠네."

붉은 램프가 깜빡거리기 시작했다. 그 신호에 맞추어 고스케가 입을 열었다.

"자, 찍는다. 준비, 치—즈!"

플래시가 터지는 순간, 겐타의 새된 목소리가 와카나 가의 좁은 거실에 울려 퍼졌다.

"피—스!"

여기에서 끝나면 마무리도 깔끔했을 텐데, 한층 카랑카랑한 어머니의 목소리가 겐타의 목소리를 덮었다.

"아아, 여기가 하와이였다면 더 좋았을 텐데."

이시이 유야 (영화 〈이별까지 7일〉 감독)

이 소설은 픽션이지만 작가 본인의 실제 경험을 바탕으로 하고 있다. 이 이야기가 어딘가 남 일처럼 느껴지지 않는 이유는 압도적인 현실성이 뒷받침하고 있기 때문이다. 그래서 누구나 어느 날 갑자기 당사자가 될 가능성이 있음을 새삼 통감하게 된다. 물론 가족에게 문제가 생기는 것도 두렵지만, 가족을 똑바로 마주해야 하는 것도 두렵다. 하지만 좋든 싫든 그 순간은 언젠가 찾아온다.

이 소설에 등장하는 와카나 가의 경우, 어머니 레이코의 병이 발단이 되어 가족은 부득이하게 서로를 직시하게 된다. 게다가 뇌에 문제가 생긴 레이코가 그때까지 속에 묻어두었던 속내를 토로하기 시작하니 더더욱 낭패다. 속내를 숨김으로써 간신히 유지되었던 가족이, 어느덧 서로 속내를 드러낼 수밖에 없게 된 것이다. 장남 고스케는 누구에게도 보여주기 싫었던 약점을 드러내게 된다. 차남 슌페이는 가족에 대한 기대를, 아버지 가쓰아키는 레이코에 대한 애정을 드러낸다. 하지만 작가는 '속내를 터놓으면 가족이 원만하게 뭉친다'는 식의 안일하고 단락적인 메시지를 전달하고 싶었던 것은 아니다. 보다 깊고, 냉정하게 가족이라는 존재를 지켜보려 했으리라.

가족이란 뭘까? 생각하면 할수록 더 모르겠다. 알 것 같다가도 그때마다 손가락 사이로 빠져나간다. 말하자면 가족이란 업에 가까운 것 아닐까?

내가 문득 그런 생각을 한 것은 며칠 전 어머니의 23번째 제사에서 오랜만에 아버지, 형과 술을 마셨을 때였다. 취미도 취향도 딴판인 우리 세 사람은 함께 나눌 만한 흥미진진한 화제가 별로 없다. 마래미 회를 먹으며 마래미가 자라서 방어가 되는 거지, 그러고 보니 그런가, 하고 시간을 때우기 위한 화제를 쥐어짜내는 게 고작이었다. 조금 취한 나는 의자 위에 책상다리로 앉아 허벅지를 두드리거나 발바닥을 꾹꾹 주무르고 있었다. 이건 내가 술에 취했을 때 나오는 버릇이다. 문득 고개를 들어보니 아버지도 형도 똑같은 짓을 하고 있었다. 그 순간 직감적으로 깨달았다. 아, 벗어날 수 없구나. 가족은 역시 가족이다. 아무리 발버둥 쳐도 가족이라는 존재로부터는 달아날 수 없다. 가족은 가족이기를 강요받는다. 거기에 감동이나 감회는 없다. 세 남자가 허벅지를 두드리는 광경은 그저 사실일 뿐이다. 그리고 나는 그저 그 사실을 인식하도록 강요받았을 뿐이다.

가족이란 뭘까? 물론 이 소설을 쓴 작가도 이 테마에 과감히 도전했다. 그것도 지극히 거친 수법으로 말이다. 어머니의 투병을 경험한 작가는 이번에는 소설가라는 입장에서 심술궂을 정도로 거대한 시련을 와카나 가에 던져준다. 그리고 그것은 일가의 정신적 지주인 어머니의, 그것도 가장 중요한 뇌에 충격을 줌으로써 가족이란 존재를 철저하게 파괴한다. 그 때문에 우리 독자는 이야기 중반까지는 와카나 가의 일원이 된 것처럼 무겁고 괴로운 시간을 보내야만 한다. 분명 작가는 시험해보고 싶었을 것이다. 가족을 철저하게 파괴함으로써 가족이라는 존재와 그 강도를 확인하려 한 것이다.

이윽고 우리 독자들은 생각지 못한 형태로 희망을 발견하게 된다. 그것은 곧 외부의 충격으로 가족이 망가진 것이 아니라, 원래부터 망가져 있었다는 현실을 인식하는 지점에서 시작된다. '가족의 붕괴'를 당연한 현상으로 보는 작가의 시점은 요즘 같은 시대이기 때문에 역설적인 의미에서 희망으로 바뀐다. '그렇다면 거기에서 새로 시작할 수밖에 없다'는 극히 간결하고 희망적인 결론의 발견은, 집필 당시 30대 초반이었던 작가가 지닌 차세대 감각에서 나온 것이라고 믿어 의심치 않는다.

작가와 거의 같은 세대인 내가 지금까지 품어 왔던 가족에 대한 감각, 표현하기 어려운 위화감, 거북한 마음, 그와 동시에 가지고 있는 일그러진 기대 같은 감정을 작가는 훌륭하게 대변해주었다. '가족의 붕괴'를 당연하게 여기는 감각은 우리 세대라면 적잖이 이해할 수 있을 것이다. 거품 경제가 뭔지도 모르는 나는 철이 들었을 때부터 일본 사회가 이미 붕괴한 것처럼 보였다. 그리고 사회가 붕괴했다는 것은 그 최소 구성단위인 가족이 붕괴했다는 뜻이나 다름없다.

오해를 무릅쓰고 감히 말하겠는데, 크든 작든 모든 가족은 망가져 있다. 적어도 나는 그렇게 생각한다. 이상적인 가족은 없다. 정상적이고 건전한 가족은 존재하지 않는다. 그렇기에 작가의 '가족의 붕괴는 당연한 현상'이라는 시점이 내 가슴에 깊이 박혔던 것이다. 이것은 체념이지만, 이 체념에 곧 차세대의 희망이 있다. 와카나 가에서 그 사실을 유일하게 이해하는 인물이 바로 슌페이다. 그는 항상 가족이라는 존재를 객관적으로 차분히 관찰했던 인물이다. 그런 그가 기적을 부른다. 아니, 기적을 저질렀다고 해야 할까?

우연한 계기로 작가를 만나볼 기회가 있었다. 외동아들인 작가는 실제로 어머니의 시한부 선고를 받고 암담한 상황 속에서 몹시 괴로워했을 터였다. 하지만 한편으로 그런 상황을 멀찍이서 굽어보는 또 하나의 시선을 가지고 있었다. 이른바 작가의 시선이라는 것이다. 자칫하면 비상식적이고 괘씸하게 비칠 수도 있는 생각이 작가의 머릿속에 번뜩였으리라는 상상은 어렵지 않다. 이윽고 현실에서 일어난 일이 픽션 소설로 결실을 맺었을 때, 작가의 인격은 두 아들로 분열되었다. 다시 말해 작가는 고스케이자, 그와 동시에 슌페이이기도 하다. 이 소설의 팬으로서 작가와 허물없이 대화를 나눈 것만으로도 몹시 흥미로웠다. 작가는 고스케처럼 책임감이 강하고, 슌페이처럼 자유로웠으며, 고스케처럼 약점이 있고, 무엇보다 슌페이처럼 낭만주의자였다.

이 소설이 처음 간행된 것은 2011년 3월 11일, 바로 동일본 대지진이 있었던 날이다. 물론 작가가 지진을 예측했을 리도 없고, 단순한 우연을 극적으로 받아들일 생각도 없다. 중요한 것은 이 소설이 지진 이전에 완성된 이야기임에도 지진 피해 이후의 우리를 향한 메시지이기도 하다는 사실이다. 이것이 작품의 보편성과 강도라고 생각한다. 지금 이 순간에 가족 안에 웃음이 있어도, 다음 순간에는 어떻게 될지 모르는 법이다.

하지만 작가는 소설 속에서 '그것으로 족하다'고 말하는 것 같다. 언제 무너질지 모르는 모래 위에서, 지금 이 순간, 가족이 웃으며 살아 있기만 하다면 그것으로 족하다고. 모래 위에서 웃고, 모래가 무너지면 발버둥 치고 몸부림친다. 그 반복이다. 거꾸로 말하면 우리가 할 수 있는 일은 그게 전부다.

가족이라는 존재를 향한 작가의 시점과 시선에 위로받은 나는 마음이 홀가분해졌다. 소설을 다 읽었을 때, 가족을 위해 뭔가 하고 싶었다. 하지만 결국 분명 아무것도 하지 못할 것이다. 그렇게 쉽게 풀릴 만큼 가족이란 존재는 가볍지 않다.

하지만 언젠가 가족과 마주해야 할 순간이 반드시 찾아온다. 그때 나는 고스케나 슌페이처럼 당황하고, 우왕좌왕 망설이고, 몸부림칠 것이다. 그런 모습이 당연한 것이다.

옮긴이의 말

2011년에 처음 발표된 이 작품의 원래 제목은 《모래 위의 팡파르》였습니다. 그 후 《우리 가족》이라는 제목으로 다시 수정되었고, 같은 제목으로 일본에서 영화화되어 이번에 우리나라에서 《이별까지 7일》이라는 제목으로 개봉하게 되었습니다.

사실 이 소설은 소재도 흔하고, 전개도 쉬이 예상되는 작품입니다. 그런데 앞으로의 전개를 뻔히 알면서도 읽다 보면 그만 코끝이 찡해집니다. 특히 작중 어머니인 레이코와 비슷한 연세의 부모님이 있는 독자라면 아무래도 작품 속 레이코의 가족에게 우리 자신의 모습을 비추어보게 될 것입니다.

이 작품에서 가족이라는 존재가 마냥 행복한 울림을 주지는 않는다는 것을, 처음 몇 장만 보아도 알 수 있습니다. 분수에 맞지 않는 집을 구입해 주택 자금 대출을 갚느라 노년에 가난에 허덕이는 가쓰아키, 그런 가정에서 '어머니'로서의 역할을 다하려는 레이코, 그런 부모님의 모습에서 허영심만 느끼는 장남 고스케, 그리고 자신의 가족이 각자 역할을 맡아 '가족'이라는 연극을 하고 있다고 느끼는 차남 슌페이. 성장하면서 부모 곁을 떠나 불완전하게나마 독립한 형제는 예상치 못한 형태로 다시 서로가 가족이라는 굴레에서 벗어날 수 없는, 그 구성원임을 깨닫게 됩니다.

처음 《우리 가족》이라는 제목의 이 소설을 읽었을 때, 부모님이 연로하셔서 레이코 가족에게 적잖이 감정이입했던 저는 한편으로는 온건한 결말에 안도하면서도 독자의 입장에서는 너무 꿈같은 이야기가 아닌가 다소 불만스러웠습니다. 그러다가 발표 당시 제목이 《모래 위의 팡파르》였다는 사실을 알고 나서야 마치 '진주 귀걸이를 한 소녀'의 사라진 마지막 퍼즐 한 조각을 찾은 기분이었습니다.

작가는 네 번째 챕터에서 구성원들이 조금씩 성장한 이 가족을 두고 한 사람, 한 사람은 작고 미력한 고적대지만 그들이 열심히 연주하는 악기가 웅장한 팡파르를 연주한다고 했습니다. 그리고 마지막 챕터에서 슌페이는 카메라 속 가족의 모습을 보며 어느 누구 하나 모자라지 않는 것이 결코 당연한 일이 아닌, 당연하다고 생각해서는 안 되는 기적이라고 합니다. 그런데 작품 제목이 '모래 위의 팡파르'인 것입니다. 서로의 노력으로 지금 어렵사리 조화를 이룬 것처럼 보이는 '화목한 가족'도, 언제 무너질지 모르는 모래 위의 허상일 수 있다고 넌지시 말하는 것 같습니다.

긴병에 효자 없다는 속담이 있습니다. 너무나 서글픈 일이지만, 가족 중에 아픈 사람이 나오면 단순히 간병과 같은 시간, 체력의

소모뿐만 아니라 치료비라는 무시할 수 없는 냉정한 현실적인 문제가 눈앞을 가로막게 됩니다. 평범한 사람들이 하루하루 성실하고 검소하게 살며 쌓아왔던 기반이 한꺼번에 무너질 수도 있는 것입니다. 그 기반은 부모님과는 또 다른, '내'가 이루어낸 또 하나의 가족의 미래가 달려 있을지도 모를 기반이기도 합니다. 그런 순간에 작가는 장남 고스케를 통해 어머니가 이제 그만 죽기를 바라는, 너무나 현실적으로 고뇌하는 인간의 모습을 보여줍니다. 과연 누가 그런 생각을 한 고스케를 비난할 수 있을까요.

가족 부양에 대한 책임감을 느끼는 장남 고스케를 통해 현실적인 '자식' 세대의 고뇌를 보여준 작가는 이번에는 어머니 레이코의 다소 엉뚱한 유서를 통해 '부모' 세대의 자식에 대한 사랑과 희생을 보여줍니다. 레이코는 암 보험을 사망 보험으로 착각하고 남편에게 아이들에게 짐이 되고 싶지 않으니 보험금으로 장례식을 치러달라는 메모를 남겨놓습니다. 그런데 이 메모를 발견하는 것은 아버지가 아니고 아들입니다. 백 마디 대화나 행동보다, 어머니가 자식들이 볼 줄은 꿈에도 모르고 쓴 그 말이 자식들을 향한 어머니의 마음을 대변하는 것입니다.

한편으로 레이코가 입원한 병원에서 같은 병실을 쓰는 인물이 '웃어야 버틴다'는 말을 합니다. 이것은 작가가 '가족' 외에 이 작품에서 말하고 싶었던 또 하나의 주제로 보입니다.

각각의 등장인물들은 한창 눈물을 뽑아내다가도 다소 엉뚱한 행동으로 독자들에게 너털웃음을 선사합니다. 아버지의 노란 운동복, 레이코의 뜬금없는 소리, 고스케의 잠꼬대, 슌페이의 저축액……. 작가는 이런 웃음 포인트를 통해 인생에서 아무리 힘들 때라도, 그 시간 속에는 분명 웃을 수 있는 순간이 존재한다는 것을 보여주고 싶었던 게 아닐까 짐작해봅니다.

비록 문제가 생기면 힘없이 무너질 모래 위의 인연이라도, '가족'이 모두 한자리에 모일 수 있도록 애쓰는 구성원들의 순수한 마음이 마지막 순간에 '행복'이라는 결정으로 남는 것 아닐까요.

2014년 12월 김선영

2014년 12월 18일 초판 1쇄 발행
2016년 4월 19일 초판 2쇄 발행

지은이 | 하야미 가즈마사
옮긴이 | 김선영
발행인 | 이원주

책임편집 | 박윤희
책임마케팅 | 임슬기

발행처 | (주)시공사
출판등록 | 1989년 5월 10일(제3-248호)

주소 | 서울특별시 서초구 사임당로 82(우편번호 137-879)
전화 | 편집 (02)2046-2852·영업 (02)2046-2800
팩스 | 편집 (02)585-1755·영업 (02)585-0835
홈페이지 | www.sigongsa.com

ISBN 978-89-527-7231-2 03830